Ljudmila Ulitzkaja

Die Kehrseite des Himmels

Aus dem Russischen
von Ganna-Maria Braungardt

Carl Hanser Verlag

Die russische Originalausgabe erschien 2012 unter dem Titel
Священный мусор *(Svjaščennyj musor)* bei Astrel in Moskau. Sie wurde für die
deutsche Ausgabe von der Autorin gekürzt und vollständig durchgesehen.

1 2 3 4 5 19 18 17 16 15

ISBN 978-3-446-24728-4

Satz: Satz für Satz. Barbara Reischmann, Leutkirch
Druck und Bindung: Friedrich Pustet, Regensburg
Printed in Germany

FSC
www.fsc.org
MIX
Papier aus verantwortungsvollen Quellen
FSC® C014889

Inhalt

Heiliger Kram

Meine große Anhänglichkeit an Dinge – an ihre Geschichte, ihre Herkunft, ihre Geburt und ihren Tod – ließ mich in einem Karton alles sammeln, wovon ich mich schwer trennen konnte: eine Porzellanteeschale mit Sprung, in der mein Urgroßvater Rädchen und Sprungfedern von Uhren aufbewahrte, Reste eines chinesischen Teeservices, das mein erster Mann versehentlich samt Regal mit der Schulter zu Boden geworfen hatte, Großmutters Glacéhandschuhe (für Bälle!), die so klein waren, dass sie rissen, als eine pummelige Zwölfjährige sie anprobieren wollte, Urgroßmutters halb zerfleddertes Körbchen unbekannter Bestimmung, das stolze Abzeichen des Kalugaer Mädchengymnasiums der Madame Salowa und ein Stück Wachstuch aus der Entbindungsklinik mit dem Namen meines Cousins, der zehn Jahre nach mir zur Welt kam. All diese Sachen wollte ich irgendwann mal reparieren, restaurieren, kleben, flicken oder ihnen einfach einen Platz zuweisen. Dreißig Jahre lang habe ich sie von Wohnung zu Wohnung mitgeschleppt, bis mich bei einem meiner letzten Umzüge der Wunsch packte, aufzuräumen, mich von jeglichem Kram zu befreien, und ich all diese unnützen Kostbarkeiten auf den Müll warf. Für einen Augenblick schien mir, als hätte ich mich damit meiner Vergangenheit entledigt, als hätte sie mich nun nicht mehr im Würgegriff. Aber weit gefehlt: Ich erinnere mich an alle diese weggeworfenen Kleinigkeiten – an jedes einzelne Stück!

Diese Scherben und Überbleibsel der Vergangenheit waren eng mit immateriellen Dingen verbunden. Sie symbolisierten die wunderbaren Prinzipien und positiven Grundsätze, die Ideen und Vorstellungen, die ich übernahm und aus denen ich mir im Laufe meines Lebens ein Gebäude konstruierte, von dem ich manchmal sogar glaubte, es stehe nun auf festem Grund, aus meinen jahrelangen Bemühungen sei ein geschlossenes Weltbild erwachsen. Dieses Gerüst erwies sich als starr und unbequem wie eine mittelalterliche Ritterrüstung … Von Zeit zu Zeit beunruhigte mich das sehr – Gott sei Dank lenkten mich die alltäglichen Sorgen von der lästigen Suche nach einem höheren Sinn ab. Ich kann nicht behaupten, zu einem irgendwie relevanten Ergebnis gekommen zu sein. Ich neige dazu, Laborprotokolle über misslungene oder nur halb gelungene Experimente wegzuwerfen. Mein Karton ist wohl eher ein Modell, womöglich eine Metapher für das allgemeine Anhäufen von Gütern und die anschließende Befreiung davon.

Ich kann offenbar nichts wegwerfen. Das Bewusstsein hält an dem Plunder aus Glas, Metall, Erfahrungen und Gedanken, Wissen und Ahnungen hartnäckig fest. Was dabei wichtig und bedeutend ist und was ein Nebenprodukt der menschlichen Existenz, weiß ich nicht. Zumal der »Misthaufen« mitunter wertvoller ist als die »Perle«.

Mein Urgroßvater, ein kleiner Uhrmacher und lebenslanger Leser eines einzigen Buches, der Thora, achtete materielle Dinge nicht geringer als geistige: Er warf nie etwas weg, sei es aus Pappe oder aus Eisen, und brachte von der Straße mal einen krummen Nagel mit, mal ein rostiges Scharnier. Das alles legte er in Schachteln und schrieb darauf: 1-Zoll-Nägel, Türscharnier, Garnspule. Auf einer Schachtel entzifferten wir nach seinem Tod die Aufschrift: Ein Stück Schnur, das zu nichts mehr zu gebrauchen ist. Aber warum hatte er es aufbewahrt? Man möchte sich doch von allem Überflüssigen, Unnötigen befreien …

»Eines Tages verliere ich Arme, Beine, Kopf, Alter, Geburts- und Sterbedatum, Nationalität und Beruf, eines Tages verliere ich meinen Namen, und es wird gut sein.« Diesen Gedanken habe ich selbst einmal notiert.

Alte Fotos

Aus biologischer Sicht wäre es viel exakter, den Stammbaum von der mütterlichen Linie herzuleiten. Streng genommen macht der mütterliche Anteil etwas mehr als die Hälfte aus! (Warum mehr als die Hälfte? Wegen der Gene in den Mitochondrien – den Organellen im Zytoplasma der Eizelle.) Dennoch leiten die meisten Kulturen den Stammbaum traditionell von einem männlichen Vorfahren ab, wobei sie von der fragwürdigen Annahme ausgehen, dass Frauen ihrem Mann immer treu seien.

Die Genetik hat mit der Molekulargenealogie, einem neuen Wissenschaftszweig, einen großen Sprung nach vorn gemacht. Im *Ekklesiastes*, einer Sammlung öder Banalitäten (in der jüdischen Tradition bekannt als Buch *Kohelet*, das König Salomo zugeschrieben wird), heißt es: »Wer sein Wissen mehrt, der mehrt seinen Schmerz.« Dem kann ich nicht zustimmen. Wissen, das auf dem Gebiet der Anthropologie (speziell auf dem der Genetik) gemehrt wird, weckt in mir Bewunderung und Zuversicht, der *Ekklesiastes* hingegen nichts als Langeweile.

Dennoch habe ich nicht vor, die Dienste eines Labors in Anspruch zu nehmen, das dank seiner Kenntnisse über die Struktur der Gene verblüffende Informationen über meine Ahnenreihe herausfinden kann. Mir genügt vollkommen, was ich über meine Vorfahren weiß.

Hier ein Teil meiner Familiengeschichte väterlicherseits. In meinem Schlafzimmer hängen zwei Fotos. Eins hat mir meine Cousine dritten Grades Olga Bulgakowa zum sechzigsten Geburtstag geschenkt. Es ist ein Abzug von einer Fotoplatte, von denen sie eine ganze Sammlung besitzt. Es zeigt unseren gemeinsamen Urgroßvater, den Uhrmacher Galperin. Er thront in einem Sessel in seiner Kiewer Werkstatt, im Jahr 1903. Er sieht aus wie ein Professor oder ein Senator. Offenkundig ein kultivierter Mann. Auf dem zweiten Foto – dieselbe Werkstatt im Jahr 1905, nach dem Pogrom. Zertrümmerte Möbel, umgekippte Tische, zerrissene Bücher. Die Bücher gehörten Michail, dem ältesten Bruder meiner Großmutter. Er studierte damals an der philologischen Fakultät der Kiewer Universität. Als der Schriftsteller Korolenko erfuhr, dass die Bücher des jüdischen Studenten beim Pogrom vernichtet wurden, schenkte er ihm 200 Bücher aus seiner eigenen Bibliothek. Diese Bücher wurden zum Grundstock für Michails Büchersammlung. Die Bibliothek war so wertvoll, dass sie vor Jahren sogar einmal unter Denkmalschutz stand. Aus meiner Kindheit erinnere ich mich an die goldenen und ledernen Buchrücken in Michails Moskauer Wohnung in der Worotnikow-Gasse – dort wohnen noch heute seine Enkelin Olga Bulgakowa und ihr Mann Sascha Sitnikow, zusammen mit ihrer Tochter Natascha und ihrer Enkelin Alissa. Sie alle, bis auf die erst ein Jahr alte Alissa, sind Maler.

Meine Großmutter Maria Petrowna, die Tochter jenes Uhrmachers, heiratete meinen Großvater Jakow Ulitzki. Aus ihrer Verbindung ging 1916 mein Vater Jewgeni hervor. Über meinen Großvater Jakow wusste ich bis zum letzten Jahr nur sehr wenig: Großmutter hatte sich 1936 von ihm scheiden lassen, als er wieder einmal inhaftiert war. Mein Vater erwähnte seinen Namen fast nie. Vor einem Jahr dann entdeckte ich den Briefwechsel meiner Großeltern, der 1911 begann und 1954 endete, nach seiner Freilassung aus der letzten Haft. Dieser Briefwechsel spiegelt die traurige Geschichte einer Zeit, in der bei uns die einen saßen, die anderen sie bewachten und die Dritten in der verzweifelten und erniedrigenden Angst vor jedem Klingeln, Klopfen oder Klappen der Fahrstuhltür lebten – mit der ständigen Angst vor dem System, das Stalin, »das große Genie der Menschheit«, etabliert hatte. Dem Briefwechsel nach zu urteilen war Großvater klug, begabt und musikalisch und hat sein Schicksal mit Würde getragen.

Von Großvater Jakow gibt es zwei Fotos: Das erste, von 1911, zeigt einen jungen Mann als Freiwilligen in Uniform, das zweite den alten

Großmutter Maria Petrowna Galperina (später Ulitzkaja) mit ihrem Bruder

Mann, der 1954 aus der Verbannung zurückgekehrt ist. Da hatte er nur noch gut ein Jahr zu leben. Ich habe auch noch viele andere Familienfotos von meinem Vater geerbt: vorrevolutionäre Gesichter, ganz anders als die heutigen – bei einem Picknick, an einem Tisch mit einer tiefhängenden Lampe darüber; Geschwister und Freunde von Großmutter und Großvater: Rasnotschinzen*, Studenten mit revolutionären Ansichten und wilder Mähne, Idealisten und Romantiker. Ach, wie sehr hat sie das Leben anschließend gebeutelt! Ihre Namen sind nicht überliefert, nur wenige Fotos sind beschrif-

* Intellektuelle aus den unteren sozialen Schichten

Großvater Jakow Ulitzki, 1913

tet. Die meisten wurden in Kiew aufgenommen. Dort sind fast alle diese Menschen auch für immer geblieben – in Babi Jar.

Die mütterliche Linie sind die Ginsburgs. Das älteste Familienfoto der Ginsburgs wurde Ende des 19. Jahrhunderts aufgenommen, als Fotos noch etwas Neues und Seltenes waren. Es zeigt einen alten Juden mit der traditionellen Jarmulke auf dem Kopf. Das ist unser Stammvater, Isaak Ginsburg, mein Ururgroßvater. Wer sein Vater war, ist nicht mehr bekannt. Von Isaak weiß ich, dass er zur russischen Armee eingezogen wurde und sich in fünfundzwanzig Jahren zum Unteroffizier hochgedient hat. Die Jarmulke bedeutet vermutlich, dass er, wie alle Fremdstämmigen, als Rekrut getauft wurde, nach dem Armeedienst aber zum Glauben der Väter zurückgekehrt ist. Es ist belegt, dass er an der Einnahme von Plewna durch die Armee Skobelews beteiligt war und dafür mit dem Georgskreuz ausge-

Großvater Jakow Ulitzki, 1954

zeichnet wurde. Dieses Kreuz lag bei den Nadeln und Garnen in Großmutters Handarbeitskasten. Ich habe oft damit gespielt und es wohl beim Spiel auf dem Hof verbummelt. Nach seinem Armeedienst erhielt Ururgroßvater Isaak Privilegien: Er durfte außerhalb des jüdischen Ansiedlungsgebietes leben. Er ließ sich in Smolensk nieder. Dort heiratete er auch. Er zeugte unzählige Kinder, die meisten davon starben im Säuglingsalter. Die Kindersterblichkeit war damals in Russland sehr hoch. Einer der überlebenden Söhne wurde Uhrmacher. Mein Urgroßvater Chaim. Auch von ihm besitze ich ein Foto. Die Fotos meiner beiden Uhrmacher-Urgroßväter, Galperin und Ginsburg, hängen nun nebeneinander. Die Nachkommen des Kiewer Uhrmachers sind aus ihrem provinziellen Milieu ausgebrochen – Großmutter war in jungen Jahren Schauspielerin, ihr Bruder Literat. Ein Beruf, den es heute wohl nicht mehr gibt.

Urgroßvater Jefim Isaakowitsch Ginsburg

Großmutter Maria Petrowna blickte auf die Familie Ginsburg herab: geistlose Kleinbürger! Die ihrerseits betrachteten Maria Petrowna mit leiser Verwunderung, aber ebenfalls missbilligend: Boheme! Während des Krieges brachte mein Großvater Ginsburg (Uhrmachersohn und schon fast Jurist – wegen der Revolution konnte er nicht zu Ende studieren, er arbeitete als Geschäftsführer eines Artels oder einer kleinen Fabrik) seiner Schwiegermutter oft Hirse zur Erhaltung des Leibes. Die Hirse nahm sie, doch Achtung gewährte sie ihm nicht: *Schacher-Macher**! Sie hatte schließlich geistige Interessen und er nicht. Auch gesessen hat er nicht aufgrund eines verhängnisvollen politischen Paragraphen, sondern wegen eines Wirtschaftsvergehens.

Großvater Ginsburg wurde Anfang 1941 entlassen, kehrte aus dem Fernen Osten zurück und fand Arbeit in einem Bauunternehmen in Moskau. Zufällig kam Großvater Ulitzki etwa zur selben Zeit frei, und für ihn wurden die folgenden sieben Jahre zu den fruchtbarsten

* abfällig: Geschäftemacher (hebr.-jidd.)

seines Lebens: Er beschäftigte sich mit der Demographie Russlands, schrieb ein Buch und promovierte. 1948 wurde er erneut verhaftet, wegen angeblicher Verbindungen zum internationalen Zionismus in Gestalt von Solomon Michoels, für den er irgendwelche Referate geschrieben hatte. Übermäßig Gebildete wurden aus dem Verkehr gezogen, ebenso wie in den vorhergehenden Jahren Überschüsse an Getreide beschlagnahmt worden waren. Mit wem Großvater Ulitzki diese glücklichen sieben Jahre zwischen den Haftstrafen verlebte, habe ich erst vor kurzem erfahren.

Die Familie Ginsburg – bis auf Großvater, der in der Beschaffungsabteilung eines Moskauer Bauprojekts arbeitete – war ab Juli 1941 in der Evakuierung im Ural, in Baschkirien. Großvater schickte der Familie Pakete.

Aus den Vorkriegsbriefen von Großvater Ulitzki weiß ich, dass er seinerseits zumindest bis 1936, bis sich Großmutter von ihm scheiden ließ, aus der Verbannung im Altai Lebensmittelpakete an seine Frau und seinen Sohn schickte. Er hatte damals drei Arbeitsstellen: als Klavierspieler im Kino, als Fremdsprachenlehrer und als Buchhalter einer Butterfabrik in Bijsk.

Ich wurde in Baschkirien geboren, im Dorf Dawlekanowo. Meine Großmutter Jelena Ginsburg hatte eine Ziege angeschafft, die tatarische Nachbarin brachte ihr das Melken bei. Die Nachbarin melkte geschickt und mühelos, Großmutter aber fürchtete immer, der Ziege Schmerzen zuzufügen. Großmutter hatte ihre Nähmaschine mit in die Evakuierung genommen – die alte Singer-Maschine steht noch heute bei mir. Damals nähte Großmutter für das ganze Dorf und verdiente damit ein Zubrot. Sie lebten alle in einer Hütte: die Vermieterin, Großmutter, meine Mutter Marianna, Mutters jüngerer Bruder Viktor und Tante Sonja. Großmutter Jelena und Sonja liebten einander wie Schwestern, aber sie waren keine Schwestern, sondern Tante und Nichte. Allerdings war die Nichte zwei Jahre älter als ihre Tante. Das kommt in patriarchalischen Familien vor, wenn die Töchter mit dem Kinderkriegen anfangen, während ihre Mütter selber noch fruchtbar sind. Sie waren mit zwei Brüdern verheiratet, mit

Großmutter Jelena Ginsburg und Großvater Boris Ginsburg
noch vor ihrer Hochzeit 1916

Boris und Juli Ginsburg. Als der Ältere saß, unterstützte der Jüngere dessen Familie, und als der Jüngere an die Front ging, kümmerte sich der Ältere um dessen Frau. Sonjas Sohn meldete sich in den ersten Kriegstagen als Freiwilliger, und ihr Mann, Großvaters Bruder Juli, war ebenfalls an der Front. Er war nicht mehr jung und diente als Sanitäter in einem Feldlazarett. In Dawlekanowo lebte außerdem noch mein Urgroßvater mit seiner Thora.

Die Familie kehrte Ende 1943 nach Moskau zurück. Seitdem lebe ich hier. Meine Ginsburgs liegen alle auf dem Deutschen Friedhof. Auch Ulitzkis gibt es keine weiteren mehr. Sie sind entweder gestorben oder haben andere Namen angenommen. Ich bin die Letzte in unserer Familie. Der innerfamiliäre ideologische Konflikt zwischen

Ljudmila Ulitzkaja mit ihren Eltern
Marianna Ulitzkaja und Jewgeni Ulitzki

den kleinbürgerlichen Ameisen, die sich nur um ihr täglich Brot kümmern, und den Boheme-Libellen mit den höheren Interessen ist vorbei. Ich glaube, die Versöhnung habe ich bewirkt, als eher rationale Vertreterin der Boheme.

Meine Söhne tragen den Namen ihres Vaters, wie es heute üblich ist. Meine Cousins haben alle den russischen Namen ihrer Mutter angenommen, wie es damals gang und gäbe war. Alle Männer unserer Familie haben russische Frauen geheiratet. So bin ich nun die letzte Jüdin in einer assimilierten Familie. Auch der nationale Konflikt endet also wohl mit mir.

Das Ende der Kindheit

Lesen ist wie eine Explosion. Die Welt wird größer, füllt sich mit neuem Wissen. Es steckt im Bücherschrank im Flur, in der Wohnung meiner Vorfahren mütterlicherseits, der Ginsburgs. Das Ich formiert sich auch aus der Summe der gelesenen Bücher.

Der blaue Lermontow und der weiße Puschkin, der orange Shakespeare, *Don Quijote* mit dem bunten Schutzumschlag über der akademischen Strenge und die Zeitschrift *Saduschewnoje slowo* – heute scheint mir, als stammten alle Bücher meiner Kindheit aus diesem Schrank. Später gab es in meinem Leben noch viele andere Schränke, aus denen ich Bücher nahm.

Die gemischte kleine Bibliothek meiner anderen Großmutter, Maria Petrowna, passte auf ein kleines Regal. Diese Bücher bekam man in keiner Bibliothek: mehrere Bände Freud, Andrej Belys *Kotik Letajew*, Gedichte von Mandelstam, Achmatowa, Zwetajewa, Bücher der großartigen Philosophen Lew Schestow und Michail Gerschenson, Muratows *Italienbilder*. Ach ja! Und ihr geliebter Hamsun! Das alles las ich als Halbwüchsige. Auf demselben Regal standen auch zwei Bücher, die meinem Großvater Jakow gehörten: *Materialismus und Empiriokritizismus* des Genossen Lenin, vollgekritzelt mit Randbemerkungen wie »Haha! Er versteht Marx nicht! NB! Ungebildet!«, und *Aufruhr der Engel* von Anatole France, in einem selbstgefertigten Einband und mit einer Notiz auf der letzten Seite: »Diesen Einband habe ich in der schlimmsten Zeit meines Aufenthalts in der Zelle Nr. 7 in der Lubjanka aus einem Aktendeckel und alten Socken gemacht.« Dazu ein Datum: März 1948. Jakow las Anatole France und unterrichtete Französisch – das hat mir ein Zellengenosse aus jener Zeit erzählt, Ilja Schmain. Insgesamt hat Großvater Jakow sechzehn Jahre in Gefängnissen und Lagern gesessen.

Großvater hat Großmutter im Lesen geschult. In vielen Briefen aus der Verbannung geht es um ihre aktuelle Lektüre. Dies zum Beispiel antwortetete mein Großvater auf einen begeisterten Brief seiner Frau über den Roman *Wie der Stahl gehärtet wurde*:

»N. Ostrowski ist ein Wunder an Willen, an Selbstaufopferung, sagen wir – ein Genie der Bewältigung von Unglück. Das ist das Beste an diesem Buch. Und nur dadurch fesselt es den Leser … Aber man kann doch nicht übersehen, dass es literarisch dürftig ist, schülerhaft schwach, und stilistisch eine Mischung aus Geschmacklosigkeit und Unbildung. Hin und wieder blitzt bei ihm literarisches Talent auf, einige Episoden sind stark und gut geschrieben, aber das ist nicht sein Verdienst, es ist das Leben, das so reich ist an Episoden. Er muss noch viel lernen … Das Stärkste an dem Buch ist das Autobiographische. Sein zweiter, ausgedachter Roman wird schwächer sein. Aber wie soll jemand auch gut schreiben können, der keine Zeit zum Lernen hatte. Als ein ebensolcher Anfänger, der Bäcker Gorki, zu schreiben begann, hatte er sich bereits eine ganze Bibliothek einverleibt. Er war bereits büchersüchtig. Zum Schriftsteller wird jemand entweder durch das Leben + Bücher oder nur durch Bücher, aber nie nur durch das Leben allein, ohne Bücher. Letztere sind komische Käuze, die vielleicht das Leben bereichern, nie aber die Literatur.«

Um Bücher, um Gelesenes dreht sich die Hälfte ihrer Briefe.

Meinen Urgroßvater mütterlicherseits, den alten Ginsburg, der 1861 geboren wurde, habe ich vor allem mit einem Buch in der Hand in Erinnerung. Mit einem einzigen, immer demselben Buch – der Thora. Er saß mit seinem Magenkrebs und einem Buch in der Hand in seinem Sessel; kaum ein Geruch ist für mich aufregender als der nach Ledereinband und altem Papier. Als ich viele Jahre später anfing, die Bibel zu lesen, hatte ich das vage Gefühl, all die Geschichten darin bereits zu kennen – mein Urgroßvater hatte sie mir schon erzählt. Ja, die Juden sind nun mal ein Büchervolk. Wer nicht schreibt, liest zumindest.

Während Urgroßvater das Buch der Bücher las, verschlang ich

wahllos alles, was ich im Schrank fand. Um meine Erziehung kümmerte sich niemand besonders, so dass ich den Bücherschrank als meinen wichtigsten Erzieher betrachte.

Als ich herangewachsen war, erkannte ich, dass es ein ganzes Heer von Menschen gibt, die sich durch Lesen der Wirklichkeit entziehen. Der Mythos vom Leseland Russland, so denke ich heute, beruhte wohl auf diesen Menschen. Und es gab eine Literatur, die das von Falschheit, Grausamkeit und armseliger Ideologie durchdrungene Leben zu ersetzen vermochte: die große russische Literatur.

Lesen verlangt, genau wie Sex in seiner am meisten verbreiteten Form, nach zwei Partnern – dem Autor und dem Leser. Diese beiden brauchen einander. Jedes Mal, wenn wir zu einem Buch greifen, stellen wir uns auf neue süße, zuweilen auch schmerzliche Gefühle ein, und wenn wir sie nicht finden, legen wir das Buch enttäuscht beiseite. Durch das Lesen wachsen wir, wachsen mit der Zeit heran an das Beste, das sich mit Hilfe des Alphabets ausdrücken lässt.

Beim Lesen der *Gabe* von Vladimir Nabokov

Das unglaubliche Tempo der heutigen Welt, die enorme Beschleunigung lässt eine andere Physik vermuten als die, von der wir zu Beginn des 21. Jahrhunderts wissen. Mit schwindelerregender, das Auge überfordernder Geschwindigkeit weiten sich alle Grenzen aus, auch die Grenzen des Bewusstseins.

Wo ist das langsame Werden geblieben – Regen, der sich lange sammelt, ein Frauenarm mit einem Grübchen am Ellbogen, der endlos Erdbeermus schlägt, Drüsen, die zwei Wochen lang geschwollen sind?

Vorbei ist die gemächliche russische Zeit. Auf Knopfdruck beregnet eine Sprühmaschine blitzschnell den Asphalt, ein Mixer schlägt in dreißig Sekunden Erdbeerpulver, künstliches Eiweiß von bester Qualität und Zuckerersatz zu einem kalorienfreien Cocktail, und geschwollene Drüsen geben nach einer Antibiotikum-Spritze sofort Ruhe.

Sämtliche menschlichen Probleme von Geburt bis Tod werden von Business-Managern effektiver gelöst als von zweifelhaften höheren Mächten – Parzen, Moiren, Erzengeln oder selbst der Jungfrau Maria, die oft um Hilfe bei technischen Fragen angerufen wird, mit denen sie rein gar nichts zu tun hat.

Im 20. Jahrhundert wurden tausendmal mehr wissenschaftliche Entdeckungen gemacht als im Jahrhundert davor. Die Informationsfülle, die die Menschheit angesammelt hat, kann selbst der genialste Kopf nicht mehr fassen.

Aber vergessen wir die Information – was geschieht mit der Sprache? Computervolapük: LOL, ROFL, AdAsdS …

Die Sprache erschafft die Welt, die Sprache beschreibt sie. Wir wissen, was wir mit Hilfe der Sprache ausdrücken können. Der Rest sind bedeutsame, aber – leider! – animalische Laute.

Der Fülle dessen, was mit der Sprache ausgedrückt werden kann und wird, ist riesig. Aber nicht endlos. Die Sprachen als Phänomen – oder als Wesen? – haben bessere und schlechtere Zeiten erlebt: Sie blühten auf, welkten und starben mitunter auch aus, wie Latein oder Altgriechisch.

In der russischen Literatur ereignete sich im vorigen Jahrhundert ein Wunder namens Vladimir Nabokov. Der Schriftsteller und Emigrant, der als junger Mann Russland verließ, hat im Alleingang einen Durchbruch in der russischen Sprache erreicht, wie er vor ihm allenfalls Puschkin gelang. Die russische Literatur hat viele Genies mit einer jeweils ganz eigenen gedanklichen und sprachlichen Welt hervorgebracht, Nabokov aber schuf zweifellos eine neue russische Literatur und bewirkte damit einen Umbruch, der den russischen Leser teilweise sogar schockierte: Mit beinahe alchemistischer Meisterschaft hat er unsere Literatur vom Beigeschmack krankhafter Religiosität, grundlosen Messianismus, leicht hysterischen sozialen Engagements und ewiger, mit Belehrungen gemischter Schuldgefühle befreit und eine nahezu kristallklare, ungetrübte »hohe« Literatur mit einer ganz unrussischen Distanz des Autors zu seinem Text geschaffen. Proklamationen der Liebe zum russischen Volk interessieren ihn nicht. Aber niemand brachte das russische Wort besser zum absoluten Klingen, zu kristallener Klarheit, zu einmaliger Verschmelzung von Sinn und Klang als er.

Was ist die grundlegende Eigenschaft eines literarischen Genies? Die Fähigkeit, die Grenzen des sprachlich Ausdrückbaren zu erweitern. Vor Nabokov war eine ganze Reihe von Phänomenen, Empfindungen und Details nie ausgesprochen worden. Nabokov fand neue Kombinationen alter Worte, die die Welt erweiterten. Das wirkte sich nicht nur auf die Sprache selbst aus, sondern auch auf die Menschen, ihre Erkenntnis des eigenen Ich und ihrer Umwelt.

Zu den vielen Arten, die Welt zu erkennen – sinnlich, intellektuell, wissenschaftlich, künstlerisch –, gehört auch die Sprache. Wie weit die Menschheit sich auch entfernen mag von ihren archaischen, mythologischen Wurzeln – die magische Formel »Am Anfang war das Wort« bleibt gültig. Und das Wort ist nach wie vor lebendig, es vibriert, wächst, entsteht und vergeht vor unseren Augen und zeigt mitunter ganz neue Facetten.

Vladimir Nabokovs Roman *Die Gabe* berührt eines der ältesten, homerischen Themen: Vertreibung und Heimkehr. Das holde Ithaka, zu dem es Odysseus zieht, entspricht dem holden Russland, nach dem sich Nabokovs Protagonist sehnt. Odysseus war kein Vertriebener, obgleich die Menschheit schon im Altertum Verbrecher mit Vertreibung bestrafte, alternativ zur einzigen ansonsten bekannten Strafe, der Hinrichtung.

Im 20. Jahrhundert wurde die Vertreibung zum Schicksal von Millionen Menschen, nicht nur von Russen, sondern auch von Chinesen, Tibetern, Juden, Deutschen, Tataren … Der Vertriebene Nabokov kehrte nicht in seine Heimat zurück, und das war auch unmöglich: Die Heimat, die er besang, war ausradiert. Doch er trug das ganze verlorene vorrevolutionäre Russland in seinem Herzen. Aus seiner Erinnerung ließ er das verschwundene Land wiederauferstehen, die glückliche Kindheit eines mit der Liebe seiner Eltern gesegneten und von Natur aus mit vielen Talenten beschenkten Jungen. Nur eine Muse blieb ihm vorenthalten: Er war nicht musikalisch. Seine Ohren waren taub für die Musik, aber seine wunderbare raffinierte Prosa war voll davon. In welch reichen musikalischen Nuancen schillert seine sinfonische Prosa, in der alle Stimmen der Welt erklingen: Regen und Licht, Bäume, Dackel und Libellen … Jeder Tropfen Nabokov'scher Prosa enthält eine enorme Konzentration von Zärtlichkeit, Liebe und Sehnsucht. Das Salz des Lebens, sein Blut und seinen Atem.

Doch zurück zum Thema Vertreibung. Die internationale Literaturkritik spricht einem anderen, von Vladimir Nabokov sehr verehrten Autor den Vorrang bei der Verarbeitung dieses Themas im 20. Jahrhundert zu: James Joyce mit seinem Roman *Ulysses*. Nabokov hat diesen Roman gründlich studiert.

Unter den zahlreichen Aufsätzen darüber habe ich keinen einzigen gefunden, der *Ulysses* mit Nabokovs *Gabe* verglichen hätte. Eine gewisse innere Parallelität der beiden Romane erschließt sich gewiss nicht auf den ersten Blick. Doch etwas anderes ist wesentlich – die Biographie der beiden großen Schriftsteller, denn diese verborgene Strömung hebt die Gedanken und Gefühle der Autoren aus dem Dunkel des Unausgesprochenen in die Realität der Literatur.

Die Handlung von *Ulysses* spielt am 16. Juni 1904, dem Tag, an dem James Joyce seine spätere Frau Nora Barnacle kennenlernte. Im selben Jahr verkündete er, ins Exil gehen zu wollen. Er verließ Irland, das ihn im Grunde nicht vertrieb, denn es nahm ihn gar nicht zur Kenntnis.

Die Handlung von Nabokovs *Gabe* spielt 1923 in Berlin, in dem Jahr, in dem der Vertriebene (Nabokovs Familie war aus einem Land emigriert, das in jenen Jahren blutig und vehement mit Aristokraten, Gutsherren und einfach nur wohlhabenden Menschen jeglicher Herkunft abrechnete) seine spätere Frau Véra Slonim kennenlernte.

Die Emigration der Nabokovs war kein Spaß; der junge Nabokov floh vor dem beinahe sicheren Tod aus Russland zunächst nach England, dann nach Deutschland, aus Deutschland nach Frankreich und aus Frankreich – wegen der realen Gefahr der Vernichtung im faschistisch besetzten Europa – in die Vereinigten Staaten.

Joyce' Emigration war also verglichen mit der realen Lebensgefahr, der Nabokov und seine Familie ausgesetzt waren, eher spielerisch. Natürlich wurde Joyce in Irland lange Zeit nicht gedruckt, aber acht Jahre nach seiner freiwilligen Emigration kehrte er in die Heimat zurück, wo sein Buch *Dubliners* erscheinen sollte. Es war eine unglückliche Heimkehr – die Druckfahnen des Buches wurden vernichtet, und Joyce kehrte ungehindert nach Europa zurück.

Nabokov beschreibt die Rückkehr seines Protagonisten in die Heimat in seinen Romanen und Erzählungen immer wieder. Sie ist lebensgefährlich. Traum, Albtraum, Heimsuchung und zugleich sehnlichster und unerfüllbarer Wunsch.

In manchen Nächten geh ich schlafen
und mein Bett trägt mich nach Russland,
und dann führt man mich zur Schlucht hin,
hin zur Schlucht, um mich zu töten.

Das ist die Eigenschaft der großen russischen Literatur, die sich am schwersten beschreiben lässt: Sie ist immer ernst gemeint. Selbst bei einem so spielerisch veranlagten Menschen wie Nabokov schöpft sie ihr Material aus tödlicher Tiefe. Darin liegt ihre Größe.

Nabokovs Arbeit mit dem Wort ging weit über die Grenzen künstlerischer Spielerei hinaus. Und gerade der Roman *Die Gabe* hat der Welt, zumindest der russischsprachigen, eine erstaunliche Erweiterung der Möglichkeiten der Sprache offenbart. Aber das liegt nicht allein an der Sprache: Seit Urzeiten erforscht der Mensch seine Beziehung zur Welt der Natur, als deren Teil er sich zeitweise betrachtet, um es dann zeitweise wieder zu vergessen. Die Wissenschaftseuphorie des 19. Jahrhunderts führte zu der Illusion, die Welt würde sich bald ganz dem schöpferischen Willen des Menschen unterordnen und eine neue Ära der Herrschaft des Menschen über die Materie würde anbrechen. Wissenschaftliche und künstlerische Erforschung der Welt standen in einem gewissen Widerspruch zueinander.

Vladimir Nabokov, der Wissenschaftler und Schriftsteller, war ein »zweiflügeliges« Wesen: Er beherrschte beide Instrumente perfekt, und darin lag seine Einzigartigkeit. Er erforschte die Natur liebevoll und uneigennützig, mit aller in seinem Beruf möglichen Exaktheit, und diese Exaktheit übertrug er auch auf die Literatur. Darin lag im Grunde die umwerfende Innovation des Schriftstellers Nabokov.

Lange Jahre befasste sich Nabokov mit einem der unnützesten Teilgebiete der Lepidopterologie, nämlich mit seltenen, für die Umwelt gänzlich unerheblichen Schmetterlingen. Nabokov machte keinerlei agrarwissenschaftliche, pharmakologische oder sonstige praktische Entdeckungen. Genau wie sein Vater, der Naturforscher und Politiker, betrachtete er die angewandte Entomologie voller Abscheu und verachtete den »Feldzug gegen die Heuschrecken oder den Klassenkampf gegen Gemüseschädlinge«. Deshalb galt er als Snob. Nabokov hat zwanzig Schmetterlingsarten entdeckt, beschrieben und gezeichnet und eine wunderbare Sammlung aus Hunderten Exemplaren geschaffen.

Was das mit dem Roman *Die Gabe* zu tun hat? Es gibt einen ganz unmittelbaren und zugleich rätselhaften Zusammenhang. 1938 plante der Verlag Petropolis eine Neuauflage des Romans *Die Gabe* mit zwei auf Nabokovs Wunsch beigefügten Anhängen: Der erste Anhang sollte die Erzählung *Der Kreis* und einen Essay des Protagonisten der *Gabe* Fjodor Godunow-Tscherdynzew über die wissenschaftlichen Arbeiten seines Vaters umfassen. Der zweite Anhang, *Vaters Schmetterlinge*, war eine hochinteressante Abhandlung zur Philosophie der Naturkunde, deren Originalität, Schärfe und gedankliche Tiefe bis heute beeindruckt. Und die bis heute gänzlich unbeachtet geblieben ist.

Dieser bemerkenswerte Essay, eine Selbstbeschreibung des Autors, zeigt die Parallelität von künstlerischer und wissenschaftlicher Weltsicht bei Nabokov. Er erinnert sich, wie ihm seine Mutter, als er von einer seiner langwierigen Kinderkrankheiten genas, den gerade erschienenen ersten Band *Schuppenflügler des Russischen Reichs* brachte. »Die Kostbarkeit des dunkelblauen Buches, das ich eifrig und vorsichtig aus der Pappe nahm, wurde für mich zur *Offenbarung der Schönheit und Poesie der Erkenntnis*.« (Hervorhebung L.U.)

Diese treffende Formulierung des Kerns seiner Entdeckung bekräftigte Nabokov in einem seiner letzten Interviews: »Natur, Wissenschaft und Kunst verschmelzen zu einem Ganzen«, sagte er darin. Und fügte hinzu: »Aber die Kunst ist das Primäre.«

Nabokovs letzter, unvollendeter Roman, um dessen Vernichtung er gebeten hatte, ist gegen den Willen des Autors erschienen, die von Nabokov geplante wichtige Ausgabe der *Gabe* mit den Ergänzungen liegt bis heute nicht vor. Ihre Zeit ist noch nicht gekommen.

Der Roman *Die Gabe* ist – trotz der großen positiven Resonanz darauf – noch in einer weiteren Hinsicht bislang nicht gewürdigt worden: Diesen russischen Roman hat ein Mann geschrieben, der von sich sagte: »Mein Kopf spricht Englisch, mein Herz Russisch, und mein Ohr bevorzugt das Französische.« Nabokov ist vielleicht ein Prototyp des Menschen der Zukunft, der die Metaphysik nicht nur einer, sondern gleich dreier Sprachen in sich trägt, die er perfekt beherrscht. Das ist bereits in der *Gabe* deutlich erkennbar und wurde in den folgenden Romanen erweitert und vervollkommnet.

Nabokov hatte keine Anhänger und Schüler, nur eine Vielzahl wenig erfolgreicher Nachahmer. Der einzige heutige Schriftsteller, der einen ähnlichen Weg geht, ist vermutlich Umberto Eco, der, wenngleich in etwas anderen Proportionen, ebenfalls die Begabung des Wissenschaftlers und die des Künstlers in sich trägt.

Vladimir Nabokov, der Aristokrat und Sportler, stellte sich allen Herausforderungen des Lebens mit großer Würde und mit Humor: Ein ganzer Chor aus verärgerten Zeitgenossen, Emigranten aller Wellen und Vertriebenen aller politischen Regimes warf ihm Arroganz, Snobismus, Kälte und andere Sünden vor. All diese vielfältigen Vorwürfe haben vermutlich eine einzige Ursache: Die Größe seiner Persönlichkeit war eine Beleidigung für die Spießer, und die Größe seiner Begabung als Schriftsteller war eine Beleidigung für die Mittelmäßigen.

Nabokov hatte wie kein Zweiter ein Gefühl für die Komik des Lebens, für die kleinen Scherze der Dinge, für die Grimassen dünkelhafter Dummheit und die Niederlagen patentierter Weisheit. Auch mit ihm, dem Liebling des Schicksals, hat das Leben oft Schabernack getrieben.

Vor zwei Jahren war ich in Montreux. Die letzte Zuflucht der Familie Nabokov war genau so, wie ich sie mir vorgestellt hatte. Schweizer Luxus ohne Phantasie, solide, aber schon ein wenig schäbig. Für 450 Euro konnte man in dem Appartement übernachten, das Nabokov einst bewohnt hatte. Allerdings haben die Besitzer die kleine Wohnung im oberen Stockwerk längst umgebaut und mehrere daraus gemacht. Unten, auf der Wiese zwischen Hotel und See, befindet sich ein Skulpturenpark: Bronzene Jazzmusiker blasen in ihre Instrumente und malträtieren ihre Gitarren und beleidigen damit die bronzenen Ohren des in einem bronzenen Sessel sitzenden Herrn Nabokov im vornehmen Dreiteiler – das Werk eines Kunsthandwerkers aus Russland.

Nabokov, der Autor zahlreicher literarischer Scharaden und Bilderrätsel, ein Großmeister des Streichs und ein Genie des Zufalls, lächelt jetzt vom Ufer der Lethe – die in seinem Fall wahrscheinlich den Namen des nordrussischen Flüsschens Oredesh trägt – über diesen simplen, aber geistreichen Scherz der Vorsehung, die ihn in eine Voliere mit dem Jazz sperrte, auf den er zu Lebzeiten mit Langeweile, Unverständnis und Verärgerung reagierte.

Und erst Nabokovs lebenslange Feindseligkeit gegen den »Wiener Schamanen«! Wie viel Sarkasmus, vernichtende Verachtung und Spötteleien erntete der Vater und Begründer der Psychoanalyse von dem scharfsinnigen Schriftsteller! Ein anderer an Sigmund Freuds Stelle hätte sich umgebracht! Doch der friedfertige Freud versuchte nicht einmal, sich zu verteidigen – vermutlich war ihm sogar der Name seines Beleidigers unbekannt. Die Jahre vergingen, und zahlreiche Anhänger des Psychoanalytikers studierten Nabokovs Romane und Erzählungen und fanden darin viele Musterbeispiele für Freuds Ideen. Die schreckliche Rache ist nicht ohne Witz: Die Geschichte von Humbert Humbert mit seiner Liebe zu Kindern könnte auch in einem Lehrbuch der Psychoanalyse stehen!

Und noch ein Detail dieser Art: 1972 wurde Vladimir Nabokov für den Nobelpreis vorgeschlagen. Das Empfehlungsschreiben stammte vom russischen Nobelpreisträger Alexander Solschenizyn. Wahrhaftig »Gesang und Prosa, Eis und Gluten«.

Alles, was der eine verachtete – Patriotismus, Orthodoxie und Volkstümlichkeit in ihrer simplen Form –, vertrat der andere. Der Nobelpreisträger schrieb sogar einen gönnerhaft-tadelnden Brief an Nabokov, in dem er den Autor zwar lobte, ihn aber zugleich sanft rügte, dass er sein »großes Talent nicht in den Dienst unseres bitteren, unglücklichen Schicksals, unserer verzerrten und verheimlichten Geschichte« stelle.

Nabokov, der mit der englischen Kinderliteratur, der ersten und besten der Welt, lesen gelernt und Lewis Carrolls *Alice im Wunderland* ins Russische übersetzt hat (offen gestanden nicht sonderlich gut), Nabokov hat bestimmt seine Freude an all diesen herrlichen und verschmitzten Scherzen, die im Raum schweben und einem großen, wenngleich nicht nobelpreisgekrönten russischen Schriftsteller gelten. Aber auch Lew Tolstoi hat ja den Nobelpreis nicht bekommen.

Der Mensch und seine Verbindungen

Dieses Thema muss ich aufspüren wie ein Jäger seine Beute. Und wenn klar ist, wo sie sich verbergen könnte, das Jagdrevier mit Fähnchen markieren, damit die Beute nicht entwischt.

Die Beute ist womöglich eine Metapher. Eine Metapher im Stil von Jonathan Swift: Der schlafende Riese Gulliver ist mit tausend Fäden an eine Plattform gefesselt, die ins Ungewisse treibt. Über diese Fäden möchte ich gern nachdenken und reden. Übrigens sind sie verwandt mit den Fäden, die mythologische Schwestern zu Mustern aus Geburten, Toden und anderen Schicksalswendungen weben.

Das entstehende Geflecht ist unendlich: Manche Fäden reißen, andere werden eingewoben, doch in diesem mobilen Kontinuum ist jeder Faden mit den anderen verbunden. Betrachtet man einen einzelnen Punkt in dieser verworrenen Teppichstruktur, sieht man, dass seine Bewegung von der aller anderen abhängt, und zugleich scheint jeder Punkt ganz eigenständig zu existieren, das zumindest meint der aufmerksame Beobachter, der sich kurzzeitig von sich selbst löst und versucht, das Bild aus der Vogelperspektive zu betrachten.

Was sind das für Fäden? Was für Verflechtungen? Selbstredend gibt es darauf keine klare, eindeutige und befriedigende Antwort. Wir können nur staunen, bewundern, erschrecken und uns freuen, wenn es gelingt, wenigstens einige Fragmente dieses lebendigen Gewebes zu erfassen.

Erste Annäherung: Der Mensch als Phänomen der Natur. Wohl das einzige Wesen, das sich seiner Zugehörigkeit zur Natur bewusst ist und sich selbst unter verschiedenen Bedingungen erforschen kann. Forschungsobjekt und -instrument zugleich – darin liegt die Einzigartigkeit des Menschen in dem uns bekannten Universum. Der Mensch, ein Abkömmling der Erde, ist durch zahlreiche Fäden nicht nur mit dieser, sondern auch mit dem Himmel verbunden. Für viele Menschen auf der Erde ist der Himmel der Ort einer höheren Macht, für manche ist er eine astrologische Karte mit Tierkreiszeichen und Gestirnen, die das Schicksal des Einzelnen bestimmen, andere interessieren sich vor allem für die Luftfeuchtigkeit, die Windrichtung und den Ozongehalt zwanzig Kilometer über sich, wieder andere legen den Kopf in den Nacken, schauen ins Blau des Himmels und genießen dessen imaginäre Ruhe.

Ähnlich ist es mit der Erde: Sie wurde zur Gottheit erhoben, ihrer Fruchtbarkeit wegen verehrt, beackert und gegossen, sie wurde geschunden, geliebt und gehasst, mit Pulver und dem eigenen Blut getränkt, in ihr wurden Schätze und die Spuren von Verbrechen vergraben. Auf ihr wurde geboren und in ihr wurde begraben, sie nahm die Überreste auf, die Weichteile und Gebeine.

Aus der Erde wachsen Pflanzen. Und wieder entfaltet sich ein ganzer Fächer von Beziehungen zwischen dem Menschen und den grünen Kindern der Erde – von der Anbetung bis zur Vernichtung. Die Verflechtungen sind vielfältig: Der Mensch pflegt einen Baum, bewundert ihn, isst seine Frucht, legt seinen Samen in die Erde, verbrennt sein Holz, um seinen sterblichen Körper zu wärmen … Im Qigong nimmt der Mensch die Baumpose ein, wird zum Baum und schöpft aus diesem Zustand tiefgründige Erkenntnisse. Der Mensch rodet einen Wald und baut auf dessen Grab einen zwanzigspurigen Highway. Und das grüne Blatt tut weiter, was niemand sonst auf der Welt kann: Es verwandelt Sonnenenergie in lebendige organische Masse. Das ist der wahre ursprüngliche göttliche Lehm. Ohne Pflanzen gäbe es keine Tiere.

Urknall oder Schöpfungsakt? Evolutions- oder Katastrophentheorie? Das Pantoffeltierchen, für das bloße Auge unsichtbar, hat noch nicht gelernt, mit Hilfe des kümmerlichen Sonnenstrahls, der durch das trübe Wasser dringt, aus Kohlensäure Sauerstoff zu gewinnen, es schnappt mit seinem provisorischen Mund nach Beute. Über diese fragile Brücke schritt die Evolution voran. Einige hundert Millionen Jahre später löst der Homo sapiens, der als Einziges der zahllosen

Lebewesen mit einem Bewusstsein ausgestattet ist und die Evolution selbst erforschen kann, die letzten Rätsel um die Entwicklungsgeschichte der eigenen Art. Und steht nun – und das ist sensationell! – kurz davor, diesen fortdauernden Schöpfungsprozess selbst beeinflussen zu können.

Mensch geworden, hört dieses Geschöpf nicht auf, Tier zu sein. Was für ein schwieriges Beziehungsgeflecht: zweifellos Tier, bis heute Tier, allen Parametern nach ein vollkommenes Tier: aktive Fortbewegung, aktive Ernährung und Instinkte – die gleichen wie bei Fisch, Schlange und Kaninchen. Fresstrieb, Fortpflanzungstrieb, Brutpflege. Letzteres allerdings nicht bei allen. Nicht jeder Fisch kümmert sich um seine Kinder, manche spritzen bei passenden Bedingungen nur ihr Sperma ab. Aber das kommt auch bei Menschen vor.

Was für Verflechtungen, was für eine Geschichte und Vorgeschichte ... Totem und Tabu. Du stammst vom Bären ab, ich vom Marabu. Und der da von Marx-Engels-Lenin-Stalin. Oder von Charles Darwin und Sigmund Freud.

Da gibt es nichts zu lachen. Wir sind auf alle Zeit mit den Tieren verbunden. Sie können ohne uns leben, aber wir nicht ohne sie. Sie sind unsere fleischliche Nahrung, unsere Koteletts, unsere Wurst, unsere Bouillon, unser Krabbensalat und unsere Fischsuppe ... Außerdem mögen wir es, wenn eine Katze schnurrt und sich an unserem Knie reibt und ein Hund den Kopf auf unser anderes Knie legt und uns ergeben in die Augen schaut. Und denken wir auch an den Werwolf und an den schwarzen Panther im archaischen Afrika, der bei Schamanenbeschwörungen angerufen wird. Und an das, worüber wir nichts wissen, was wir uns nicht erklären können: das Bestattungsritual der Elefanten, die Vertreibung einer ungehorsamen Ameise aus ihrem Staat, die Zärtlichkeit der Krokodile, die Tötung der Söhne aus früherer Ehe durch ausgewachsene Löwen, die Kämpfe auf Leben und Tod bei den Hirschen und an den hirnlosen Kanarienvogel, der aus unglücklicher Liebe stirbt ...

Rührende Märchen erzählt uns der Hinduismus über die Wege der Wiedergeburten. Trink nicht aus dieser Pfütze, Brüderchen, sonst wirst du ein Böckchen, sagt das russische Märchen. Und Doktor Steiner sprach zu seinen Schülern vom heiligen Akt der Natur, von der Verarbeitung der in den Pflanzen enthaltenen Sonnenenergie durch den Körper eines Tieres, und lehrte seine Schüler die glückliche Aura einer wiederkäuenden Kuh zu sehen. Fast jeder hat die Anthroposophen verspottet. Dabei haben sie auf neue Weise zu sehen gelernt, was das gebildete Europa vergessen hatte. Ihre Haltung ist Ehrfurcht vor dem Wunder des Lebens.

Zu bedenken ist natürlich auch die magnetische Anziehungskraft der niederen Kräfte der Natur für den Menschen – die Hexen in Shakespeares Tragödie *Macbeth* rufen sie durch Beschwörungen und Manipulationen mit sterblichen Überresten von Tieren und Pflanzen herbei.

Und die Fähigkeit des Menschen, über die Grenzen der Realität hinaus Kontakt aufzunehmen? Ich rede nicht nur von Ritualen und Mysterienspielen wie den Mysterien von Eleusis, sondern auch von Sokrates' Dämonion und den Zwiegesprächen Seraphim von Sarows mit der Heiligen Jungfrau. An solche Dinge kann man glauben oder auch nicht, die Verkündigungsikonen aber existieren, egal, ob wir daran glauben, dass der Erzengel Gabriel die junge Tochter von Anna und Joachim besucht und ihr die Geburt Jesu angekündigt hat. Ich bin in jenem Dorf gewesen, ich habe die Verkündigungskirche gesehen, darunter befindet sich in einer konservierten archäologischen Grabungsstätte eine Mikwe. Ein paar Meter weiter steht eine arabische Imbissstube, dort haben wir gegessen. Die Besitzerin heißt Marmat, sie hat acht Kinder, sie ist sehr freundlich. Wir haben miteinander geredet. Sie hat uns Kaffee gekocht. Dann küssten wir uns und gingen auseinander. Für immer. Aber auch diese Verbindung wurde nicht ohne Grund geknüpft!

Allein die Aufzählung der verschiedenartigen Fäden, mit denen alles Lebende zusammenhängt, entwirft ein Bild von ungeheurer Komplexität und Vielfalt. Doch es gibt auch spezifische, ausschließlich zwischenmenschliche Bindungen; die erste wichtige Gruppe ist die vertikale Verwandtschaft: Jeder hat Eltern, meistens oder oft auch

Kinder. Dazu kommen zahlreiche entferntere Blutsverwandte und angeheiratete Angehörige. Und nicht zuletzt unterhält jeder Beziehungen zu Nachbarn, Berufskollegen und Parteifreunden sowie andere soziale Kontakte: Arbeitgeber – Arbeitnehmer, Arzt – Patient, Lehrer – Schüler und viele andere. Ein weiteres Spektrum vielfältiger Beziehungen bietet die Religion – vom Verbot gemeinsamer Mahlzeiten mit Andersgläubigen bis hin zu Kreuzzügen und Pogromen.

Zudem gibt es ein ganz rätselhaftes Terrain – Träume und ähnliche Phänomene. Prophetische Träume, die die Zukunft vorhersagen. Traumrätsel, die beunruhigen, und sogar Träume mit konkreten Informationen. Der große Chemiker Mendelejew, der Entdecker der periodischen Gesetzmäßigkeit der Elemente und Verfasser des Periodensystems der Elemente, das die Vorstellung von der chemischen Natur der Elemente veränderte, behauptete, das Periodensystem im Traum gesehen zu haben. Kontakt zu den Tiefen des Unterbewusstseins oder zu einer höheren Welt?

Bekannt sind auch Träume, die eine Brücke zwischen dem realen Leben und einem Sein anderer Art, den Räumen einer nichtmateriellen Welt bilden. Wir wissen nicht, woher die Verfasser sakraler Schriften – von den ägyptischen, tibetischen und anderen Totenbüchern bis hin zu Meister Eckhart und Blaise Pascal – ihr Wissen bezogen. Doch solche geheimnisvollen Verbindungen – ob wir sie skeptisch oder mit Respekt betrachten – wurden ausführlich und in allen Einzelheiten beschrieben.

Alles bisher Gesagte ist nur das lange Vorwort zu einer kurzen Erklärung: Die Literatur erforscht mit künstlerischen Mitteln die Verflechtungen zwischen Mensch und Welt. Rein praktisch gewissermaßen. Denn genau das tut der Schriftsteller, selbst dann, wenn er vorgibt, er wolle das verehrte Publikum nur unterhalten.

Wie Molières Monsieur Jourdain, der eines Tages entdeckt, dass er sein Leben lang in Prosa spricht, habe auch ich eine bescheidene Entdeckung gemacht, nämlich dass das menschliche Dasein ähnlich strukturiert ist wie Klöppelspitze und dass das Geheimnis nicht nur in den Knoten verborgen ist, sondern auch in den leeren Zwischenräumen. Ich studierte damals Genetik und war beeindruckt von einer großen Entdeckung des Jahrhunderts, die auf Umwegen auch die von der Sowjetmacht unterdrückte biologische Forschung erreichte – das Doppelhelix-DNS-Modell von Watson und Crick.

Dieses Modell schien die gesamte Vererbung zu erklären und zugleich auch einiges am Weltgebäude. Die beiden Stränge der Spirale trennen sich voneinander, vereinigen sich mit den Strängen einer anderen Spirale, das Adenin paart sich mit dem Thymin, das Guanin mit dem Cytosin, es bildet sich eine Kombination von Erbmaterial, und so bin ich entstanden – genau wie meine Katze.

Einen anderen Nobelpreisträger lernte ich in den Nächten kennen, und die Begegnung mit ihm war nicht weniger aufwühlend. Ich spreche von Boris Pasternak, genauer gesagt, von seinem *Doktor Shiwago*, der in Italien auf Russisch erschienen war und bei uns von Hand zu Hand ging. Dieser Roman offenbarte mir gleich beim ersten Lesen die an Klöppelspitze erinnernde Struktur des Lebens. Später habe ich ihn wieder und wieder gelesen und darin immer neue Kostbarkeiten entdeckt. Eine der besten – und rätselhaftesten – Szenen des Romans ist der Tod von Juri Andrejewitsch Shiwago. Er sitzt in der Straßenbahn, schaut aus dem Fenster und sieht auf der Straße eine Dame in Lila, die mal an der Bahn vorbeiläuft, wenn diese gerade wieder eine Panne hat, mal von ihr überholt wird. Shiwago erinnert sich an Rechenaufgaben, bei denen »Fahrzeit und Reihenfolge von zu verschiedenen Stunden abgefahrenen und mit verschiedener Geschwindigkeit dahineilenden Zügen berechnet werden mussten ... Er dachte an mehrere sich nebeneinander entwickelnde Existenzen, die sich mit verschiedener Geschwindigkeit nebeneinanderher bewegten, und daran, wie ein Schicksal das andere überholte und wer wen überlebte.« Er sah darin eine Art »Relativitätsprinzip im menschlichen Leben«.

Shiwago erleidet einen Herzanfall, er ringt im stickigen Waggon nach Luft und versucht das Fenster zu öffnen. Und plötzlich »spürte er einen nie dagewesenen, anhaltenden Schmerz in seinem Innern ...«, er kämpft sich zur Tür durch, springt aus der Bahn und bricht tot zusammen – der Dame in Lila vor die Füße, jener Mademoiselle Fleury, der er zwölf Jahre zuvor im Ural kurz begegnet war. Sie erkennt Shiwago nicht, geht weiter und fächelt sich mit einem Päckchen Papiere Luft zu – sie ist auf dem Weg in die Schweizer Botschaft, wo sie ihr Visum für die endlich genehmigte Heimreise abholen will.

Wozu brauchte der Autor diese Begegnung, die keine ist? Juri Shiwago hätte wunderbar sterben können, auch ohne der alten Schweizerin, die er einmal gekannt hatte, vor die Füße zu fallen. Und überhaupt: Wozu brauchte Pasternak neben den vielen Figuren im Roman, neben Dutzenden bedeutenden, interessanten Protagonisten, noch dieses lila Gespenst, das absolut nichts am Bild des Romans ändert?

Man könnte verschiedene Erklärungen für diese so bedeutsame und so sinnlose Episode konstruieren, mir persönlich diente sie als Anstoß zum Nachdenken über das Verhältnis von Leben und Literatur, darüber, was genau die Literatur mit dem Schicksal macht, wenn sie es aus künstlerisch-philosophischer Sicht betrachtet. Zweifellos lässt die Literatur Verflechtungen im Leben zutage treten, hebt die wichtigsten hervor und lässt zweitrangige weg, trifft also eine subjektive Auswahl. Der Autor interpretiert gewissermaßen das Geschehen. Je talentierter er ist, desto überzeugender. Mich hat Pasternak in meinen Jugendjahren davon überzeugt, dass die Welt aus hauchdünnen Fäden gewebt ist, dass jedes lebende Wesen tausend Valenzen hat, die es mit seiner Umwelt und mit anderen Wesen verknüpfen. Ein gelesenes Buch stimuliert solche Verflechtungen: Alle, die es gelesen haben, sind auf besondere Weise miteinander verbunden, durch ihr Verhältnis zu den Figuren des Buches, durch ihre Gedanken über deren Schicksale und Lebensumstände. Auch große musikalische Werke, Bilder und Skulpturen sind derartige Stimulatoren. Doch die Sprache der Literatur ist die klarste.

Natürlich war ich eine ideale Zuhörerin und Leserin von Boris Pasternak. Schon meine erste Bekanntschaft mit ihm war bezeichnend und amüsant. Mit dreizehn fand ich im Bücherschrank meiner

Freundin, vor den Kindern hinter anderen Büchern versteckt, zwei Bände – das eine war Boccaccios *Decamerone*, das wir gründlich studierten, das zweite ein Gedichtband von Boris Pasternak. Ich schlug ihn auf, und mir stockte der Atem. *Meine Schwester das Leben* versengte mich geradezu. Damals kannte ich bereits Achmatowa, Sewerjanin, Zwetajewa, sogar Annenski, Pasternak aber noch nicht. Er wurde meine persönliche Entdeckung. Noch heute verspüre ich manchmal Sehnsucht nach seiner Musik und schlage einen Gedichtband von ihm auf. Durch seine Gedichte habe ich verstanden, wie die Lyrik alle Verflechtungen bündelt, neue Assoziationen weckt, Auge, Gehör und Bewusstsein schult und uns aus dem Alltag in eine Welt des Möglichen, aber wenig Zugänglichen versetzt.

Etwas später entdeckte ich im selben Schrank *Shenja Lüvers' Kindheit* und fühlte sehr mit diesem Mädchen, mit ihrer Erregung, der Bitterkeit des Nichtverstehens. Damals, beim Lesen von Pasternaks Gedichten, entdeckte ich das Geheimnis des Reims, nicht des lautlichen, sondern des funktionalen Reims. *Und blau die Luft, wie frisch gestärkte Wäsche im Bündel des entlassenen Patienten …* – das Blau des Frühlingshimmels korrelierte so deutlich mit den blauen Unterhosen im Wäschebündel, mit dem blauen Trikotstoff, den leeren Hosenbeinen, die auf der Leine im Hof flattern, dem Himmel entgegen.

Pasternak hat den Schleier von meinen Augen genommen, durch ihn lernte ich sehen, was ich zuvor nicht einmal geahnt hatte: die Verflechtung von allem mit allem, die unglaubliche Schönheit dieses Zusammenhangs. Ich entdeckte, dass die Welt voller Sujets ist, wie ein guter Granatapfel voller Kerne. Und jeder Kern ist mit dem benachbarten verbunden. Aber die Fadenmetapher ist überzeugender. Du berührst einen beliebigen Faden, und er führt dich in die Tiefe des Musters, durch Leidenschaft, Schmerz, Leiden und Liebe.

Eine Erzählung, ein Roman oder ein Poem liefern nie einen Beweis oder eine Beweiskette für einen Gedanken oder eine Hypothese. Die Meisterschaft eines Schriftstellers besteht darin, diese halb imaginären, halb wahrnehmbaren magischen Verbindungen so umfassend wie möglich darzustellen. Das gilt natürlich nicht nur für Pasternak. Aber namentlich ihm bin ich dankbar dafür, dass er mir wie der Apostel Petrus eine Tür aufgeschlossen hat, eine Tür, hinter der das Beste liegt, was ein Mensch mit Papier und Schreibfeder geschaffen hat.

Jeder Mensch hat seinen eigenen Zugang zu diesem Raum, aber ich habe noch keinen Menschen getroffen, der diesen Zugang ganz allein, ohne einen Lehrer – einen realen oder einen literarischen – gefunden hätte. Und nicht jeder findet ihn überhaupt.

Aus dem ungeschriebenen Gesetz der Verflechtung von allem mit allem folgt auch dies: Der Reichtum eines einzelnen Menschenlebens hängt davon ab, wie viele Fäden dieser Mensch festhalten kann. Die gesamte menschliche Kultur ist nichts anderes als ein gigantisches Geflecht aus Myriaden von Fäden, in dem genau so viele bewahrt werden, wie du selbst festhalten kannst.

Die gesamte Summe der Kultur, die unaufhörlich wächst, braucht das mit ganzer Kraft tätige menschliche Bewusstsein, das Instrumente zur Erhöhung der eigenen Präzision, Stabilität, Zuverlässigkeit und Schnelligkeit bereitstellt. Und unermesslichen Schaden fügt sich selbst, der Kultur und dem Leben zu, wer Wissenschaft und Kunst aus seinem geistigen Alltag ausschließt und seine Existenz auf die Verbindung zu Nahrungs- und Wärmequellen und zu Fortpflanzungspartnern beschränkt.

Kindheit: Mädchen und Jungen

»Das Leben weiht nur wenige
ein in das, was es mit ihnen macht.«
Boris Pasternak

Ein schon vor langer Zeit verstorbener Freund, ein mutiger und leichtsinniger Soldat des letzten großen Krieges, ein Kenner der Poesie, ein Dichter und Lehrer, für alle der Ältere und für jeden ein Gleicher, Lagerhäftling, Liebling der Frauen und der Hunde, hat, glaube ich, als Erster festgestellt, dass in der klassischen russischen Literatur alle Bücher über die Kindheit von Jungen handeln. Über die Kindheit von Mädchen gibt es fast nichts: Mädchen mit Locken und in Rüschenhöschen spielen das ganze 19. Jahrhundert hindurch Cembalo. Natascha Rostowa tanzt noch dazu.

Die erste Geschichte über eine Mädchenkindheit stammt nicht von einer Frau, sondern von Boris Pasternak – *Shenja Lüvers' Kindheit*. Pasternak hat, so gut er konnte, die »Geschichte der ersten Mädchenreife« erzählt. Die entfesselte Sprache des jungen Pasternak, grollend wie widerhallender Donner, eilt – galoppierend, fliegend, purzelnd –, die Steifheit des 19. Jahrhunderts abzuwerfen, bis an die äußerste Grenze zu gehen, die ganze Welt zu erfassen, sie neu zu erschaffen – doch die Wörter »Monatsblutung«, »Menstruation« kann sie nicht aussprechen, niemals. Selbst das Lateinische »Mensis« ist unaussprechlich! Nur empor, niemals hinab!

Das vollkommene Fehlen weiblicher Erfahrung kompensiert Pasternak durch poetische Erkenntnisse. Doch die sind von allgemeinmenschlicher Art:

So der Anfang: Mit kaum zwei
lauschst du auf und strebst fort
von der Amme ins Chaos der Melodien.
Du trillerst und zwitscherst. Das gesprochene Wort
wird im dritten Jahr dich bei der Zunge ziehn.

Was weiß ich von der Kindheit eines Mädchens? Viel mehr als Pasternak. Und viel weniger. Ein Mädchen bin ich gewesen, ein Dichter jedoch nie.

»An diesem Morgen ging sie (Shenja) hervor aus dem Kindesalter, in dem sie sich noch in der Nacht befunden hatte.«

Der nächtliche Anblick des Flussufers führt das Mädchen aus der Kindheit hinaus. Alles ist vage und wenig glaubhaft, nicht belegbar und genial. Das Erwachen des Ich, das jedem so teuer ist. Wo beginnt es? Wo endet es? Wird sich dieses kostbare Ich nicht am Ende als schmerzliche Illusion erweisen, als bitterste Enttäuschung?

Das Ich wird – zum Teil – von den Grenzen unserer persönlichen Erfahrung bestimmt. Es grenzt sich vom Nicht-Ich ab wie das Land vom Himmel. Die Kosmogonie der Persönlichkeit.

Mein Gedächtnis reicht sehr weit zurück. So erinnere ich mich zum Beispiel an eine Szene, als ich gerade laufen gelernt hatte: Ich stehe mit dem Rücken an der Liege, und schräg vor mir ist der ungemein verlockende holländische Kachelofen; ich nehme alle Kraft zusammen, strecke die Arme aus, laufe zum Ofen und pralle mit den Händen dagegen – er ist furchtbar heiß!

So erfuhr ich die Empfindung »heiß«. Eine der äußeren Grenzen des Ich. Der Mensch erlebt die Grenze zwischen Ich und Nicht-Ich. Die Wärme des eigenen Bauches und die Kälte der eigenen Füße sind eines, die Wärme des Ofens, die an den Händen brennt, und die Kälte des Eises, das auf die aufgeschlagene Nase gelegt wird, sind etwas anderes. Die Grenzen werden erkannt, mitunter schmerzhaft.

Das zweite Bild in meiner Erinnerung: Ich laufe über einen handgewebten Läufer, der schräg zu einem vierbeinigen Regal führt. Vor mir rollt ein Ball. Ich will ihn einholen. Er ist schrecklich weit weg, das Regal wird nach oben schmaler … ich laufe sehr lange. Kindliches Erleben in Zeitlupe? Angsteinflößende kindliche Perspektive?

Das Wasser wird in einem zylinderförmigen Kessel erhitzt, geheizt wird mit Holz. Die Wanne steht auf Löwenfüßen. Das Waschbecken hat ein Chrysanthemenmuster und ist voller Risse. Im Waschbecken ist das Wasser kalt, in der Wanne ist es sehr heiß.

Mein Sohn Petja fand Wasser interessant und wollte wissen: »Wo ist beim Wasser die Mitte?« Und er sagte: »Kaltes Wasser klingt wie ein Mann, warmes wie eine Frau.«

Dann kommt die Unterscheidung »meins« und »nicht meins«. Mama ist natürlich meins. Mein Bett, meine Tasse, mein Spielzeug, mein Bruder, meine Schuhe. Das Eigentumsmotiv. Ein Junge lernt das Seine mit Fäusten gegen Angriffe zu verteidigen, ein Mädchen eher mit Geschrei.

Unterscheiden sich Mädchen und Jungen als kleine Kinder? Eigentlich weiß ich über Mädchen doch weniger als über Jungen. Nach mir wurden in meiner Familie elf Jungen geboren, und erst fünfundsechzig Jahre später kam ein Mädchen zur Welt, meine Enkelin Marjana.

Als einstiges Mädchen erinnere ich mich gut an meine frühen Jahre. Erfahrene Kinderärzte sagen, Jungen würden stärker auf Wetteranderungen reagieren, Mädchen dagegen auf die Temperatur des Raums, in dem sie sich befinden. Jäger und Hüterinnen des Herdes? Ist es das? Ich weiß nicht recht. Ich glaube, in der frühen Kindheit sind die individuellen Unterschiede größer als die geschlechtsspezifischen. Warum ich das denke? Weil in der frühen Kindheit das Geschlecht noch nicht gebraucht wird und das kleine Geschöpf noch frei ist von dessen strikten Gesetzen. Genau wie im Alter, wenn das Programm zur Erhaltung der Art erfüllt ist. Sein ureigenes Wesen drückt der Mensch also am vollkommensten in der frühen Kindheit und im hohen Alter aus. Daher die stehende Wendung: Alt und Jung. Beide sind nah an der Grenze.

Das ist längst ein altes Lied: Ein Junge mit einem Holzgewehr, ein Mädchen mit einer Pappmaché-Puppe! In den Läden stauben noch

Spielzeuggewehre mit Knattersound vor sich hin, zu Hause schaut die »Geburtstagspuppe« aus dem Karton, doch die Kinder (Jungen und Mädchen, ohne Unterschied) starren auf einen Computer-Bildschirm oder ein Telefondisplay, und die kleinen Finger tippen mit rasender Geschwindigkeit auf Tasten und erzeugen dabei Geräusche, die es im vorigen Jahrhundert noch nicht gab.

Altmodische Eltern wollen noch ein rosa Schleifchen in den Zopf binden und ihrem Sprössling ein ordentliches weißes Hemd anziehen, doch da sind sie schon in der Diskothek, kahlgeschorene Mädchen und Jungen mit Dreadlocks, Drachentattoos auf dem Arm oder dem Gesäß, und hören und machen eine Musik, die es früher auch nicht gab.

Ihr lieben Jungen und Mädchen! Wartet! Bleibt hier! Ich habe euch doch noch gar nicht die Geschichte vom Entchen Grauhals vorgelesen und die von Kaschtanka und die von Pjotr Grinjow und Mascha Mironowa! Aber sie sind schon weg, und ich könnte nicht einmal sagen, wer von ihnen ein Junge ist und wer ein Mädchen! Aber brauchen sie Kaschtanka überhaupt?

Mein engster Kreis

Abgesehen von einem Dutzend Männern sind alle meine Freunde Frauen. Junge Mädchen, reife und alte Frauen. Aus allen Abschnitten meines Lebens. Meine Freundin Shenja, die im selben Hof wohnte wie ich, erinnert sich sogar noch an meinen Urgroßvater. Sie war außer mir die einzige Zeugin der beeindruckenden Vertreibung eines furchteinflößenden großen Hundes von unserem Hof – beherzt schwang mein neunzigjähriger Urgroßvater seinen Gehstock mit dem geschnitzten kleinen Hundekopf am Knauf, um die beiden erschrocken kreischenden Vierjährigen zu verteidigen. Noch früher, in der Spielgruppe, hatte ich Mascha kennengelernt, sie war meine erste Freundin und blieb es bis zu ihrem Tod. Eine Freundin ist mir aus der Schulzeit geblieben – Lara und ich saßen drei Jahre nebeneinander, dann wurde sie mir langweilig, doch es vergingen viele Jahre, und sie erwies sich als ganz und gar nicht langweilig, sondern als eine wunderbare Frau.

Ein paar aus der Studienzeit – sieben Freundinnen, die beim Praktikum in Tschaschnikowo im selben Zelt wohnten. Eigentlich waren wir im Zelt zu acht, aber die Achte passte nicht zu uns. Die Beste von uns starb als Erste. Wir denken oft an sie. Dann ging die Schönste, danach die Stillste. Alle drei – Lena, Lena und Ljalja – sind an Krebs gestorben. Ich werde wohl die Vierte sein – auch ich habe Krebs.

Jedes Jahrzehnt brachte seinen Ertrag. Ich fühle mich beschützt, weil ich weiß, wie viele meiner Freundinnen und Freunde sich über meine Erfolge freuen und in schweren Zeiten an meiner Seite sind. Ich fühle mich meinen Freunden sehr verbunden. Besonders dankbar aber bin ich denen, die sich in meiner Jugend, als ich mit vielen Problemen noch nicht allein klarkam, meine wirren Gedanken anhörten, die mir wertvolle Lebenszeit opferten für die Linderung meiner Stressmomente und Manien, Ängste und Leiden – obwohl die das meistens gar nicht wert waren.

In schwierigen Situationen habe ich nie professionelle psychologische Hilfe in Anspruch genommen. Dafür hatte ich Freundinnen. Im Übrigen gab es solche Angebote zu unserer Zeit auch gar nicht. Wir kamen aus eigener Kraft klar – wir waren füreinander Psychoanalytiker, Beichtväter, barmherzige Schwestern und Geldverleiher. Auch andere, heute übliche Dienstleistungen wie Babysitter oder Krankenpfleger gab es früher nicht – wir dienten uns gegenseitig, halfen einander zu überleben, die Kinder großzuziehen und die Eltern zu begraben. Das alles bei fröhlichem Geldmangel, großer Unternehmungslust und scheinbar endlosen Gelagen.

Besonders geschätzt habe ich meine Freunde aus der älteren Generation, sie waren im Alter meiner Großmutter, einige von ihnen hatten noch vor der Revolution studiert und in ihrer Jugend jene Welt gesehen, deren Städte uns fast wie Phantasieorte vorkamen: Paris, London, Genf. Fast alle diese Freunde waren Frauen – mit den Männern ging unser Jahrhundert recht brutal um. Sie wurden selten alt. Doch die alten Frauen waren einzigartig. Einige von ihnen stammten aus berühmten Familien, andere kamen aus ganz einfachen Verhältnissen und waren ungebildet, aber sie alle hatten eine enorme, beeindruckende Lebenserfahrung. Jelena Jakowlewna Braslawskaja (Wedernikowa in ihrer letzten Ehe), Nina Konstantinowna Bruni-Balmont, Irina Iljinitschna Ehrenburg. Emigration, Verfolgung, Verbannung.

Der Umgang mit solchen Menschen lehrt nicht nur Mut, Standhaftigkeit und Anstand, er hilft auch, die eigenen Leiden, Kränkungen und Probleme richtig einzuordnen. Doch man lernt nicht nur von klugen und begabten Menschen – manchmal kommen überwältigende Lektionen in Güte, Herzlichkeit und Weisheit von Menschen, die man nicht besonders hoch geschätzt hat. Einfache Menschen mit reinem Herzen sind oft großartige Lehrer. Ich habe eine Freundin, die ich immer liebte, aber ein wenig von oben herab betrachtete. Ihr ist eine schwere Prüfung auferlegt worden – sie hatte einen Schlaganfall und ist nun gelähmt. Aber mit wie viel Würde sie das trägt! Das ist kein einmaliger heroischer Akt, dazu sind viele von uns fähig, das ist tägliches Dulden, tägliche Demut, tägliches Bemühen, seinem Umfeld nicht zu viele Umstände zu machen, tägliche Standhaftigkeit und Anstrengung, täglicher Mut.

Ich habe wunderbare Freundinnen. Das heißt nicht, dass wir nicht auch in alle Fallen getappt wären, in die junge Frauen geraten – Eifersucht, Neid, Dreiecksbeziehungen, unglückliche Verliebtheiten und unerträgliche Einsamkeit. Ja, auch verletzt haben wir einander bisweilen. Aber wir haben vieles gemeinsam durchgemacht, haben einander geliebt und unterstützt.

Wir hatten viele Kinder – nach dem fröhlichen Motto: meine, deine und unsere. Viele Ehen zerbrachen, neue entstanden, es ergaben sich die kuriosesten Verflechtungen. Wir haben uns immer bemüht, uns anständig zu verhalten, selbst wenn die Situation mitunter kompliziert und recht zweideutig war. Unsere Kinder waren miteinander befreundet, zwischen den erwachsenen Kindern sind einige Ehen entstanden, und über solche Verbindungen freuen wir uns jedes Mal. Das scheint mir eine besondere Tugend unserer Generation zu sein: Wir haben gelernt, mit unseren Exmännern und -frauen befreundet zu sein, die neuen Ehefrauen und -männer unserer einstigen Partner ohne Vorurteile anzunehmen und ihre neuen Kinder zu lieben, wir pflegen ein gutes Verhältnis zu unseren ehemaligen Schwiegereltern, wir laden einstige Bräutigame und neue Ehefrauen zu uns nach Hause ein.

Alles, was ich über diese Eigenschaft meiner Generation sagen wollte, habe ich in vielen Erzählungen und in den Romanen *Medea und ihre Kinder* und *Reise in den siebenten Himmel* geschrieben.

Noch ein Wort zu meinen älteren Freundinnen. Die Zeit ist unbemerkt verronnen, inzwischen bin ich selbst eine »ältere Freundin« für einige junge Frauen. Ich denke an meine älteren Freundinnen zurück: Sie haben mir so viel gegeben! Keine von ihnen lebt mehr. Aber ihre Erfahrungen, ihre Wahlsprüche, ihre Gedanken begleiten mich weiter.

Die Kunst des Nichtstuns

Ein Umstand lässt mich zögern, über Andrej Krassulin zu schreiben: Er ist mein Ehemann, und ich scheue mich ein wenig, die Grenze des Privaten zu überschreiten, intime Gedanken und Gefühle öffentlich zu machen. Doch genau deshalb tue ich es jetzt doch. Dreißig Jahre vielfältigen Umgangs miteinander – voller Spannungen und stürmisch, innig und im steten Gedankenaustausch – und nicht zuletzt eine recht lange Ehe haben uns beide so sehr verändert, dass wir uns immer öfter in einer Art Gedankengleichheit wiederfinden, bei der »mein« und »dein« schwer zu unterscheiden ist. Manchmal wissen wir gar nicht und wollen auch gar nicht wissen, wer von uns als Erster einen bestimmten Gedanken geäußert, eine Meinung zu diesem oder jenem gesagt, etwas auf den ersten Blick Unscheinbares, aber für das »gemeinsame Erleben eines Moments« Wichtiges entdeckt hat. Das geschieht nicht jeden Tag, sondern eher selten, aber wir bemerken es jedes Mal voller Freude. Es spielt keine Rolle, an welchem Punkt diese Einigkeit eintritt, aber mit den Jahren bezieht sie sich immer mehr auf die Natur, auf die Welt und auf die spontanen Regungen, die man Kreativität nennt.

Das ist das Schlüsselwort – Kreativität. Sie ist von ähnlicher Natur wie die Radioaktivität. Eine Energie, die Strahlung abgibt. Ich bin wie viele andere in das Strahlenfeld von Andrej Krassulin geraten.

Kreative Energie – große oder kleine – steckt in jedem Menschen. Sie ist ein Kennzeichen unserer Art, eines der Unterscheidungsmerkmale des Menschen. Diese Energie hat weder mit dem Intellekt noch mit moralischen Tugenden zu tun, manchmal nicht einmal mit Talent.

Andrej ist randvoll mit dieser schöpferischen Energie, Kreativität ist seine wichtigste Eigenschaft. Darum ist alles, was er tut – ob er

Essen kocht, isst, trinkt, aus dem Fenster schaut, ein Hemd wäscht, sein Fahrrad repariert oder mit einem Kind spielt –, ein kreativer Akt. Die vollkommene Hingabe an den jeweiligen Augenblick setzt alltägliches und berufliches Handeln gleich. Die Notwendigkeit, genau dieses Bild zu malen, ist genauso zwingend wie die, zum Essen noch rasch einen Löffel zu schnitzen, weil am Tisch im Atelier mehr Menschen sitzen als Löffel vorhanden sind. Nur das Notwendige, nichts Überflüssiges. Daher sein Abscheu gegen Routine, gegen Hektik. Nicht als Deklaration, sondern von innen heraus. Viele Jahre stellte er kaum aus – selbst eine für einen Künstler so natürliche und legitime Geste empfand er als überflüssige Manifestation. Dazu trug allerdings auch bei, dass er nicht ausstellen konnte: In dreißig Jahren, von den sechziger Jahren bis 1990, wurde er nur ein einziges Mal zu einer offiziellen Ausstellung zugelassen.

Im Umgang mit Andrej habe ich wichtige Dinge entdeckt, die man eigentlich von Geburt an weiß, aber kaum bewusst wahrnimmt. Durch Andrej habe ich mir ein Koordinatensystem erschlossen, jenes kulturelle Abc, ohne das es keine Kreativität gibt. Diese Entdeckungen verlangten von mir, mich selbst zu definieren. In Andrejs Atelier wurde ich zur Schriftstellerin.

Andrej hat Lieblingsthemen, zu denen er immer wieder zurückkehrt. Das sind elementare Zeichen – Kreis, Quadrat, Kreuz. Und parallel dazu ein organisches Thema: Holz, Bäume, Wachstum, Entfaltung, Sprießen.

Warum erwähne ich diese elementaren Zeichen, die eigentlich nur für Kunsttheoretiker eine Rolle spielen? Weil Andrej mich an die Hand genommen und in diese Welt eingeführt hat, die im Grunde jenseits von Malerei und Plastik liegt, was meine Vorstellung bestätigt, dass Wissenschaft und Kunst im Grunde das Gleiche sind, ein Instrumentarium zur Erforschung des Lebens.

Wie viele unnötige kluge Bücher habe ich in meiner Jugend gelesen, wie viele Vorträge gehört, in wie viele Esoterik-Küchen hineingeschnuppert, bis ich entdeckte, dass man alles beiseiteschieben kann und einfach nur dazusitzen braucht. Womöglich haben wir das eines schönen Tages gemeinsam entdeckt. Aber im Einklang miteinander und mit einem Gefühl der Dankbarkeit füreinander.

Wir sitzen also da und tun nichts. Und allmählich ahne ich, dass Andrejs »Nichtstun« eine ernsthafte und sinnerfüllte Beschäftigung ist. Auf den ersten Blick ohne jedes Resultat – wenn als Resultat nur etwas Sichtbares, Materielles gilt. Wir alle sind mehr oder weniger vom Materialismus infiziert: Ein Resultat muss man anfassen können. Das Resultat konzentrierten Nichtstuns aber kann man nicht anfassen und nicht beschreiben. Es besteht in der Erlangung eines bestimmten Zustands von Ruhe und aufmerksamer Anwesenheit in der Welt. Das hat nichts mit Ekstase, Euphorie oder Erhabenheit zu tun. Kurz gesagt, es lässt sich nicht beschreiben, doch Andrej strahlt genau diese Schwingung aus. Und ich bemühe mich, sie aufzunehmen, versuche von ihm zu lernen, auf ebendiese Weise nichts zu tun. Nichtstun ist eine große Kunst. Und vor allem – nichts Überflüssiges zu tun.

Wenn Andrej aber etwas tut, ist er ganz bei dem, was er tut, Absicht und Umsetzung sind ein Ganzes, nicht die kleinste Ablenkung, kein ablenkender Gedanke, vollkommene Konzentration. Bei allem – ob er isst, trinkt, malt, Musik hört, liebt oder liest.

Wahrscheinlich denke ich viel mehr über Andrej nach als er über mich. Dafür kenne ich ihn auch besser. Ich erinnere mich gut an seinen Vater Nikolai Petrowitsch. Er ist mit fünfundneunzig gestorben, war Veteran dreier Kriege – des Ersten Weltkriegs, des Bürgerkriegs und des Großen Vaterländischen –, hat in Sewastopol ein Bein verloren, war Biologe, Forstspezialist, ein schöner und physisch starker Mann voller Würde. Sehr pedantisch und diszipliniert, von westlichem, ja geradezu deutschem Schlag.

Vom Vater hat Andrej Schönheit und Kraft geerbt, vom Großvater, einem Priester und Trinker, jene russische Zügellosigkeit, Unbeherrschtheit und exzessive Leidenschaftlichkeit, aus denen die »heilige russische Krankheit« erwächst. Bei Andrej war das mit exzessiver Kreativität gepaart.

Andrejs Arbeiten der letzten Jahre sind monochrome Räume, erfüllt mit einem erregenden, aber nicht in Worte zu fassenden Gehalt, sie sind jener Ort der Betrachtung, des Schweigens und der Stille, nach dem wir uns in der erdrückenden Stadt sehnen, wenn wir atemlos herumhetzen und dabei fast zusammenbrechen. Ich schaue sie mir an und suche nach Worten: Die Kehrseite des Himmels? Das Tor zum Jenseits? Der Tod der Koordinaten?

Ein dummes Unterfangen – seine Werke haben keine Titel. Höchstens eine Nummer. Für einen Augenblick bin ich dort, wo die Konturen der Musen verschwimmen – Musik, Wort, Körper und Farbe gehen ineinander über, so mühelos wie im Traum. Doch wir können uns jeden Moment davon abwenden, und Andrej kocht Tee, stellt Nüsse und getrocknete Aprikosen auf den Tisch und legt Musik auf. Zu Hause wirtschafte ich, in seinem Atelier ist er der Hausherr. Wir halten inne. Und tun scheinbar nichts …

Anfang der sechziger Jahre hatte Andrej ein Atelier in Timirjasewka, in der Nähe meines damaligen Zuhauses. Da kannten wir uns noch nicht, wir benutzten nur dieselbe Straße. Sein nächstes Atelier, in der Maslowka, war viele Jahre der Mittelpunkt meines Lebens. Fenster fast auf Erdbodenhöhe, nebenan eine Bierstube, das Rattern der Straßenbahn, das Aufblitzen von Glück und Kummer, für mich der schönste Platz auf der Welt. Andrejs jetziges Atelier liegt in Sokolniki. Dorthin kann ich gehen, wenn meine Kräfte nachlassen, wenn ich keine Energie mehr habe oder einfach nur in schlechter Stimmung bin. Ich setze mich hin, mein Blick schweift über Wände und Regale, und das Koordinatensystem ist wieder im Lot, die Proportionen sind wiederhergestellt: Wichtiges bleibt, Kleinigkeiten und Überflüssiges werden abgeschüttelt.

Andrej wirft einen großen Schatten, und ich fühle mich wohl in diesem Schatten.

Mandelstam-Bronze

Ende November 2008 wurde in Moskau ein Mandelstam-Denkmal eingeweiht, gleich neben dem Haus in der Starossadski-Gasse, in dem einst der Bruder des Dichters wohnte und in dem Ossip Mandelstam manchmal übernachtete, wenn er in Moskau war. Allerdings nur selten, denn in der Gemeinschaftswohnung war es eng, dort war nur für einen Schlafgast Platz, und das Ehepaar Mandelstam trennte sich ungern. Dennoch ist diese Adresse ein Punkt auf der Moskauer Mandelstam-Karte. Es wurde ein interner Wettbewerb ausgeschrieben, an dem sich sieben Künstler beteiligten. Den ersten Platz belegte das Projekt der Bildhauer Jelena Munz und Dmitri Schachowski (Architekt: A. Brodski).

Die Idee einer realistischen Skulptur interessiert Krassulin nicht. Er hatte schon vor langer Zeit erklärt, er »modelliere keine Sakkos«. Für ihn war es darum der natürliche Weg, sich dem abstrakten Raum zuzuwenden, aus dem der Dichter seine Poesie schöpfte.

Es ging ihm um die Übersetzung aus einer Sprache in eine andere – aus der Sprache der Wörter, in diesem Fall der russischen, in die Sprache der Plastik, der Bewegung, in diesem Fall der Bewegung von geschmolzenem Wachs, geschmolzenem Metall. Dichter und Bildhauer schauen in dieselbe Richtung, schöpfen aus derselben Quelle und kreieren, jeder in seiner Sprache, etwas Ähnliches. Pasternak, ein Zeitgenosse Mandelstams, schrieb in den dreißiger Jahren:

> Schau in die Richtung, aus der alles
> gekommen ist, das uns umgibt,
> und das ich einst vergessen werde.

Ergebnis des »Schauens in dieselbe Richtung« sind Krassulins vierundsechzig Bronzefiguren oder Objekte, die im Laufe eines Jahres entstanden. Am 3. Dezember, fast zeitgleich mit der Einweihung des Mandelstam-Denkmals, wurde im Moskauer Architekturmuseum eine Ausstellung aller Arbeiten eröffnet. An dem Wettbewerb nahmen Künstler teil, die seit langem befreundet sind und sich gegenseitig schätzen. Darum herrschte eine entspannte Atmosphäre, ohne die in derartigen Fällen üblichen Zwistigkeiten. Zudem verbot die Persönlichkeit Mandelstams, seine zutiefst anständige, friedfertige Natur, sein mit dem Universum verbundener Geist, einen eitlen Umgang mit dem Thema.

Ein paar Worte zur russischen Bildhauerkunst. Streng genommen existiert eine solche Tradition gar nicht. Der nationale russische Genius fand seinen Ausdruck in der ursprünglich mit der byzantinischen Tradition und zum Teil mit der sakralen Architektur verbundenen Ikonenmalerei. Ein herausragendes Kapitel war die russische Avantgarde zu Beginn des 20. Jahrhunderts. In russisch-orthodoxen Kirchen gibt es keine dreidimensionalen Plastiken als Elemente der äußeren und inneren Raumgestaltung. Im religiösen Bewusstsein galt die Ikone als eine Art Fenster in einen anderen zeitlosen Raum, die Skulptur hingegen ist ein reales Objekt und abhängig von Beleuchtung und Blickwinkel.

Deshalb gab es bis zum 18. Jahrhundert in der russischen weltlichen Kunst keine Bildhauertradition. Die ersten Skulpturen wurden entweder aus Europa eingeführt oder von eigens ins Land geholten europäischen Meistern in Russland angefertigt. Viele berühmte Bildhauer, die zur russischen Avantgarde gerechnet werden – Gabo, Pewsner, Archipenko, Zadkin –, gehörten eher zur europäischen Tradition und lebten meist auch in Westeuropa. In Russland gab es nur wenige herausragende Bildhauer – Trubezkoi, Golubkina, Tatlin, Koroljow, Matwejew. Ihre Kunst wurde mit Beginn der Stalin-Gotik nahezu vollständig unterdrückt.

Andrej Krassulin hat ein skeptisches Verhältnis zum Denkmal als Gattung, was verständlich ist, verbrachte er seine Kindheit doch in einem Land voller Denkmäler für politische Führer. Eine weitere – klimatische – Besonderheit unseres Landes bringt es mit sich, dass man dem Kopf eines Denkmals oft mit einem Besen eins überziehen muss, um ihn von der angefrorenen Schneekappe zu befreien – ein Bild aus der Kindheit, das bei dem künftigen Bildhauer einen bleibenden Eindruck hinterlassen hat.

Andrej wusste im Grunde von Anfang an, dass er nicht an einem Mandelstam-Denkmal arbeitete, sondern an einem Gedenkort für den Dichter, einem Präsenzort, konzentriert in abstrakten und lebendigen Plastiken. So entstand eine Serie aus etwas über sechzig plastischen Objekten. Sie sind nicht als Suche nach einer gültigen Lösung zu verstehen, nicht als Varianten, nein, jedes Objekt hält Gedanken und Bilder der Auseinandersetzung mit dem Dichter fest.

Andrej hat als Bildhauer mit sehr vielen Materialien gearbeitet, konventionellen wie unkonventionellen, von Steinen bis zu Schrott und zerknülltem Papier. In diesem Fall drängte sich das Material geradezu auf: Wachs. Die ausgestellten Objekte sind aus Bronze, die Wachsskulpturen wurden in Bronze gegossen. Die Originale aus Wachs sind zu fragil und kurzlebig, sie schmelzen. Wachs, Bienen, Honig, Wespen, Waben – das alles ist in Mandelstams Metaphern lebendig. Auch Bronze, die uralte Legierung aus Kupfer, Gold, Silber und Zinn, ist ein Mandelstam'sches Material. Seine Antike, sein Rom, seine Mittelmeerkultur. Die kleinste Berührung bringt die »Athleten-Wurfscheiben« zum Klingen.

Bronze ist ein Material, das der Intonation des Dichters entspricht. Ich glaube, Mandelstam ist der kosmischste russische Dichter des 20. Jahrhunderts. Mandelstams Poesie kommt aus jenen Tiefen, in denen glühendes Magma tost, aus jenen Höhen, in denen eisige Wolken aus Elementarteilchen treiben. Diese abstrakten, nicht in sichtbaren Dingen manifestierten kosmischen Bilder vermochte Mandelstam in menschliche Sprache zu übersetzen. Mal eindringlich und präzise, mal geheimnisvoll und in Andeutungen, aber nie ungenau. Daher rührt die versengende Kraft seiner Poesie.

Mandelstam war ein Beobachter des Universums, sein Übersetzer, und in diesem Sinne ein Gesprächspartner der Götter. Vielleicht auch ein Vermittler zwischen ihnen und uns Uneingeweihten. Ich denke, er war sich seiner Zugehörigkeit zum Olymp – nennen wir es so – bewusst, seine Lungen taugten für die Höhenluft, und das verurteilte ihn zu bitterer Einsamkeit und zum Außenseitertum in der »Konsum-Konfektion«. Sein irdisches Leben war ein Leidensweg der Seele diesseits der Grenze. Von seiner Jugend an bis zu seinem letzten Augenblick umringten ihn böse Dämonen, große, staatsgewaltige, und kleine, auf Hof und Straße. Man kann nur ahnen, in welch unerträglicher Dissonanz er lebte – zwischen seiner wahren kosmischen Heimat und dem unsäglich erniedrigenden Alltag im Russland der dreißiger Jahre. Doch auch aus dieser Differenz schlug er Funken von Poesie …

Eine exakte Übersetzung von einer Sprache in eine andere gibt es nicht. Möglich aber sind Annäherungen, ein Nacherzählen, Variationen zum Thema. Krassulins Bronzeplastiken kann man als Variationen zu Mandelstams Poesie betrachten – hier treffen die Elementarteilchen verschiedener Universen zusammen. Und ihre Begegnung erzeugt eine Resonanz.

Andrej Krassulin steht am selben Ufer des kosmischen Ozeans und schaut in dieselbe Richtung wie der Dichter. Die Quelle, die Mandelstams Gedichte speiste, nährt auch Krassulins bronzene Offenbarungen. Sie bilden in gewisser Weise Parallelen. Manchmal ist diese Nähe anschaulich. Der im 18. Jahrhundert einem Juden verordnete Name »Mandelstam« bedeutet »Stamm eines Mandelbaums«. Bitterer Mandelgeruch, festliche weißrosa Blüten, die Verheißung eines Triumphs für den Autor von *Lamarck*, der in die Evolution der organischen Welt eintaucht. Doch statt des verheißenen Triumphs ein tragischer Tod im Lager, unter Millionen ähnlichen Toden, ohne Abschied von den geliebten Menschen, ohne Liebe und Frieden, in der Kälte des Polarkreises.

Davon erzählen die baumartigen Bronzeskulpturen – unvollendete Eichen, Apfel- und Mandelbäume. Manche Stämme sind verkrüppelt, deformiert, andere nur leicht gekrümmt. Der Autor fehlt fast ganz – nur das Metall spricht.

Andere Skulpturen sind Modelle jenes Weltgebäudes, das Mandelstam so aufmerksam studierte: eine Synthese aus Wespennest, Möbiusband und scheibenartigen Figuren, die auf Mandelstams Lieblingsort verweisen, den Mittelmeerraum. Hier liegt das Zentrum der Kultur, die ihn nährte – Hellas und Rom.

Krassulins überraschende, nicht konkret zuzuordnende Objekte bringen den Betrachter oft in Verlegenheit, verlangen ihm die Suche nach verborgenen Assoziationen ab. Aber so ist das eben – Banales ist nie wahr. Es beschränkt sich auf Glaubhaftigkeit, ist nie scharfsichtige Entdeckung.

Schon seit fast hundert Jahren wirkt Mandelstams Wort in der russischen Poesie, in der russischen Sprache. Wie ein unterirdischer Fluss nährt es unsichtbar das karge Leben der russischen Literatur. Mandelstam schrieb: »Die Poesie wirft einen Ton in die Architektur einer fremden Seele und verfolgt das Anschwellen des Tons.«

Bronze ist ein ideales Material für den Austausch mit Mandelstam.

Andrej Krassulins Skulpturenserie *Mandelstam-Bronze* ist eine solche Reaktion einer fremden Seele, ein »Anschwellen des Tons«, eine Verstärkung der Resonanz, eine Brücke zwischen verbaler und plastischer Metapher. Für mich sind diese Bronzeskulpturen eine plastische Umsetzung der Entdeckungen, die Ossip Mandelstam in der Poesie gemacht hat.

Eine Sekunde vor dem Aufwachen

Den Namen Salvador Dalí hörte ich zum ersten Mal von meiner Kindheitsfreundin Ljuba. Sie beschrieb mir mit ihren Worten, was ich erst viele Jahre später zu sehen bekam – Tiger, Granatäpfel, Fische, am Horizont vorbeiziehende Elefanten und Giraffen; alle, bis auf die Giraffen, mit aufgerissenem Maul, als wollten sie einander fressen.

Ljuba war gerade erst fünfzehn, als sie in den fünfziger Jahren in einer Moskauer Theaterbibliothek mehrere Dalí-Bilder sah und darin eine neue Zeit witterte, eine andere Kunst; irgendwie hat sie es geschafft, ohne jedes Kopiergerät ein dauerhaftes Abbild davon auf der Netzhaut und im Gehirn zu speichern, und Worte gefunden, um mir von dieser Entdeckung zu erzählen, so dass ich das alles ein halbes Jahrhundert im Gedächtnis behalten habe.

Doch damals wusste ich noch nichts darüber, was eine Sekunde vor dem Aufwachen geschieht. Dafür sehr viel über den Augenblick danach. Wenn du schon im heutigen Tag angekommen bist und dich bemühst, das in der Nacht unterbrochene Kabel zu flicken. Die Verbindung ist schnell erneuert, und du stehst wieder unter dem schalen Strom vom Vortag. Wer hat behauptet, der Morgen sei klüger als der Abend? Der Abend ist viel klüger – im Laufe des Tages hast du dich an die kleinen Rauheiten gewöhnt, hast gelernt, unebene Vorsprünge zu umgehen, deinen ungelenken Körper nicht an spitzen Gegenständen zu verletzen, die eigens dazu da sind, deine empfindlichsten Stellen zu treffen, die Innenseite der Lippen, die Achselhöhlen, das Dunkel zwischen den Beinen. Der Widerwille gilt nicht dem Sex, den simplen Rein-raus-Freuden im feuchten Milieu. Nein, es ist ernster, der Ekel liegt auf einer viel tieferen – oder höheren? – Ebene, in die Großvater Freud nie geschaut hat; das Verstörende ist nicht, dass Papa und Mama durch diese Mörserbewegungen mich gezeugt haben, worum ich sie nicht gebeten hatte, sondern dass ich sie dabei, wie sie mir erklärten, angeblich aus den Tiefen des Nichtseins beobachtete.

Im ersten Augenblick des Erwachens muss man sich auf einen zeitweisen Frieden mit der Rauheit einstellen, muss sich überreden, bestimmte Dinge zu ignorieren – die Haut auf der Milch, die übelkeitserregenden Küchengerüche, den dreistimmigen Radiolärm, das Getrampel, Gehüpfe und Geklatsche, das Gluckern des Wassers im Krug, das Klappern von Gabeln und Löffeln (sie essen schon!) und den Widerwillen gegen den munteren Ausruf: Ljusska, aufstehen!

Ich habe euch nicht gebeten! Das kalte Wasser aus dem Messinghahn, das glibberige Spiegelei, das mir Würgereiz verursacht, das heftige Ziepen, wenn der Kamm durch mein Haar fährt – schnell, schnell, wir kommen zu spät ... Dir ist übel? Trink einen Schluck Wasser! Bein raus, das andere auch! So! Steh auf! Deinen Arm! Dreh dich um! Das scheußliche Gefühl auf der Haut – Flanell, Trikot, au, der Strumpf ist stramm wie ein Gummiband, er schnürt ein, die Strumpfbänder sind wirklich aus Gummi, die Knöpfe daran drücken, Socken, Filzstiefel, Pelzmantel, Mütze, darüber ein Tuch. Das Radio wird ausgeschaltet. Ich werde in die Schule gebracht – durch nächtliche Dunkelheit, bei eisigem Frost.

Noch heute wappne ich mich beim Aufwachen gegen diese Marter. Das unterbrochene Kabel, der Strom vom Vortag. Ich kann das. Ich habe es gelernt. Einatmen – ausatmen. Noch einmal. Den Arm, mein Gott. Danke. Nein? Du bist wieder nicht da? Schade. Sich recken tut gut. Jetzt den Kopf behutsam nach rechts. Sonst wird dir schwindlig. Vorsicht, die Brille. Aufstehen! Los geht's. Bedächtig, ohne Hast. Zügele dich so lange wie möglich. Zum Abend bist du so in Fahrt, dass du kaum bremsen kannst, ehe du dich auf dem Ikea-Sofa ausstreckst. Dein Rücken liegt schon, doch du rennst noch immer. Komm zur Ruhe, komm zur Ruhe. Die Brille, ein Buch. Was habe ich heute nicht geschafft ... Nein, falsch, ich muss vom anderen

Ende anfangen, wie es mir einst eine Popenfrau beigebracht hat: Nicht aufzählen, was du nicht geschafft hast, sondern an das denken, was du geschafft hast. Aber ich habe nichts geschafft. Ich bin nur wie verrückt herumgerannt, aus reiner Gewohnheit, weil ich nicht innehalten kann. Mein Problem ist das Bremsen. Also, wie gesagt, er ist nicht der Rede wert, dieser Augenblick nach dem Erwachen. Ohne jedes Geheimnis, ohne jeden Gehalt. Immer das Gleiche – ein Ende zwischen die Zähne geklemmt, dann das andere, beide zusammenpressen, und der Strom von gestern fließt wieder.

Etwas ganz anderes ist der Augenblick vor dem Aufwachen. Sei gegrüßt, du großer Meister der Verrücktheit, zu der du durch hartes Training und langweilige Übungen gelangt bist! In der Sekunde vor dem Aufwachen reißen bei dir Granatäpfel das blutige Maul auf, fährt die Biene den Stachel aus, setzen Tiger auf der Jagd nach filmreifer Beute zum Sprung an … So viele erfundene Phantasiegebilde, die aber als Traumgesicht sehr überzeugen, flimmern in diesem letzten Moment vorbei, wenn du nicht mehr ganz dort und noch nicht ganz hier bist.

Ich möchte die Verbindung keineswegs unterbrechen, das reizt mich nicht im Geringsten, ich sporne die Verrücktheit nicht an, im Gegenteil, ich verabscheue sie nicht weniger als das dreistimmige Radiogeheul, die unerträgliche autoritäre Erziehung, die bei ganzen Generationen zu dienzephaler Denklähmung geführt hat, zur Verkümmerung des Gewissens, zu Allergien gegen Wasser, Apfelsinen, Honig und andere harmlose Dinge, dennoch erlebe ich vor dem Erwachen einen Augenblick von Verrücktheit. Du mit deinem hochgezwirbelten Schnurrbart, mit deinem heiteren Wahnsinn, du könntest mich beneiden, o Salvador!

Ich gerate in einen Spalt, ich rutsche hinein wie eine Münze in ein Loch in der Tasche, zwischen filzigem Oberstoff und brüchigem Seidenfutter. Kein Zähnefletschen, keine erregende, zum Handeln auffordernde Aggression. Ein Spalt, aus dem man nie mehr herauskommt. Von oben sieht er aus wie ein Fjord. Steile Ufer, schwarzes Wasser. Ja, ganz genau so. Dabei habe ich noch nie einen

Fjord gesehen. Also ist das ein Urwissen, das nicht durch banale Anschauung erworben, sondern in jenen Abschnitt der Spirale eingeschrieben wurde, der für das Erinnern zuständig ist. Als ich noch Volvox war oder eine Makrele. Bei genauerem Einfühlen stellst du fest, dass nicht du in den Spalt geraten bist, sondern dass dein Körper dieser Spalt ist. Du verspürst einen bohrenden Schmerz in den Gelenken, einen Dehnungsschmerz. Nicht nur in Hüft- und Kniegelenk, sondern selbst in den kleinen Fingergelenken; die Nähte der Schädelknochen ächzen, der ganze Körper, ein riesiges, archaisches Gebilde in den dunklen Weiten des Universums, weigert sich, zu einem kläglichen zeitweiligen Etwas zu schrumpfen, verletzt durch Stöße, Verbrennungen, chirurgische Eingriffe, beschädigt durch schlechte, mitunter kriminell schlechte Behandlung. Besonders gelitten haben die Alveolarzellen, die voll klebrigem dunklem Teer sind, voller Nikotinablagerungen, die schlimmer sind als Rost und Schimmel, schlimmer als Fäulnis und Kalkablagerungen, und die das Atmen behindern, die Energie des Ein- und Ausatmens hemmen. Wie versifft alles ist, wie hoffnungslos zertrampelt! Priester mit beinernen Messern in den knöchernen Fingern entfernen diese verdorbenen Eingeweide. Das ist abscheulich, aber das Bedrückendste ist, dass da nichts ist außer dem Spalt. O Gott! Wo ist das Badehaus voller Spinnen? Die übereinanderkrabbeln, sich zum Ruhm Gottes vereinigen … Nichts, weder Gott noch das Badehaus mit den Spinnen.

Verrücktheit existiert nicht für sich, sondern nur neben einem hellen, göttlich ungetrübten Verstand. Die beiden treten stets paarweise auf, wie die berühmten Clowns Bim und Bom. Sie kontrastieren einander, tauschen unauffällig die Plätze und vollführen ihre munteren Purzelbäume auf dem Drahtseil zwischen Fakultät für höhere Mathematik und Krankenzimmer Nummer 6. Der Weise von gestern wird zum senilen Greis, der senile Greis zum heimlich strahlenden Heiligen, und nur ihr strenger Aufseher bleibt unverändert er selbst. Alles, was hier geschieht, liegt im Rahmen des Alltäglichen. Alles, bis auf den Augenblick vor dem Aufwachen. Da fehlen die gewohnte Realität und das dazugehörige individuelle Bewusstsein. In diesem Spalt scheint alles fiktiv außer diesem Spalt. Die Frage, wer der Schmetterling ist und wer Zhuangzi und wer von wem träumt, erledigt sich von selbst: Beide Phantome flattern an jenem Ort herum, den Salvador Dalí gemalt hat. Zwar erinnern seine herumflatternden belletristischen Granatäpfel und Tiger ein wenig an Objekte eines Naturforschers, aber das macht keinen Unterschied. Auch er selbst lief über ein hauchdünnes Netz, hüpfte auf seinen dünnen, blaugeäderten krummen Beinen herum und schlug Purzelbäume, kreischend und mit treuherziger Anstößigkeit, doch das fragile Gewebe trug seinen mageren, leichtgewichtigen Körper, und er rutschte nicht in den Spalt, sondern glitt nur über dessen dekorierte Oberfläche.

In diesem Spalt gerinnen Eiweiß und Regenbogen, ganz zu schweigen vom Koordinatensystem. Elektromagnetische Schwingungen erlöschen, Kristalle verlieren ihre Grate, Elektronen hören auf zu kreisen und liegen herum wie von plötzlichem Frost im Flug getötete Vögel. Es ist niemand da, der denken, sich etwas vorstellen oder gar Reden halten könnte, es gibt weder höhere noch niedere Vernunft. Die Idee von der Abstammung des Menschen vom Affen ist hier ebenso wenig am Platz wie Spekulationen über die Entstehung des Lebens an sich. In den schwarzen Spalt rutscht nicht nur der Älteste aller Tage samt seinem Thron, seinem Zepter, seiner Macht und dem hübschen Vögelchen, das in erst später erfundener Schwerelosigkeit verharrt, dort verschwinden auch die Kräfte des Fruchtbarkeitszyklus mit ihren aufragenden Zeugungsorganen und feuchten Vaginen, die strengen Erzengel und die sanften Engel samt Paradies und Hölle, die kleinen dienstbaren Geister und die mächtigen Naturgewalten, und in diesem schwarzen Aufflammen einen Augenblick vor dem Erwachen liegt eine Ahnung von der Irrealität alles Geschehens, und das Ich, erschüttert ob seiner eigenen Fiktivität, sinkt in den Spalt – genau einen Augenblick vor dem Aufwachen. Und dann ist er vorbei, dieser Augenblick des noch fortdauernden Schlafs, der Augenblick vor dem Aufwachen, du wirst hochgespült aus dem schwarzen Fjord, und du erwachst, um das Gestern und das Heute zu verbinden und um zu vergessen, möglichst gründlich zu vergessen, von wo du eben aufgetaucht bist und wohin du – das weißt du genau – wieder zurückkehren wirst.

Schlaflosigkeit

Von allen Arten der Schlaflosigkeit – quälender, krankhafter, den Verstand raubender – betrachte ich nur eine, die ich in Ermangelung eines treffenderen Begriffs kreative Schlaflosigkeit nenne. In meiner Jugend habe ich sogar ein Gedicht darüber geschrieben, von dem ich nur eine Strophe im Gedächtnis behalten habe:

> Ich liebe jene Nächte ohne Schlaf,
> da sich am fernen weiten Horizont
> der Nebel lichtet, der den Sinn verhüllt,
> jedoch der Schlaf mir unerreichbar bleibt.

Zur Schlaflosigkeit gehört auch das monotone Einschlafen und wieder Aufwachen mit dem hartnäckigen Gedanken: einschlafen, einschlafen, einschlafen … Dieser Zustand erinnert am ehesten an die Fieberträume während einer Kinderkrankheit, wenn man das Gefühl für die Realität verliert, wenn die Grenze zwischen Schlafen und Wachen verschwimmt; es ist eine Art Ausbruch aus der stabilen alltäglichen Welt in die unsichere Sphäre des Jenseitigen.

Schlaflosigkeit ist das natürlichste Tor zur Ideenwelt Platons, zu Alice' Welt hinter den Spiegeln, zum Dreifuß im Orakel von Delphi, zum Fegefeuer, zur Hölle und schließlich zum schöpferischen Laboratorium Gottes. Ein spontaner Zugang. Um bewusst und zielstrebig dorthin zu gelangen, haben Millionen Menschen zu allen Zeiten zu Alkohol und Drogen gegriffen oder zu Praktiken, die normalen Sterblichen fremd sind. Eine ähnliche Überwindung der Grenze bescheren mitunter auch leidenschaftliche Liebe und kreative Ekstase.

In den zwanziger Jahren des vorigen Jahrhunderts sprach der

Dichter Ossip Mandelstam in einer Radiosendung über den jungen Goethe von der »Kavallerie der Schlaflosigkeit«, die Goethes Schaffen angetrieben habe. Schlaflosigkeit hängt mit den schöpferischen Fähigkeiten eines Menschen zusammen und nährt sie. Doch Schlaflosigkeit ist auch eine Folter, wie die modernen Henker wussten. Das menschliche Gehirn braucht den Schlaf genauso wie Wasser und Sauerstoff.

Die Art Schlaflosigkeit, die ich meine, hat etwas mit leichter Besessenheit zu tun. Sie tritt gewöhnlich ein, wenn du vollkommen von deiner Arbeit absorbiert bist, die so sehr von dir Besitz ergreift, dass das Alltagsleben nur mechanisch abläuft und zum blassen Hintergrund der Vorgänge im Bewusstsein wird.

Ob du schläfst oder wach bist, spielt in diesem Zustand keine Rolle. Das verborgene Leben in dir vibriert, und wenn du mitten in der Nacht endgültig aufwachst, wird dir bewusst, dass dieser Strom nie abgerissen ist. Die Stille des schlafenden Hauses, der schlafenden Kinder und Dinge ist so faszinierend transparent, dass du leise, ganz leise aufstehst, Tee kochst und mit einer Tasse Tee und einem Stift in der Hand nahezu schwerelos, beinahe schlafwandlerisch hastig etwas ungeheuer Wichtiges niederschreibst, die Wörter abkürzend und Buchstaben verlierend. Später kannst du oft nicht mehr entziffern, was für glückliche Bruchstücke dir da in den Sinn gekommen waren, was für wichtige Gedanken nun spurlos verschwunden sind, was für blitzsaubere, auf Hochglanz polierte Wörter entwischt sind, um nicht wiederzukehren. Bis zur nächsten Schlaflosigkeit.

Übrigens sind nicht wenige Fälle bekannt, in denen große Entdeckungen im Schlaf gemacht wurden. Wladimir Majakowski erzählte, er habe drei Tage nach einer bestimmten Metapher gesucht und das gesuchte Wort dann geträumt. Mitten in der Nacht habe er »einziges Bein« auf eine Papirossy-Schachtel geschrieben und am nächsten Morgen lange nicht begriffen, was diese seltsamen Wörter bedeuten sollten. Doch schließlich entstanden daraus die berühmten Zeilen:

Maria, mir bangt, dass dein Name im Schwinden ist,
so wie ein Poet unter Ängsten
irgendein Wort vergisst,
das er in nächtlichen Qualen ersann,
und das Wort kam an Gottes Größe heran.
Deinen Leib will ich hüten und hegen,
wie ein Soldat, verstümmelt im Krieg ohne Segen,
ohne Gnad, den niemand nötig hat,
hüten kann, ja lieben
sein einziges Bein, das ihm verblieben.

Gesegnet sei die Schlaflosigkeit. Besonders für jene Glücklichen, die nicht beim Weckerklingeln aus dem Bett springen, mit einer Aktentasche unterm Arm, das Frühstück in der Tasche, in den Hades der U-Bahn tauchen müssen, um das unausgeschlafene Kind in die Schule zu schleppen und dann zum Dienst oder zur Arbeit zu eilen.

Eine Apologie der Lüge

Ein kleiner alter Mann mit einer langen Nase sitzt am Kamin und erzählt von seinen Abenteuern ... So beginnt das berühmte Buch der Abenteuer des Barons Hieronymus Carl Friedrich von Münchhausen, niedergeschrieben von Erich Raspe. Mit diesem Verweis auf den legendären Mann, der wirklich existiert hat und zum literarischen Helden wurde, beginnen wir unser kleines Gespräch über die Lüge.

Wollen wir ehrlich über die Lüge sprechen, müssen wir bekennen, dass wir in verlogenen Vorstellungen von der Welt gefangen sind, egal, woher wir diese beziehen – aus der Bibel, aus Karl Marx' *Kapital* oder aus den Lehren von Platon, Aristoteles, Darwin oder Albert Einstein. Was wir gestern für die Wahrheit hielten, verkehrt sich heute in ihr Gegenteil. Wahrheit und Lüge sind dehnbar und durchdringen sich gegenseitig. Sie sind eng miteinander verflochten und nur scheinbar Antonyme, denn das Gegenteil von Lüge ist nicht die Wahrheit. Antipode der Verlogenheit ist am ehesten die Ehrlichkeit, die Irrtümer und Fehlurteile nicht ausschließt.

Es ist schön, wenn man dem Wort des Evangelisten »Es sei aber eure Rede: Ja, ja! Nein, nein! Was darüber ist, das ist vom Bösen« geradlinig folgen kann. Wenn es nun aber zwischen ja und nein viele Abstufungen und Halbtöne gibt? Gerade dieser unbestimmte Zwischenraum birgt ja das Interessanteste: Selbsterkenntnis, Welterkenntnis, Entwicklung von Gedanken, wissenschaftliche und künstlerische Kreativität.

Unwahres gibt es auf der Welt weit mehr als Wahres. Zudem wird seit Jahrtausenden über die Kriterien der Wahrheit debattiert. Die Lüge ist viel einfacher zu erforschen als die Wahrheit. Die Lüge ist vielfältiger, nuancenreicher, sie hat etwas Spielerisches. Wohl kein einziges bedeutendes literarisches Werk würde überdauert haben, hätte man daraus die Lüge entfernt, das bewusst oder unbewusst Erfundene. Die größten Bücher der Welt – Dantes *Göttliche Komödie*, Shakespeares *König Lear*, *Hamlet* und *Othello*, Goethes *Faust* – verdanken ihre Existenz einzig der Lüge, falschen oder zweifelhaften Ideen, offenkundig erfundenen Figuren. Aber welchen Reichtum offenbaren sie dem Leser! Welche Größe liegt in diesem zum Scheitern verurteilten Kampf der Wahrheit gegen die Lüge, des Guten gegen das Böse, des Lebens gegen den Tod! Hat irgendwer je die Lüge als Stimulus der Erkenntnis erforscht? Versucht, der Lüge ins Auge zu sehen, ohne jedes Moralisieren, ohne jede Scheinheiligkeit?

Das ist vermutlich ein gefährliches Unterfangen – nicht ohne Grund ließ sich Odysseus mit Lederriemen an den Schiffsmast fesseln, um den verführerischen Gesang der Sirenen zu hören, ohne zu sterben.

Die antike Mythologie missbilligt die Lüge nicht. Der listige Odysseus, ein Betrüger und Lügner, ist einer ihrer unbestrittenen Helden, und die bekannte Operation »Trojanisches Pferd«, die Odysseus zugeschrieben wird, gilt bis heute als Meisterstück der Kriegskunst. Die alten Griechen konstruierten ihre moralisch-ethischen Grundsätze aus anderen Bausteinen als nachfolgende Generationen.

Die Geschichte der modernen jüdisch-christlichen Zivilisation, der Anthropologie im weitesten Sinne, geht zurück auf eine Lüge im Garten Eden. Diese Lüge – oder ihre Negierung – ist der Eckstein des späteren Gebäudes.

Wenn wir uns den lesbarsten Text des 1. Buchs Mose (Kapitel 3) genau anschauen, wo wir dieser Lüge zum ersten Mal begegnen, stellen wir fest, dass sich keiner der vier an dem beschriebenen Ereignis Beteiligten untadelig verhalten hat. Gott hält sich nicht ganz an die Wahrheit, als er dem jungen Paar erklärt, sie dürften die Früchte von dem bewussten Baum nicht kosten, »dass ihr nicht sterbt«. Allerdings erfahren wir das nicht vom Schöpfer selbst, sondern von Eva. Dennoch drängt sich die Vermutung auf, dass der Schöpfer sie nicht wahrheitsgemäß über die Folgen aufgeklärt, ja, ihnen mit dem Tod gedroht hat, während es sich ja, wie wir aus dem nachfolgenden Text erfahren, lediglich um die Vertreibung aus dem Paradies handelte. Der Schöpfer hat also geschwindelt.

Satan hingegen, obgleich als Vater der Lüge deklariert, bleibt näher an der Wahrheit: »Ihr werdet mitnichten des Todes sterben; [...ihr] werdet sein wie Gott und wissen, was gut und böse ist.« Doch auch diese Behauptung ist nur scheinbar wahr. Die Menschheit hat bis heute nicht gelernt, zwischen diesen fundamentalen Dingen zu unterscheiden.

Dann folgen die nach einer Lüge üblichen hässlichen Dinge: Gott überzeugt sich von der Übertretung des Verbots, Adam schiebt die Schuld auf Eva, Eva auf die Schlange. Die Folgen dieses Ereignisses sind bekannt. Wir leben noch immer in einer Welt, deren Nabelschnur an der Urlüge der ersten Akteure hängt. Ja, die Welt selbst ist, wenn nicht Produkt, so doch die Folge einer Lüge. Um es weniger hart auszudrücken, sagen wir statt Lüge lieber »Fehler«.

Die ganze als »Sündenfall« bezeichnete komplizierte Geschichte erzählt von der Verletzung eines Verbots (des Vorläufers des Gesetzes) und der anschließenden Bestrafung. Auf dieses aufregende Thema wollen wir jetzt nicht weiter eingehen, das heben wir uns für später auf.

Bleiben wir bei der Lüge. Die Lüge beginnt mit dem Menschen. Die Fähigkeit zu lügen ist eine rein menschliche Eigenschaft, auch hier verläuft eine Grenze zwischen Mensch und Tier.

Egal, ob Darwins Evolutionstheorie uns gefällt oder empört – den Überlebenskampf in der Natur überlebt der Stärkere. Das ist ein Gesetz der biologischen Evolution. In der menschlichen Gesellschaft überlebt der Schlauere. Manchmal der Niederträchtigere.

Die Natur kennt keine moralischen Kriterien: Die Mücke wird vom Frosch gefressen, der Frosch von der Schlange, die Schlange vom Vogel, der Vogel vom Menschen. Ein bisschen vereinfacht, aber im Großen und Ganzen zutreffend. Wer es konkreter will: Der Mensch isst heute sehr oft Hühner, die mit Fischmehl gefüttert wurden. Wie auch immer – all diese langen Nahrungsketten bestehen aus vielen Paaren von Fressenden und Gefressenen, das Leben auf unserem Planeten ist keineswegs eine Idylle. Doch während in der Tierwelt Sinn und Zweck des Daseins im Erzeugen von Nachkommen bestehen, so erklären die Menschen, die in biologischem Sinne zweifellos ebenfalls Tiere sind, äußerst selten, der Sinn ihres Daseins sei es, Nachkommen zu hinterlassen. Wir Menschen suchen Sinn und Zweck des Lebens seit Jahrtausenden im Spirituellen und scheuen uns nicht, das zu verkünden. Im Gegenteil, wer erklärt, er lebe »für seine Kinder«, läuft Gefahr, als engstirniger Spießer zu gelten. Ganz anders steht da, wer bekundet, er lebe im Namen einer schönen Zukunft. Diese Idee hat uns einen ganzen Friedhof mannigfaltiger Utopien beschert; manche davon waren relativ harmlos, weil sie ohne Blutvergießen auskamen, andere, gefährliche, haben Hekatomben von Opfern gekostet, die sich nicht in hundert Rindern bemessen, sondern in Millionen Menschen. Die Lüge von Ideologien ist allumfassend, unpersönlich und nur durch geistige Anstrengung zu erkennen.

Idealisten sind in gewissem Sinne für die menschliche Population gefährlicher als engstirnige Spießer, banale Bourgeois, Egoisten verschiedener Schattierungen, Hedonisten und sonstige Realisten, für die reiner Gewinn wichtiger ist als reiner Geist. Doch die einen wie die anderen lügen. Tiere dagegen lügen nicht. Wenn sie töten, um sich zu ernähren oder um ihre Art zu erhalten, verbergen sie ihre Absicht nicht, auch wenn die Katze die Augen zusammenkneift, um den Spatzen zu täuschen. Das ist keine Lüge, das ist Jagdinstinkt.

Fabeln über den schlauen Fuchs, den dummen Wolf und die auf Schmeicheleien versessene Krähe haben sich Menschen ausgedacht. Überdies haben sie in der vom Kampf ums Überleben freien Zeit ein ganzes Meer an Mythologien hervorgebracht, die von Kontinent zu Kontinent wandern, mit mannigfaltigen Göttern, ähnlichen Helden und universellen Problemen – Leben und Tod, Gut und Böse, Wahrheit und Lüge. All diese sogenannten binären Gegensätze entstanden nicht auf dem Acker, auf dem kultivierte Gräser, Rettich und Gurken wachsen, sondern auf dem Feld des Bewusstseins, der Kultur, der Einbildungskraft.

Und was ist Einbildungskraft? Phantasie, Hirngespinste, Lüge! Aber auch ein notwendiges Schmiermittel für den technischen Fortschritt und die Kreativität. An dieser Stelle möchte ich einen Politiker, utopischen Praktiker und praktischen Gesetzesbrecher zitieren, dessen Namen zu erwähnen in Russland seit der Perestroika fast als anstößig gilt. »Es ist falsch zu denken, dass nur der Dichter Phantasie braucht. Das ist ein dummes Vorurteil. Selbst in der Mathematik ist sie vonnöten, selbst die Entdeckung der Differenzial- und Integralrechnung wäre ohne Phantasie undenkbar gewesen. Phantasie ist eine äußerst wertvolle Eigenschaft.«

Der Autor dieses Zitats heißt Lenin. Ein Lügner und Betrüger ohne jede künstlerische Ader.

Der Lügner und Betrüger, mit dem wir unser Gespräch begannen, hat sich die Hände nicht mit Verbrechen beschmutzt. Baron von Münchhausen diente dem preußischen Königshaus als Offizier, eine Zeitlang sogar als Chef der Ehrenwache. Baron von Münchhausen, einerseits Offizier, Adliger und Aristokrat, andererseits Schwindler, Gaukler und Narr, ein großartiger und unvergesslicher Rittmeister des Russischen Reichs, starb Ende des 18. Jahrhunderts in seiner Heimat, in der Stadt Bodenwerder.

Gustave Doré versah seine Karikatur einer Münchhausen-Büste mit dem Motto: *Mendace veritas* – in der Lüge liegt die Wahrheit. Diese Behauptung ist nicht schlechter und nicht besser als viele andere. Die Enten auf dem Wappenband sind die Urahnen aller Zeitungsenten, der kleinen, harmlosen Lügen und Gerüchte.

Die Freunde und Nachbarn des pensionierten Rittmeisters versammelten sich in einem Haus in seinem Garten, heute »Lügenpavillon« genannt, oder in einer nahegelegenen Göttinger Schenke, um seinen Erzählungen zu lauschen.

Und wir sperren glücklich die Ohren auf und erinnern uns an diese Geschichten – vom Hirsch mit dem Kirschbaum im Geweih, von den sieben Rebhühnern, die von einem Ladestock durchbohrt werden, vom tollwütigen Rock …

Kurz vor seinem Tod war der ruinierte und kranke Baron von Münchhausen allein mit einer Dienerin, die ihn pflegte.

»Wie haben Sie die beiden Zehen verloren?«, fragte ihn die Frau.

»Die hat mir ein Eisbär bei der Jagd abgebissen«, antwortete der Baron. Das war sein letzter Scherz.

Aber Scherz beiseite, Herrschaften! Kommen wir zum Ernst der Sache. Ich möchte Ihnen einen großartigen Religionsphilosophen vorstellen, den wir schon in unserer sowjetischen Jugend lasen, ausschließlich nachts und heimlich. Nikolai Berdjajew wurde im November 1922 zusammen mit rund fünfhundert anderen Kulturschaffenden aus Russland ausgewiesen, seine Bücher wurden verboten. Er verließ Russland mit dem berühmten »Philosophendampfer«. Das war eine der großen und unerklärlichen Ideen Lenins: Statt die Wissenschaftler, Philosophen und Schriftsteller, die die sozialistische Revolution nicht unterstützten, zu vernichten, wies man sie aus, und so wurde ein Teil der russischen Kultur gerettet. Hier einige Zitate aus Berdjajews Aufsatz *Das Paradox der Lüge* von 1939.

»Die Welt erstickt an der Lüge. Die Philosophen haben dem Problem der Lüge zu wenig Beachtung geschenkt.«

»Nicht nur von Natur aus verlogene Menschen lügen, sondern auch aufrichtige. Gelogen wird nicht nur bewusst, sondern auch unbewusst.«

»Die Menschen leben in Angst, und die Lüge ist ein Mittel zur Verteidigung.«

»Die Struktur des Bewusstseins wird durch die aus der Angst geborene Funktion der Lüge deformiert.«

»Es gibt mehrere Typen von Lüge. Am gewichtigsten ist die soziale Lüge, die als Pflicht daherkommt. Von ihr ist das Leben von Staaten und Gesellschaften voll, sie stützt die Zivilisation, auf sie ist man stolz, man betrachtet sie als Schutz gegen Zerfall und Anarchie.«

»Den modernen Mythen ist die bewusst organsierte Lüge eigen. Sie sind ohne jede Naivität.«

»Die als sozial nützlich akzeptierte Lüge erreicht heutzutage im Mythos so unerhörte Ausmaße und deformiert das Bewusstsein so gravierend, dass sich die Frage nach einer radikalen Veränderung des Verhältnisses zu Wahrheit und Lüge stellt, nach dem Verschwinden des Kriteriums der Wahrheit generell.«

»Eine Lüge wird als heilige Pflicht suggeriert, als Pflicht gegenüber der auserwählten Rasse, gegenüber der Größe des Staates, gegenüber der auserwählten Klasse. Das wird nicht einmal als Lüge wahrgenommen.«

»Eine Lüge kann sogar wie die einzige Wahrheit aussehen.«

Ich muss gestehen, ich hasse die Lüge, die große staatliche wie die kleine, private. Jedes Mal, wenn ich am Telefon sage: »Entschuldigen Sie, am Dienstag kann ich nicht, da bin ich leider verhindert – meine Freundin hat Geburtstag, ich muss beruflich verreisen, ich gehe zu einem Konzert, ich betreue meine Enkel …«, statt ehrlich zu sagen, dass ich keine Lust habe, auf dieser Versammlung zu sitzen, dass mich dieses Thema nicht interessiert, dass ich nicht geneigt bin, dafür meine Zeit zu opfern – dann ärgere ich mich über mich selbst. Die Wahrheit zu sagen ist immer schwerer als zu lügen.

Mich interessiert das Wesen der Lüge, besonders das der uneigennützigen Lüge, die wie ein Schmetterling oder eine Ameise ohne jeden Sinn und Zweck ist, nur dazu da, den Lügner zu schmücken, ihn bedeutender zu machen, Freunde oder Widersacher mit angeblichen Siegen und Leistungen zu beeindrucken. Und es ist keineswegs einfach, ehrlich über die Lüge zu schreiben.

Sag nein

Jeder kommt einmal ins Zweifeln, selbst Menschen von entschiedenem und bestimmtem Wesen. Und nicht nur bei wichtigen Lebensfragen wie Heirat oder Scheidung. Manchmal fällt eine Entscheidung auch in nebensächlichen Dingen schwer. Für Menschen von weniger bestimmtem Wesen ist das Leben mitunter fast unerträglich. Von morgens bis abends müssen Entscheidungen getroffen werden: Was esse ich zum Frühstück? Welches Hemd soll ich anziehen? Nehme ich einen Schirm mit oder nicht? Und diese Qualen beginnen, noch bevor man Entscheidungen am Arbeitsplatz treffen muss, oder beim Einkaufen.

Entscheidungen zu treffen ist schwer, zumal die Fülle der Angebote von Tag zu Tag wächst und die Bedürfnisse weit übersteigt. Tausende kluger und geschickter Profis machen sich ausschließlich darüber Gedanken, was sie uns noch Verlockendes anbieten, womit sie bei uns Wünsche wecken können, die uns fast mechanisch das Portemonnaie zücken lassen. Darauf beruht, wie man weiß, die Konsumgesellschaft – Menschen dazu zu bringen, vollkommen Unnötiges zu erwerben, Verlangen zu wecken und es umgehend zu befriedigen. Dieser Mechanismus ist einzigartig. Er hat eine Eigendynamik, niemand kann ihn verlangsamen oder an sein eigenes Tempo anpassen. Ebenso wenig kann man ihn durchbrechen, denn er ist so in die moderne Welt integriert, dass er überall eindringt: Noch gestern wussten Sie nichts von der Existenz eines neuen technischen Spielzeugs, heute können Sie nicht mehr ohne es leben. So ist die Welt heute beschaffen, und wir werden sie nicht ändern.

Ein weiterer Anreiz neben vollkommen neuen Angeboten wunderbarer Waren und Dienstleistungen ist die besondere Jagd nach Qualität. Nach der »ewigen Schreibfeder«. Ein Kugelschreiber, der ewig hält, eine Uhr, die noch Jahrzehnte nach dem Tod des Besitzers mit beispielloser Präzision die Zeit anzeigt, unverwüstliche Stoffe, die jede Mode überdauern, und Computer, die veralten, ehe sie kaputtgehen.

Reden wir also über Qualität. Sie hängt, so seltsam es auch klingen mag, mit der Ökologie zusammen. Jeder von uns ist ein Lebewesen, das zur Erhaltung seines Lebens andere tierische und auch pflanzliche Lebewesen konsumiert, die, wenn sie sich in einer stetig vergifteten Umwelt befinden, ihre Qualität einbüßen. Wir sorgen für Kontrolle: Wir schaffen neue Zweige von Wissenschaft und Technik, um schädliche chemische Verbindungen (die wir selbst bei der Gewinnung von Geld aus unschuldigen chemischen Verbindungen als Abfallprodukt erzeugen) unschädlich zu machen, und zwar mit modernen Mitteln, mit denen auch ganz neues Geld gemacht wird, im Grunde aus dem Dreck unter unseren Füßen. Genau diesem Prozess dienen Forschung und modernste Technologien! Die Qualität, die durch unser eigenes Handeln gesunken ist, wird wieder gesteigert. Allerdings hat sie nun einen Extrapreis: für sauberes Wasser, für frische Luft, dafür, dass wir keine Müllkippe vor der Nase haben, dass unser Speiseöl kein Maschinenöl enthält und unser Hähnchenfleisch keinen Fisch.

Doch das alles betrifft nur unseren sterblichen Leib! Die Materie lässt sich noch irgendwie beherrschen, aber was ist mit dem Geist, der sich von Höherem nährt? Was ist mit der Kultur, wo bleiben die Regeln zur Reinhaltung der geistigen Konsumgüter? In früheren Zeiten gab es eine Institution, die sich mit dem Filtern geistiger Güter befasste, sie hieß Zensur und wurde einstweilen abgeschafft. Und nun muss der Mensch, der es mit Müh und Not schafft, nichts Schädliches in seinen Magen zu lassen, selbstständig auf die Qualität dessen achten, was er mit Augen, Ohren und, verzeihen Sie das hochtrabende Wort, mit der Seele konsumiert. Kulturelle Produkte haben keinen Aufdruck »zu verzehren bis 1. September«, »ohne geistige Gifte«, »höchstens 1 Gramm je Kilogramm Körpergewicht« oder gar die ehrliche und direkte Warnung »lebensgefährlich«.

Das ist der eigentliche Kern des Themas – die Ökologie des Konsums geistiger Güter. Was lesen wir? Was schauen wir uns an? Was hören wir? Ich persönlich. Mein Freund und mein Nachbar. Die Menschen in meiner Straßenbahn, ja, in meinem Land!

Vor Jahren erschien im vornehmen England, in dem es Prinzen, Butler und Kammerdiener gibt, ein Buch über Prinz Charles, geschrieben von seinem Diener. Der Diener hat seinen Herrn durchs Schlüsselloch beobachtet und dem ehrenwerten Publikum über das Intimleben des Prinzen berichtet: mit wem, wann und wie oft … Das ist nicht weiter erstaunlich. Schon Fjodor Dostojewski schrieb über den Drang des Lakaien zum Schreiben. »Fünfzig Lakaien haben sich zusammengesetzt, um etwas zu schreiben, und sie haben etwas geschrieben!«, ruft General Jepantschin im Roman *Der Idiot*. Damals schon! Und in England, einem vornehmen Land, hat ein Lakai – in unserer Zeit! – ein Buch geschrieben, und es wurde gekauft. An einem einzigen Tag war die gesamte Auflage vergriffen. Und wer hat es gekauft? Ebensolche Lakaien? Nein, vornehme Leser. Dickens ist nicht vergriffen, Thackeray ist nicht vergriffen, Bertrand Russell und Arnold J. Toynbee sind nicht vergriffen, dieses Klatschbuch aber ist es.

Was ist da los? Die Rede ist nicht von irgendeinem Plebs, sondern vom vornehmen englischen Publikum! Hat es seinen Geschmack eingebüßt, seine Selbstachtung, seinen Humor? Neben mangelnder Selbstachtung zeigt sich darin auch eine mangelnde Achtung vor dem Geld. Der Leser hat sein Geld schließlich nicht auf der Straße gefunden! Warum trennt er sich so leicht vom sauer Verdienten, um nicht etwa Brot und Butter oder Schuhe für seine Kinder zu kaufen, sondern boshaften Klatsch, verfasst von einem Mann, dem man nicht die Hand geben dürfte? Na schön, das sind die Engländer, weit weg von uns.

Aber was tun wir selbst? Schauen Sie hin: Eine hübsche Blondine, sagen wir Tanja Tanina oder Manja Manina, bietet uns ihr Wissen über die Welt an, kurz und leicht fasslich geschrieben. Über die wichtigsten weltbewegenden Fragen: für Frauen – wie man einen Millionär erobert, für Männer – wie man Millionär wird, für Hausfrauen – wie man die besten Suppen für einen Millionär kocht, für Millionäre – wie man die beste Jacht auswählt, für alte Männer – wie man seine sexuelle Energie wiederherstellt, für alte Frauen – wie man die verlorene Jugend zurückgewinnt. Antworten auf jede Frage, in konzentrierter und simpler Form, das Buch kostet nicht viel, hundertprozentiger Erfolg wird garantiert, die Auflage ist gigantisch.

Wer ist der Dumme? Natürlich nicht Manja Tanina. Wir, liebe Leser, die bereitwillig das Portemonnaie zücken, ein paar Groschen hinlegen für diese Ergüsse einer irregeleiteten Schulabbrecherin, sie durchblättern und in den Papierkorb werfen. Aber wir haben sie gekauft!

Nach der Urlaubssaison liegen in jedem Hotel, vom Drei- bis zum Fünfsternehaus, von der türkischen Küste bis nach Grönland, ganze Bibliotheken solchen Schunds an Belletristik und populärwissenschaftlicher Literatur herum. Dieses ökologische Problem ist leicht zu lösen: Die Verarbeitung von Altpapier funktioniert bestens. Doch es gibt noch ein zweites ökologisches Problem: Wie entfernt man das Gift, den schädlichen Pilz aus dem verseuchten Gehirn?

Ganz abgesehen vom Verlust an wertvoller Lebenszeit, der Ohnmacht gegenüber dem alles durchdringenden Aufruf: »Konsumiert! Konsumiert! Konsumiert!«, der Unruhe, ja gar Bestürzung weckt – die anderen haben das schon, und ich? Wie in dem bekannten jüdischen Witz: »Sima, sieh doch, die Kinder von Rabinowitsch kotzen schon, und unsere haben noch nicht einmal gegessen!«

Die Werbung drängt, der Widerstand erlahmt. Die Folge ist ein Absinken des geistigen Niveaus, ein Prozess, der uns vielleicht noch nicht ganz bewusst ist, ein Rückfall in eine niedrigere Entwicklungsstufe. Wenn jemand, der die Schule und ein Studium absolviert hat, der Puschkins *Hauptmannstochter* gelesen hat und jedes Wort versteht, der Examen in Chemie und Geometrie ablegt, zweihundert Gemälde und zwei Dutzend Filme im Kopf hat, wenn so jemand dem Druck der kommerziellen Werbung oder seiner eigenen Trägheit folgt und fortan Unsinn konsumiert, dann merkt er selbst nicht, wie seine Sprache und seine geistige Aktivität verflachen, primitiver werden, wie sich sein Denken auf das Elementarste reduziert, so dass er schließlich glaubt, die Lösung jeglicher Probleme des Lebens sei auf einem Abreißkalender zu finden.

Man möchte schreien: Hilfe! Haltet den Dieb! Aber das ist ja falsch. Keiner bestiehlt uns. Das kann man nur sich selbst zurufen. Wonach greifst du da? Schau hin! Manja Tanina will dich über das Leben belehren? Vielleicht sagst du lieber nein? Das schwierige Wort nein? Oder kapitulierst du und ergibst dich dem totalen, in alle Poren dringenden Betrug?

Dankeswort an eine Ratte

Manchmal ist es nützlich, das eigene Leben mit den Augen eines Archäologen zu betrachten, Schicht für Schicht. Es ist erstaunlich, wie sich mit größerem zeitlichen Abstand mitunter kleine, ganz nebensächliche Ereignisse als wichtige Wendepunkte entpuppen. An diesem einen Punkt musst du eine Entscheidung treffen, musst eigenständig handeln, unabhängig von diversen Umständen, und dann machst du einen Schritt, manchmal ganz intuitiv, ohne die Bedeutsamkeit des Ereignisses zu begreifen. Manchmal entscheidest du dich wie bei einem Brettspiel für einen bestimmten Zug und gehst dann einen falschen, überflüssigen Umweg, verlierst dabei Jahre deines Lebens und viel Kraft.

Schon in meiner Kindheit stand fest, dass ich Biologin werden würde wie meine Mutter. Ich bewarb mich an der Universität und fiel zunächst durch die Aufnahmeprüfung. Im Familienrat wurde beschlossen, dass ich ein Jahr als Laborantin arbeiten und mich dann erneut bewerben sollte.

Ich kam in das Labor, ein wunderbares Labor, weiß und voller Glas, mit vielen Schränken und Regalen, mit funkelnden alten Messingmikroskopen und Mikrotomen und einer Torsionswaage unter einem Zylinder aus Glas, das sich nach unten verdickte, auf einem massiven kleinen Mahagonitisch. An einem hohen Labortisch stand eine sehr schlanke Frau mit schwarzgrauem Dutt, orientalischen Augen und einem zu kurz geratenen Abstand zwischen Nasenspitze und Oberlippe. Ihr Gesicht spiegelte Widerwillen, Sauberkeit, Sorgfalt und etwas Bedeutendes, Unbekanntes. Ihr Kittel leuchtete so weiß wie Schnee im Hochgebirge, ihre Hände waren chirurgisch rein, und ihre festen starken Finger arbeiteten präzise wie die eines Juweliers. Mit einer winzigen, eigenwillig geformten Schere und einer schmalen Pinzette berührte sie ein seidiges rosa Bläschen auf einem Objektträger. Daneben standen eine ganze Reihe Glasdosen und eine hässliche, mit Mull zugedeckte Nierenschale wie beim Zahnarzt.

»Guten Tag, ich will zu Ihnen«, sagte ich schüchtern. Sie nickte, ohne sich umzudrehen, und sagte: »Komm her und schau, was ich hier mache.«

Da sah ich, was sie machte. Die gelehrte Dame schnitt einen winzigen Schädel der Länge nach auf und löste die feine Schädeldecke, die nicht dicker war als ein Kinderfingernagel, ganz vorsichtig, um die zarte gräuliche Materie nicht zu beschädigen, das Höchste, was die Natur geschaffen hat. Sie legte die beiden länglichen Hirnhälften und die beiden vorstehenden Geruchslappen bloß – ohne den geringsten Kratzer auf diesem zweigeteilten Körnchen. Das Hirn glänzte wie Perlmutt. Mit der feinen Pinzette zerschnitt sie das längliche Hirn dort, wo es mit dem Rückenmark verbunden war, hob mit einem Spatel die schimmernde Perle an, und ich sah ein hauchfeines Gefäßnetz, das mit bloßem Auge kaum zu erkennen war. Ohne die Hülle, in der es eben noch gelegen hatte, sah das Gehirn aus wie ein architektonisches Gebilde – nun rutschte es als schwerer Tropfen vom verchromten Spatel in eine Glasschale mit durchsichtiger Flüssigkeit. Die gelehrte Dame hob den Mull über der Nierenschale an: In der Schale zappelten mehrere neugeborene Ratten, zusammen mit enthaupteten Rümpfen, deren Köpfe soeben einem erhabenen, blutrünstigen Gott geopfert worden waren, der in diesem Fall Wissenschaft hieß. Dieses erschreckende, unrechte Beieinander von Lebendigem, Zutraulichem, Zappelndem und Totem, Enthauptetem, Dekapitiertem – dieses Wort sollte ich kurz darauf lernen – ließ Übelkeit vom Magen in meine Kehle aufsteigen. Ich schluckte.

»Meine lieben Kleinen«, gurrte die gelehrte Dame, ergriff ein lebendes Rattenbaby mit zwei Fingern, streichelte das schmale Rückgrat und trennte mit einer anderen, etwas größeren Schere, die links neben der Nierenschale lag, sauber und exakt den Kopf ab. Den Körper, der leicht zusammengezuckt war, den unnützen Rest, warf sie wieder in die Schale, das Köpfchen aber legte sie liebevoll auf den Objektträger. Danach sah sie mich prüfend an und fragte mit einem sonderbaren Anflug von Stolz:

»Kannst du das?«

Mein Gott, mein Gott, mein Gott … Was schickst du uns für Prüfungen! Abraham legte seinen Sohn auf den Altar und hob das Messer, doch ein Engel des Herrn gebot ihm Einhalt. Wie sehr sich die Maßstäbe und Gewichte geändert haben. Aber jeder, der sich darauf einlässt, wird in einem bestimmten Moment gefragt: Kannst du das?

»Ja«, sagte ich, ein braves achtzehnjähriges Mädchen, tapfer gegen die Übelkeit ankämpfend, »das kann ich«, nahm die zarte, seidige rosige Scheußlichkeit in die linke Hand, die kalte, wunderbar in der Hand liegende Schere in die rechte, bezwang mit meinem aufgeklärten Verstand die dumme Seele und drückte mit dem Daumen zu. Der kleine Kopf fiel auf den Objektträger.

»Prima«, lobte mich Tamara Pawlowna – so hieß sie – mit warmer Stimme.

Ich weiß nicht, wie es bei Ihnen aussieht, ich jedenfalls werde beim Jüngsten Gericht knietief in zerschnittenen Ratten stehen. Wenn denn – Lew Schestow, du Tierfreund, bete für mich! – der liebe Herrgott tatsächlich das Geschehene nicht ungeschehen machen will. Zum Nachdenken über dieses Thema hatte ich mehrere Jahrzehnte Zeit.

Damals aber widmete ich mich mit dem Eifer einer Musterschülerin der Vernichtung von Rattenbabys, die eigens zu diesem Zweck im Vivarium des Labors gezüchtet wurden. Ich musste nicht sehr oft Köpfe abschneiden. Die meiste Zeit verbrachte ich mit einer feinen, pedantischen Arbeit – der Herstellung von histologischen Präparaten, die ich mit deutscher Gründlichkeit erlernte. Ich braute Hämatoxylinlösungen nach uralten, fast mittelalterlichen Rezepturen, dämpfte, klärte, filtrierte und destillierte stundenlang, und mein Ehrgeiz wuchs noch schneller als die professionellen Fertigkeiten, die ich rasch erwarb.

Die gesamte aufwendige Prozedur der Herstellung eines Präparates – vom Dekapitieren über das Einweichen des Gewebes in diversen Lösungen und das Zerschneiden des matten Paraffinwürfels, der ein paraffindurchtränktes Gehirn einschloss, mit dem schweren Mikrotommesser bis zum Aufkleben der mikroskopisch kleinen Querschnitte auf Glas und dem Einfärben mit zwei Farben – beherrschte ich bald bis ins kleinste Detail. Außerdem assistierte ich der Laborleiterin bei einer komplizierten Operation an schwangeren Ratten: Wir entnahmen einer mit Äther betäubten schwangeren Ratte die gehörnte Gebärmutter, breiteten die beiden Hörner aus und stachen durch die gestraffte glänzende Hülle in den Fötus, bestrebt, direkt den Scheitel zu treffen, wo tief in der Gabelung zwischen den Hirnhälften und dem Kleinhirn eine geheimnisvolle Drüse liegt und daneben ein Verbindungskanal, der künstlich blockiert werden sollte, um den Abfluss von Hirnflüssigkeit zu verhindern und so experimentell eine Hydrozephalie zu erzeugen, einen Wasserkopf also. Die raffinierten Manipulationen sollten Aufschluss geben über die Entstehung von Hydrozephalie bei Kindern und schließlich dazu beitragen, die Menschheit von dieser schweren, aber glücklicherweise relativ seltenen Krankheit zu befreien.

Auch die chirurgische Praxis lag mir. Mein Arbeitseifer war uneigennützig und sich selbst genug. Meine Betreuerin schrieb an ihrer B-Promotion, ich besuchte erst Vorbereitungskurse für die Universität. Weil ich eine so vorbildliche Laborantin war, wurde mir der Schlüssel für den Schrank mit den chirurgischen Instrumenten anvertraut. Nun musste sich jeder, der in den Operationssaal im Souterrain ging, bei mir Kornzangen, Klemmen, Skalpelle und Sägen holen – grausige und doch schöne Werkzeuge. Dort unten im Operationssaal wurden außer Ratten auch Katzen, Hunde und Kaninchen aufgeschnitten.

Ich erzähle das so ausführlich, weil ich an dieser Stelle zum ersten Mal den wahren Fluch der Professionalität entdeckte.

Unser Labor erforschte Aufbau und Entwicklung des Gehirns. Morphologen und Histologen beobachteten durch das Okular primitiver Mikroskope das wachsende Geäst der Hirnkapillaren, verfolgten, wie sich anstelle kranker oder beschädigter Leitungsbahnen neue bildeten. Wir arbeiteten nach einer alten Methode aus dem 19. Jahrhundert. In die Blutbahn wurde Tusche injiziert, die nach und nach das Blut ersetzte, und auf den anschließend gewonnenen Präparaten ließen sich dann deutlich dunkle Zweige voll körniger dunkelgrauer Tusche erkennen. Am effektivsten war die Infusion bei einem lebenden Tier. Das Herz schlug noch, es merkte nicht gleich, dass es statt lebendigen Blutes tote Tusche durch den Körper pumpte, und erst allmählich, erschöpft vom Sauerstoffmangel, schlug es langsamer und blieb stehen. Doch meist wurde die Infusion an toten Tieren vorgenommen, die man zuvor verschiedenen wissenschaftlichen Experimenten unterzogen hatte. Die Instrumente für beide Prozeduren waren verschieden, und jedem, der in den Operationssaal ging, gab ich das Entsprechende heraus.

Die hübsche, auf einem Bein humpelnde Laborantin Soja, eine Nierenschale mit einer vom vielen Sterilisieren vergilbten Windel darüber in der Hand, bat um die Instrumente für eine Tusche-Infusion.

»Was für ein Objekt?«, fragte ich sachlich.

»Ein menschlicher Fötus«, antwortete Soja.

Ich schloss schlüsselklappernd den Glasschrank mit den kleinen Metallkostbarkeiten auf, zog die alten, noch aus der Zeit vor der Revolution stammenden chirurgischen Instrumente heraus, zählte sie ab und fragte, während ich die Klemmen heraussuchte, nebenbei:

»Tot oder lebend?«

»Tot«, erwiderte die hübsche Soja gelassen und humpelte die steile Treppe zum Souterrain hinunter.

Ich aber sank auf einen Stuhl und erstarrte. Natürlich hatte mich niemand gefragt, ob ich ein lebendiges Kind töten könne, aber ich hatte, indem ich meiner professionellen Logik folgte, automatisch mein Einverständnis erklärt und war so in eine Falle getappt, in die Hunderte gewissenhafter Ärzte geraten waren, als sie die Kälteresistenz des menschlichen Organismus an Objekten erforschten, die ohnehin zur Vernichtung bestimmt waren. An Häftlingen in Konzentrationslagern. Doktor Mengele!

So wurde ich in recht jungen Jahren mit einem bedeutsamen Problem konfrontiert, das einerseits im materiellen, sichtbaren Bereich lag, andererseits ins Irrationale, schwer zu Formulierende reichte.

Wie ich später erkannte, war ich nicht Subjekt, sondern Objekt dieses Experiments gewesen. Man kann den Experimentator nennen, wie man will – Gott, Teufel, Pflicht, eine starke Idee –, am Wesen der Sache ändert das nichts.

Diese Episode habe ich fast unverändert in den Roman *Reise in den siebenten Himmel* aufgenommen, denn an diesem Punkt begann mein Nachdenken über wissenschaftliche und medizinische Ethik.

Die Frage »Kannst du das?« wird jedem Menschen irgendwann im Leben gestellt, und er schaut tief in sich hinein und entscheidet, ob er einem hässlichen Rattenbaby den Kopf abschneiden kann und ob er es überhaupt will. So bestimmt jeder selbst die Grenzen seiner eigenen Möglichkeiten.

Ich spreche hier von meiner eigenen Erfahrung, die besagt, dass der lebendige Mensch die Möglichkeit hat, innezuhalten, zu überlegen und zum Ausgangspunkt zurückzukehren.

Ich habe einmal gesagt: »Ja, das kann ich.« Und dann, einige Zeit später, habe ich gesagt: »Nein, das will ich nicht.« Und diese Chance hat jeder, der eine Schere, eine Maschinenpistole, ein Reagenzglas mit einem tödlichen Virus oder etwas anderes Scheußliches in der Hand hat, und zwar nicht zu seinem eigenen Vergnügen, sondern im Namen einer der großen Ideen, die längst einer Revision bedürfen.

Wenn Gott eine Frau wäre

Was wäre, wenn Gott eine Frau wäre? Diese Frage hat mir ein befreundeter Journalist gestellt. Jedem anderen hätte ich auf diesen Unsinn nicht geantwortet, für ihn tue ich es, um unserer Freundschaft willen.

Mir missfällt zwar vieles auf dieser Welt, aber das Einzige, mit dem ich mehr oder weniger zufrieden bin, ist Gott. Sein größter Vorzug ist seine strikte Neutralität – du kannst tun und lassen, was du willst – glauben oder nicht glauben, mit Waffen gegen Ungläubige kämpfen oder in einer Mönchszelle sitzen und beten –, ER blickt auf alle mit der gleichen Gelassenheit. Mehr noch, er ist so weit weg, dass der Unterschied zwischen Gerechten und Sündern aus dieser Ferne vermutlich kaum zu erkennen ist.

Eigentlich lässt mich jede im Konjunktiv gestellte Frage kalt, denn es gibt um uns herum genug Fragen, die gebieterisch nach sofortiger Antwort verlangen. Ganz zu schweigen von der inhaltlichen Unsinnigkeit, dem philosophischen Fehlschluss oder der logischen Absurdität dieser Frage: Was wäre, wenn … Und abgesehen von der falschen Voraussetzung: Schließlich ist nirgendwo gesagt, dass Gott ein Mann ist.

Die fünfjährige Tochter einer Freundin, die weder zuvor noch danach je Voltaire gelesen hat, fragte einmal: »Mama, ist bei den Dreiecken Gott ein Dreieck?«

Es steht geschrieben, Gott habe den Menschen nach seinem Bilde geschaffen. Doch ebenso richtig ist auch das Gegenteil: Der Mensch schafft Gott nach seinem Bilde. Und die Dreiecke der kleinen Ljalja schaffen in ihrer Dreiecksphantasie ein ideales, absolutes Dreieck.

Nüchtern und rational betrachtet ist unser Bewusstsein das Produkt eines sensiblen graurosa Organs, das aussieht wie eine Walnuss.

Dieses Organ, unser Gehirn, kann vieles. Und was es nicht kann, das können wir uns nicht einmal vorstellen, denn dieses überaus erstaunliche Organ bestimmt auch die Grenzen unserer Einbildungskraft.

Es gibt sehr vieles, was wir über unser Bewusstsein und über unsere Psyche nicht wissen. Es gibt Dinge, die wir nicht erklären, nur konstatieren können, zum Beispiel das tief in der Menschheit verwurzelte Bedürfnis nach dem Glauben an Gott und den übermächtigen Wunsch, in der Umwelt Objekte der Anbetung zu finden oder eigenhändig Dinge zu schaffen, die Gott verkörpern oder symbolisieren. Steine, Bäume, Flüsse, Vögel oder Schlangen – alles taugt zum Objekt der Anbetung.

Die Anbetung der Mutter Erde, einer weiblichen Gottheit, war vermutlich der mächtigste Kult auf der Welt, eine ganze Ära des menschlichen Bewusstseins, eine Stufe der Gottessuche. Wo immer Archäologen in der Erde buddeln, finden sie weibliche Götzenfiguren, von plumpen altertümlichen Hausgötzen und Fruchtbarkeitsgöttinnen bis zu den großartigen antiken Tempelplastiken.

In dieser Ära war Gott eine Frau. Es herrschte eine Religion der blühenden Materie, eine Religion von Fleisch, Blut und Sperma. In der jüdisch-christlichen Kultur entwickelte sich die Wahrnehmung von Gott als Geist. Eine gewaltige Revolution des Bewusstseins.

Doch zurück zum Problem des Geschlechts. Die biblischen Texte sind tiefsinnig. Darin heißt es: »Und Gott schuf den Menschen ihm zum Bilde, zum Bilde Gottes schuf er ihn; und schuf sie einen Mann und ein Weib.« Und forderte sie bekanntlich auf, fruchtbar zu sein und sich zu mehren.

Das Geschlecht ist funktional. Es wird gebraucht, wenn es darum geht, sich zu vermehren, es ist also das Tor für den endlosen Strom der Materie, die nach Leben strebt. Aber was ist das Geschlecht für Gott? Schauen wir genauer hin. Leider ist die menschliche Sprache nirgends so hilflos, das Denken nirgends so unbeholfen wie auf diesem (niederen oder erhabenen?) Gebiet.

Gott schuf nach seinem Bilde – einen Mann und eine Frau. Adam, der Erste, war ein Mensch, und erst nachdem Eva aus dem ersten Menschen entstanden ist, heißt er Mann und sie Frau. Bedeutet das nicht, dass Gott beide Potenziale in sich trägt, sagt das nicht auch die chinesische Kosmogonie, in der die Welt auf den universellen Prinzipien Yin und Yang beruht, die wir mit unseren vagen, unzulänglichen Begriffen als männliches und weibliches Prinzip bezeichnen?

Um die Welt zu verstehen, möchte das Bewusstsein sie systematisieren, ordnen, in Kategorien einteilen, die es sich selbst notdürftig zurechtzimmert.

Etwas Drittes gibt es nicht – erklärten die alten Römer vor fast dreitausend Jahren, und das bekräftigte im vorigen Jahrhundert der berühmte Ethnologe Claude Lévi-Strauss mit seinen »binären Gegensätzen«: ja – nein, schwarz – weiß, heiß – kalt, lebendig – tot … Sehr praktisch. Aber nicht immer.

Nicht abstrakte Spekulation, sondern die moderne exakte Wissenschaft, die Kernphysik und die Molekularbiologie, haben festgestellt, dass sich ein physikalisches Phänomen mitunter nicht mit einem einzigen Gesetz beschreiben lässt, sondern nur mit zweien oder dreien, dass es zwischen ja und nein eine große Skala anderer Möglichkeiten gibt und dass auch zwischen »männlich« und »weiblich« kein unüberbrückbarer Abgrund existiert. So lautete eine geniale Mutmaßung des Andro-Faschisten Otto Weininger: Das Geschlecht ist nicht in den primären oder sekundären Geschlechtsmerkmalen allein lokalisiert, es durchdringt den gesamten Organismus, jede einzelne Zelle. Von der Existenz der X- und Y-Chromosomen wusste er noch nichts.

Indessen sind Wechsel von einem Geschlecht zum anderen bekannt, echte und imaginäre; im Altertum hatten sie meist sakralen Charakter, heute gehören sie zum Alltag. Viele Tausende Menschen haben in den letzten zwanzig Jahren ihr Geschlecht gewechselt – chirurgisch, hormonell und psychisch –, und die übrigen Milliarden, die mit ihren naturgegebenen Organen zufrieden sind, gewöhnen sich allmählich daran, dass aus Onkel Michael plötzlich Tante Maggy werden kann und aus dem zappeligen Nachbarsjungen ein prächtiges Fotomodell mit üppigem Busen. Oder umgekehrt. Daran gewöhnt sich das menschliche Bewusstsein erstaunlich schnell. Den Gedanken hingegen, dass Gott keinerlei anthropomorphe Geschlechtsmerkmale hat, akzeptiert es weit schwerer.

Gott in Gestalt eines graubärtigen Greises, des »Ältesten aller Tage«, billigen Millionen Christen, und selbst die Ikone »Gottvater«, auf der Gott als Dreifaltigkeit dargestellt ist – als Greis, als Kind auf dessen Schoß und als weißer Vogel, der den Heiligen Geist symbolisiert –, wird von den modernen Orthodoxen akzeptiert. Ganz nebenbei sei erwähnt, dass das aramäische Wort für Geist, *ruach*, weiblich ist. An dieser Stelle hat die Idee der »Männlichkeit« Gottes einen Knacks, der besonders deutlich wird, wenn wir uns ein bedeutendes Kunstwerk der orthodoxen Malerei ansehen, Andrej Rubljows Dreifaltigkeits-Ikone. Sie zeigt Abrahams Begegnung mit Gott, der ihm in Gestalt dreier Engel erscheint. Hier trafen sich vermutlich die Absichten Gottes und die des großen Künstlers: Fleischlose Wesen bekamen eine sichtbare Gestalt, und zwar eine Gestalt ohne jedes Geschlechtsmerkmal. Sie sind göttlich und daher geschlechtslos. Ein russischer Künstler des 14. Jahrhunderts vermochte auszudrücken, was bei den alten Juden mit Tabu belegt war.

Woher rührt heute die Frage, was wäre, wenn Gott eine Frau wäre? Diese wunderbare, entlarvende und unschuldige Frage stellen vermutlich Frauen, die mit der Lage der Dinge unzufrieden sind.

Ich gehöre nicht zu den kriegerischen Amazonen, nicht zu den »tüchtigen Frauen«, nicht zu den Lesben und nicht zu den professionellen Vamps. Ich bin gern eine Frau, ich beneide die Männer nicht, ich bin nicht unzufrieden, weil ich nicht zum Militärdienst einberufen wurde, und ich verüble Gott nicht die Mühsal von Schwangerschaft und Geburt, die meinem Mann erspart blieb. Die Ungleichheit zwischen Männern und Frauen ist naturgegeben, und ich gehöre nicht zu denen, die kategorisch behaupten, Männer hätten Frauen gegenüber große Vorteile. Das Kinderkriegen ist ein Privileg der Frau, das zwar ohne die Beteiligung eines Mannes unmöglich ist, aber das Glück der Mutterschaft empfindet eine Frau viel stärker und intensiver, als der Mann seine Vaterschaft erleben kann. Es gibt noch andere Gründe, warum mir Frauen lieber sind als Männer. Der Hauptgrund ist der, dass Männer naturbedingt weit mehr als Frauen nach Macht streben, nach Dominanz, nach Unterdrückung anderer. Daher rührt auch die größere Härte und die geringer entwickelte Moral der Männer. Um seine Ziele zu erreichen, ist ein Mann zu Handlungen fähig, die längst nicht jede Frau akzeptabel findet. Dabei bin ich mir natürlich bewusst, dass solche Verallgemeinerungen nur bedingt zutreffen: Es gibt hochmoralische und sensible Männer und grausame, zu unmenschlichen Handlungen fähige Frauen. Die Idee der Gleichheit fand ich nie verlockend, die Ungleichheit von Mann und Frau – die biologische, soziale und politische – ist für mich nicht die schlimmste Tragödie unserer Welt. Ich sehe in den Forderungen des Feminismus nicht einmal eine besondere Logik: Sie verlangen einerseits Gleichheit, andererseits besondere Rechte. Ich denke, mit der Zeit werden die Frauen das eine wie das andere bekommen, sie bekommen es ja schon: Israelinnen zum Beispiel werden genau wie die Männer zum Militärdienst einberufen, in einigen christlichen Konfessionen gibt es Pastorinnen, und in Raumschiffen fliegen nicht nur Samenleiter ins All, sondern auch Eierstöcke. Gott ist kein Mann und keine Frau, sondern der Geist, der die Menschen verbindet und ihre Liebe nährt.

Das »trübe Glas« der schönen und groben Materie behindert unseren inneren Blick, deshalb können wir uns einen Gott, der keinen Bart, keinen Büstenhalter und keine Unterhosen trägt, sondern der Geist der Liebe ist, nicht bildlich vorstellen.

Wenn Gott eine Frau wäre, hieße das, dass die Glaubensanstrengungen vieler Völker zu Staub zerfielen, dass die großen Offenbarungen umsonst wären, dass die Martyrologien aufgehoben wären und dass der Apostel Paulus, der erklärt hat, »hier ist nicht Mann noch Frau«, alle künftigen Generationen betrogen hat und der Menschheit nur eine trostlose Tätigkeit bleibt, nämlich das ewige Rad des Samsara zu drehen: Leben – Fortpflanzung – Tod – Leben – Fortpflanzung – Tod ... Ohne Auferstehung, ohne Verklärung, ohne Aufbruch in eine neue Dimension.

Der Gedanke, dass Gott ein Mann ist, überzeugt ebenso wenig. Aber danach hat mich niemand gefragt.

Viel wichtiger finde ich eine andere Frage: Was bedeutet es im 21. Jahrhundert, eine Frau oder ein Mann zu sein? Die gewohnten Konfigurationen verändern sich, und genau das ist interessant.

(*Wremja nowostej*, 1992)

Lilith, Medea und etwas Neues

Um den Namen Lilith ranken sich zahllose Legenden, doch sie alle betrachten Lilith einhellig als einen weiblichen Dämon. In der anthropozentrischen Kultur, der wir angehören, werden der Frau traditionell bestimmte Verbindungen mit den dunklen Mächten zugeschrieben. Diese nehmen meist mittels einer Frau Einfluss auf den Mann, so die jüdisch-christliche Vorstellung.

Der Mythos von Adam und Eva, die Verführung Adams durch Satan mit Hilfe Evas ist im Bewusstsein des modernen Menschen fest verankert. Oder eher im Unterbewusstsein.

In unserem Kulturraum formulierte der Apostel Paulus einen Gedanken, der recht bekannt ist, jedoch von der modernen Welt kategorisch verworfen wurde. Mir scheint er äußerst wertvoll. Er steht im Brief an die Galater (3,28–29): »Hier ist nicht Jude noch Grieche, hier ist nicht Sklave noch Freier, hier ist nicht Mann noch Frau; denn ihr seid allesamt einer in Christus Jesus.«

Dieses Postulat des Apostels Paulus hätte ein Wendepunkt für die Menschheit werden können, die Grundlage zur Aufhebung vieler Vorurteile und Beschränkungen sowie zur Überwindung von Grenzen, auch zwischen den Völkern und den Geschlechtern … Leider ist das nicht geschehen, und das hat seinen Grund: Die Worte des Apostels waren so erhaben, dass er selbst nicht an sie heranreichte. Jedenfalls steht der Platz, den er der Frau in der neuen Lehre des Christentums (genauer gesagt, im Paulustum) zuweist, im deutlichen Widerspruch zu seiner eigenen Erklärung im Galaterbrief.

Diese Aussage annulliert viele Anschauungen der Antike, in erster Linie die Idee der besonderen, gottgegebenen Sündigkeit des weiblichen Geschlechts. Die Idee des Apostels Paulus, ob sie von der jüdischen Welt angenommen wurde oder nicht, spricht zwar unsere

Urmutter nicht von der Verantwortung für den Sündenfall frei, rehabilitiert aber zumindest die weibliche Natur. Doch all dies ist nicht Gegenstand meiner Untersuchung, ich möchte lediglich herausfinden, was Lilith, die heidnische Gottheit und Verkörperung des dunklen Elements in der weiblichen Seele, und Medea, die antike Heldin, die sich ganz in die Gewalt dieses dunklen Elements begibt (übrigens war sie einer Variation des Mythos zufolge eine Zauberin, eine Priesterin des Mondkultes), was diese beiden Figuren mit den heutigen Frauen zu tun haben, über die ich oft schreibe.

In Russland hat nach der Revolution ein demographischer Prozess eingesetzt, der die Struktur der nachfolgenden Generationen verändert hat: Es gibt plötzlich viel mehr Frauen als Männer. Im Jahr 2010 lebten in Russland 65 Millionen Männer und 76 Millionen Frauen, und das, obwohl bei normaler Geburtenrate auf 100 Mädchen 106 Jungen kommen! Diese Zahlen zeugen von einer demographischen Katastrophe. Die Erklärung dafür ist einfach: Seit 1904, seit dem Russisch-Japanischen Krieg, führt unser Land ständig Kriege, große oder kleine, mit offizieller Kriegserklärung oder ohne. Im Krieg werden junge Männer getötet. Die jungen Männer, die aus Afghanistan oder Tschetschenien zurückkamen, unterscheiden sich grundlegend von den Soldaten, die in den vierziger Jahren als Sieger über den Faschismus heimkehrten. Jeder Krieg deformiert die menschliche Seele, vor allem aber die »lokalen« Kriege gegen kleine Völker, gegen die friedliche Bevölkerung, gegen Frauen und Kinder. Ein Soldat, der einen solchen Krieg mitgemacht hat, verhält sich nicht mehr sozialadäquat. Um ein normaler Ehemann, Vater, Geliebter zu werden, um zum normalen Leben zurückzufinden, benötigt er eine psychologische Wiedereingliederung.

Der zweite Faktor sind die Gefängnisse. Wir haben sehr strenge Strafgesetze, deshalb verbüßen rund 900 000 Männer im zeugungsfähigen Alter Haftstrafen, scheiden also aus dem normalen Leben aus.

Und schließlich der dritte traurige Faktor – der Alkoholismus. Auch der Alkoholismus entzieht Männer im fruchtbaren Alter der

Population, indem er sie unfähig macht, Kinder zu zeugen, zu erziehen und eine Familie zu ernähren.

Je untauglicher und inaktiver die Männer, desto größer die Last auf den Schultern der Frauen. Die Degeneration der Männer bewirkt eine kompensatorische Entwicklung der Frauen. Das Bildungsniveau von Frauen ist in den letzten hundert Jahren enorm gestiegen: Anfang des 20. Jahrhunderts absolvierten nur einige wenige Frauen aus den oberen Schichten, aus begüterten Familien, ein Studium. Am Ende des Jahrhunderts verfügten mehr Frauen als Männer über einen Hochschulabschluss. Einige früher traditionell »männliche« Bereiche sind in den letzten hundert Jahren »weiblich« geworden – die Medizin, die Pädagogik.

Die überwiegende Mehrheit der Frauen vereinbart Berufstätigkeit und Haushalt miteinander, was in Russland weit schwieriger ist als zum Beispiel in Deutschland. Natürlich gibt es auch wunderbare Ehemänner, die ihre familiäre und soziale Verantwortung ernst nehmen, und, wie man früher sagte, »gesunde« Familien. Aber leider überwiegen die ledigen erwachsenen Frauen, die sich eine solche vollwertige Familie bloß wünschen können.

Die Psyche der Frau ist in höherem Maße auf die Weitergabe von Leben ausgerichtet als die des Mannes. Der Mann schafft die Welt, die Frau das Haus – so hielt es die Menschheit jahrhundertelang. Aber kann sie das auch weiterhin tun?

Immer mehr Frauen sind alleinerziehende Mütter, und immer mehr von ihnen entscheiden sich bewusst für diesen Status und sind keineswegs Opfer familiärer Umstände.

Die Mythologie hat sich abgenutzt, sich erledigt. Wo ist Lilith? Wo Medea? Die dunkle, geheimnisvolle Aura ist dahin, verschwunden die böse Zauberin, doch damit auch die schöne Helena als Preis für den Sieger. Vergessen wir die angebliche besondere Sündhaftigkeit der Frau! Wir alle, Männer wie Frauen, müssen uns gemeinsam um das Überleben unserer Art und um die Probleme unseres Planeten kümmern. Es wird eine Umverteilung der Funktionen geben müssen, und ich hoffe, dass in der künftigen Menschheit andere Kriterien als das Geschlecht in den Vordergrund treten werden: Vernunft, Mitgefühl, Hilfsbereitschaft.

Die Geschichte der Menschheit lässt vermuten, dass die »männlichen« Prioritäten wie Eroberung von Raum und Machterhalt mit der Zeit durch »weibliche« abgelöst werden, nämlich Fortpflanzung und Sorge für das Überleben der Nachkommen, und dann werden sich Weltpolitik und -wirtschaft grundlegend verändern.

Im weiblichen Bewusstsein ist eine enorme Wandlung zu beobachten. Doch da wir erst am Anfang der Veränderung des traditionellen Geschlechterverhältnisses stehen, lässt sich schwer vorhersagen, wie sich dieser Prozess entwickeln wird.

Die biologische Evolution kennt zwei Entwicklungswege: zunehmende Dimorphie, also eine deutliche Unterscheidung von Männchen und Weibchen durch Größe und andere physische und biochemische Merkmale (wie bei vielen höheren Primaten), oder Verringerung der Unterschiede, also eine Angleichung zwischen Männchen und Weibchen (wie bei den Sperlingen). Womöglich entwickelt sich auch beim Menschen ein anderes Verhältnis zwischen den Geschlechtern. Vielleicht deuten die bereits zu beobachtende Feminisierung der Männer und die Maskulinisierung der Frauen schon auf solche evolutionären Veränderungen hin. Vorerst gibt es dafür nur ein äußeres, aber auffälliges Indiz: die Unisex-Mode des 20. Jahrhunderts, die den Unterschied zwischen den Geschlechtern vollkommen ignoriert.

Was also geschieht mit der Frau in der sich verändernden Welt? Wie lässt sich dieser Prozess messen? Was ist in der heutigen Welt anders? Der Sex wurde dank Verhütungsmitteln von der Fortpflanzung abgekoppelt. Die Menschen entscheiden sich bewusst, wann und wo sie ein Kind bekommen möchten, sie ordnen sich nicht mehr der Natur unter, sondern nutzen die Natur zu einem Zeitpunkt, den sie selbst bestimmen. Die Frau hat keine Angst mehr vor Sex, weil sie nicht mehr fürchtet, schwanger zu werden. Der Charakter der Beziehungen zwischen Mann und Frau hat sich verändert.

Befreit von der Angst, ist die Frau in die Welt hinausgegangen, in Kultur, Wissenschaft und Politik.

Frauen spielen in Wissenschaft und Kultur eine immer größere Rolle. Physikerinnen und Mathematikprofessorinnen sind keine Seltenheit mehr. Auch in der Politik besetzen Frauen inzwischen wichtige Positionen: Condoleezza Rice und Angela Merkel, Margaret Thatcher und Tarja Halonen. Die Präsidentinnen und Premierministerinnen des 20. Jahrhunderts sind kaum noch aufzuzählen. Viele von ihnen sind als Politikerinnen von männlichem Schlag, aggressiv, autoritär, ihr Führungsstil unterscheidet sich kaum von dem eines Mannes. Manche aber sind auch sanfter, weniger aggressiv und kümmern sich mehr um den sozialen Bereich als um Kriegsspiele. Die Frau ist naturbedingt eine Kriegsgegnerin, und das spiegelt sich in ihrem Handeln.

Das alles trifft heute noch nicht auf die islamische Welt zu, die unser Nachbar ist, aber nach ganz anderen Prinzipien lebt. Doch auch diese Welt ist lebendig und entwickelt sich weiter, auch sie wird zu den allgemeinmenschlichen Normen finden: der Anerkennung des menschlichen Lebens als höchstes Gut, der Anerkennung der Gleichberechtigung der Frau und des Rechts auf jede Art von religiöser Überzeugung, solange sie nicht das Leben eines anderen Menschen bedroht.

Die Zeit vergeht immer schneller. Es hat drei Jahrtausende gebraucht, bis die grundlegende Idee von der Ursündhaftigkeit der Frau erschüttert wurde. Für die Durchsetzung der Idee der Gleichberechtigung waren etwas über zweihundert Jahre vonnöten, wenn wir die Französische Revolution als Ausgangspunkt nehmen.

Die möglichen Folgen der von den Frauen so sehr erwünschten Gleichberechtigung sind nicht bis ins Letzte vorhersagbar. Nach wie vor bleibt eine Grenze: Wenn Männer und Frauen ihre Nachkommen weiterhin auf althergebrachte Weise zeugen und nicht im Brutkasten und die Frauen die Kinder austragen und stillen, dann werden wir für immer die Vorteile der Mutterschaft behalten, aber auch ihre Nachteile. Wenn eher moderne Fortpflanzungsmethoden praktiziert werden, könnten die Geschlechter eines Tages vollkommen gleich sein. Aber ist eine solche Gleichheit nötig?

Biologische Gleichheit ist unmöglich, und das wird so bleiben. Und aus diesem von der Natur selbst in uns angelegten Konflikt gibt es vermutlich keinen Ausweg.

Aber vielleicht werden unsere Nachfahren noch eine Zeit erleben, da der Triumph des »Menschlichen an sich« den jahrhundertealten, von unsinnigen Dramen und Tragödien geprägten Kampf für die Gleichberechtigung der Frau ein für alle Mal beendet. Die nächste Etappe im Kampf für die Gleichberechtigung muss im Bewusstsein ausgetragen werden, vor allem im Bewusstsein der Männer, die zu diesem Wandel weit weniger bereit sind als die Frauen.

Zu zweit sein, allein sein

Im 16. Jahrhundert entstand eines der populärsten russischen Volksbücher. Es hieß *Domostroi* (Hausordnung) und spielte eine bedeutende Rolle bei der Herausbildung der russischen Mentalität und Geschlechterpsychologie. Das Buch ist eine Apologie der patriarchalen Ordnung und verweist die Frau auf einen Platz, der in etwa den berühmten deutschen drei »K« entspricht. Nur härter: »Die Ikone gehört hinter einen Vorhang, die Peitsche an einen sichtbaren Ort.«

In sowjetischer Zeit wurde der *Domostroi* nicht verlegt, doch in den Jahren nach der Perestroika tauchte er in den Buchläden wieder auf – zeugt das womöglich von einem erneuten Interesse an nationaler Wiedergeburt in unserer Gesellschaft?

Das ist amüsant, zumal wenn man bedenkt, dass die Sowjetmacht von Anfang an die gesellschaftliche Gleichstellung von Mann und Frau deklarierte und schließlich ein ziemlich paradoxes Resultat erzielte: Unter der Losung »Für die Abschaffung der Küchensklaverei« wurde den vom patriarchalischen Joch befreiten Frauen nunmehr körperliche Schwerarbeit wie zum Beispiel beim Gleisbau zugänglich. Doch die im Laufe von Jahrhunderten gefestigten psychologischen Prägungen ließen sich durch die Befehle der Herrschenden nicht brechen. So existieren die beiden gänzlich unvereinbaren Grundsätze bis heute im Bewusstsein unserer Gesellschaft nebeneinander und sind auch in den familiären Strukturen präsent.

Wie das in der Praxis aussieht, demonstriere ich am besten an der Geschichte meiner Familie. Meine Großmutter Jelena schloss 1917 mit einer Goldmedaille das Gymnasium ab und wollte danach höhere Frauenkurse in der Hauptstadt besuchen. Die Eltern erlaubten ihr, die heimatliche Provinzstadt zu verlassen, wenn sie vorher heirate. Mit Hilfe eines Vermittlers wurde ein Bräutigam gefunden, doch glücklicherweise wurde es eine Liebesheirat: Großmutter gefiel der elegante Student, ein Modegeck mit weißgefüttertem Mantel, der kurz vorm Abschluss des Jurastudiums stand. Großmutter belegte die Kurse, konnte ihre Ausbildung aber nicht beenden – nicht die Revolution kam dazwischen, sondern die Geburt meiner Mutter. Großvater ernährte trotz der revolutionären Wirren die Familie, und Großmutter erzog die Kinder, unterwies sie in Musik und in Fremdsprachen. Bis Großvater ins Gefängnis kam. Da schlug Großmutter notgedrungen einen feministischen Weg ein – sie ging arbeiten, brachte es sogar bis zur Hauptbuchhalterin. Nachts nutzte sie ihre weiblichen Talente zum Geldverdienen – nicht so, wie Sie vielleicht denken. Sie fertigte auf ihrer Nähmaschine raffinierte, nicht für die offene Zurschaustellung gedachte Teile der weiblichen Garderobe. Sie verdiente ganz anständig und führte ihren Haushalt weiter auf dem gewohnten Niveau: Keine noch so katastrophale gesellschaftliche Umwälzung brachte sie dazu, auf ein weißes Tischtuch und gestärkte Servietten zu verzichten. Doch als Großvater aus dem Lager zurückkehrte und die Zügel der Familie wieder in die Hand nahm, begann ein subtiles Spiel, das die Aufrechterhaltung einer gewissen Rangordnung vorgaukelte. Obwohl ich noch ein kleines Mädchen war, bekam ich das genau mit. Großvater lief wieder mit einer ledernen Aktentasche herum, brüllte jeden in der Familie nach Belieben an, schwärmte für Damen allervulgärster Art, und zwar keineswegs platonisch, Großmutter Jelena aber sprach stets mit leiser Stimme, führte wie gehabt den Haushalt, ermahnte die Enkel: »Leise, Großvater ruht sich aus!«, verdiente nach wie vor mit ihren beiden Tätigkeiten Geld, war innerlich unabhängig und zugleich sehr korrekt im Umgang mit Großvater. Äußerlich wirkte das recht patriarchalisch, doch Großmutter war selbstbewusst genug, um über den äußeren Gegebenheiten zu stehen. Meine Großeltern lebten über sechzig Jahre in Frieden und Eintracht miteinander.

Meine Mutter hat studiert und nach dem Studium geheiratet. Mein Vater war Ingenieur. Ihre Ehe war nicht glücklich, und zwar, wie ich glaube, weil die Voraussetzungen von Anfang an falsch waren: Vater führte sich als Familienoberhaupt auf, verlangte bedient zu werden und kümmerte sich weder um den Haushalt noch um das Kind, also um mich. Die strikte Einteilung in Männer- und Frauenarbeit galt bei uns zu Hause stets als unumstößliches Gesetz. Meine Mutter erfüllte widerspruchslos und mühelos alle Anforderungen. In den ersten Nachkriegsjahren schrieb sie trotzdem genau wie mein Vater ihre Dissertation. Sie hatten also beide promoviert, doch der Doktortitel meiner Mutter zählte irgendwie nicht. Ich erinnere mich noch genau, wie sie mit einer heißen Pfanne in der Hand den langen Flur unserer Gemeinschaftswohnung entlangrannte und Vater unzufrieden die Stirn runzelte, weil das Essen zu kalt war. Er wollte es heiß!

Diesen Teil ihrer ehelichen Pflichten erfüllte meine Mutter gewissenhaft, aber soweit ich das beurteilen kann, kompensierte sie ihre äußere Unterordnung schon in den ersten Ehejahren durch heitere, freudvolle Beziehungen zu anderen Männern. Und ich verurteile sie nicht. Schließlich trennte sich meine Mutter von meinem Vater und verbrachte die letzten zehn Jahre ihres Lebens in einer glücklichen nichtehelichen Beziehung. Vater nahm die Scheidung sehr schwer, heiratete aber bald erneut. Doch auch seine zweite und seine dritte Ehe hielten nicht lange.

In der Generation meiner Mutter ließen sich die Frauen bereits scheiden. In der Generation meiner Großmutter konnte Scheidung in der Regel nur eines bedeuten: Der Mann hatte die Familie wegen einer anderen Frau verlassen.

Nun zum heiklen Thema, meinem eigenen Leben. Ich war dreimal verheiratet. Alle meine Ehemänner waren anständige Menschen (mit kleinen Einschränkungen), und unter anderen Umständen wären diese anstrengenden und nervenaufreibenden Scheidungen vielleicht unnötig gewesen. Meine erste Ehe scheiterte trotz der starken Gefühle am Kampf zweier ehrgeiziger Naturen, an ihrem ambitionierten Streben nach Selbstbehauptung. Ich glaubte, mein Mann achtete mich nicht genug, und unsere Ehe endete, als ich einem

Mann begegnete, der mich sehr bewunderte und in den Himmel hob. Das hielt eine Weile an. Und endete, als ich zwei Kinder geboren hatte und zu Hause saß. Ich litt unter dem Verlust meiner Arbeit, und mein Mann, der mich einst so hoch geschätzt hatte, sah in mir nur noch eine Haushälterin, und zwar keine besonders gute. Ich kann ihm das nicht einmal vorwerfen – das war eben sein Ehemodell, dem entsprach auch das Verhältnis zwischen seinem hochgebildeten Vater und seiner relativ unkultivierten Mutter. Und Piroggen backen konnte meine Schwiegermutter eindeutig besser als ich.

Dann verliebte ich mich. Und da ich mit der Domostroi-Ordnung nichts im Sinn hatte, trennte ich mich bald auch von meinem zweiten Mann. Danach lebte ich ziemlich lange allein mit zwei relativ kleinen Söhnen, und erst als sie erwachsen waren, heiratete ich den Mann, um dessentwillen ich meinen zweiten Ehemann verlassen hatte. Ein paar Schnörkel meiner Biographie lasse ich hier der besseren Übersicht halber weg. Mit meinem dritten Mann bin ich inzwischen seit über dreißig Jahren zusammen, und in dieser Zeit haben wir viel gelernt – ich von ihm und er von mir. Wir wissen beide, dass die Erhaltung einer Ehe tägliche Anstrengungen verlangt, weil sie sonst rasch eingeht. Wir sind beide unabhängig und lieben unsere Freiheit, wir können beide allein sein und sind es gern, doch die Freude am Umgang miteinander hält uns zusammen. Vor rund zwanzig Jahren haben wir offiziell geheiratet.

Die Ehe hat in jedem Lebensabschnitt eine andere Funktion, ähnlich wie bei den Tieren. Solange Kinder großgezogen werden müssen, ist die Ehe notwendig, denn Kinder erzieht man besser zu zweit. Doch wenn sie erwachsen sind und aus dem Haus gehen, ist nicht jede Ehe es wert, weiter gehegt und gepflegt zu werden.

Viele meiner Freundinnen sind unverheiratet, die meisten davon sind geschieden. Fast alle, die verheiratet waren, waren es mehr als einmal. Nur zwei, drei leben in erster Ehe mit einem Mann, der zuvor ebenfalls noch nie verheiratet war. Das ist inzwischen ziemlich selten.

Die Ehe als Institution ist, wenn nicht im Verfall begriffen, so doch starken Veränderungen unterworfen. Dieser Prozess vollzieht sich überall in der europäischen Kultur.

Die heutige Generation scheint mir insgesamt glücklicher zu sein als wir. Sie erwartet von der Liebe Freude und möchte auf keinen Fall aus Liebe leiden. Was in Russland stets eine besondere Würze des Lebens war – der Hang zum Leiden –, das lehnen die jungen Leute kategorisch ab. Dennoch gibt es, genau wie zur Zeit unserer Großeltern, nicht allzu viele glückliche Ehepaare. Woran liegt das? In hohem Maße sicher an der wirtschaftlichen Situation. Aber zum Teil, glaube ich, ist es eine Frage der Verständigung, der Sprache. Einige archaische Stämme haben neben der dem ganzen Stamm gemeinsamen Sprache eine Männer- und eine Frauensprache. Eine Art Geheimsprachen. In gewisser Weise sprechen Männer und Frauen bei allen Völkern verschiedene Sprachen. Aber eine Sprache kann man lernen. Wir müssen nur unser Wissen übereinander erweitern.

Scheidungen sind heute zum sozialen Problem geworden, besonders in einkommensschwachen Schichten.

Männer und Frauen genießen heute viel größere persönliche Freiheiten, doch das vermindert offenbar auf dramatische Weise das Verantwortungsgefühl von Menschen, die Kinder in die Welt setzen. Die Verantwortungsbewussteren lassen sich damit einfach Zeit und bekommen dann, wenn überhaupt, höchstens ein Kind. Sie ignorieren also das göttliche Gebot »Seid fruchtbar und mehret euch« und überlassen das den traditionellen Gesellschaften, die dem Fortschritt noch ein wenig hinterherhinken.

Der Zerfall der Ehe schafft zwei schwerwiegende Probleme für die Gesellschaft: alleinerziehende Mütter und außereheliche Kinder, die früher mit dem hässlichen Wort »illegitim« abgestempelt wurden. Außereheliche Kinder waren immer besonderen Prüfungen ausgesetzt, in hochgestellten, einkommensstarken Familien ebenso wie in armen Schichten. Vom Schicksal eines solchen Kindes erzählt Charles Dickens in seinem Roman *Bleakhaus*. Kummer, Armut und Einsamkeit begleiten eine solche Kindheit.

Die heutige Gesellschaft ist wesentlich liberaler. Ich kenne viele junge Frauen, die erfolgreich im Beruf stehen und sich für ein Kind entscheiden, ohne verheiratet zu sein. Doch das verlangt nach wie vor Mut und ein starkes Selbstbewusstsein.

In einkommensschwachen Schichten ist das weit schwieriger: Hier landen Kinder oft im Heim, und das Leben in derartigen Einrichtungen unterscheidet sich bei uns bis heute wenig von dem, was Dickens beschreibt.

Wir sind froh über die erlangte Freiheit: Ehen werden aus Liebe geschlossen, aus gegenseitiger Zuneigung. Ehepartner werden nur noch höchst selten von den Eltern bestimmt. Ein wenig mag man das bedauern – Erwachsene verfügen oft über größere Menschenkenntnis, deshalb sehen die lebenserfahrenen Eltern mitunter auch Dinge, die dem verliebten Blick ihrer Kinder entgehen. Oft zerbricht eine Ehe bereits nach wenigen Jahren, und beide Partner fühlen sich betrogen und verletzt. Dann ist vermutlich im Vorteil, wer die Ehe von vornherein als zeitweiligen Bund betrachtet, der nur so lange andauert, wie die Liebe anhält. Doch in jedem Fall bleiben in der Regel Kinder, die nach einer Trennung oft ohne die Fürsorge des Vaters und oft auch ohne dessen materielle Unterstützung aufwachsen.

Eine patriarchalische Familie kommt allein zurecht, ohne den Staat, mit ihren eigenen Ressourcen. Eine Kleinfamilie aus Mutter und Kind ist in der Regel auf staatliche Hilfe angewiesen, und die ist bei uns lächerlich gering.

Offenkundig leben wir in einer Zeit, da sich die sakramentale Ehe überlebt hat und an die Stelle der einst unerschütterlichen Regeln neue treten, die noch nicht recht ausformuliert sind. Die Ehe ist nicht mehr prinzipiell unzerstörbar. Ihre Auflösbarkeit ist gesetzlich sanktioniert, aber noch fehlen in unserer Kultur Formen des vernünftigen Umgangs der ehemaligen Partner miteinander, des Kontakts zwischen den Kindern und dem Elternteil, der die Familie verlässt, meist dem Vater, und zwischen den Halbgeschwistern. Beinahe wichtiger als die Ehe selbst wird das nacheheliche Verhältnis zwischen den ehemaligen Partnern – die Fähigkeit, weiterhin einen gemeinsamen Nenner zu finden, Mitgefühl füreinander, Fürsorge für die Kinder, die in den Konflikt der Eltern hineingezogen werden.

Ich bin keine Verfechterin der Promiskuität. Die traditionellen Werte der Familie sind wunderbar, aber immer weniger Menschen sind zu den großen Opfern bereit, die eine lebenslange Ehe jedem abverlangt. Bisweilen wird sie zu einer lebenslangen Gefangenschaft.

Es gibt in der zivilisierten Welt immer mehr Singles, die sich nicht durch eine Ehe binden (was für ein Wort!) wollen, und zwar nicht so sehr aus Angst, ihre Freiheit zu verlieren, sondern vielmehr weil sie die Schwierigkeiten nach einer Scheidung fürchten. Mangelndes Selbstvertrauen führt zu mangelndem Vertrauen in andere. Vor allem in einer Welt, die insgesamt nicht mehr sicher und stabil ist.

Man kann jede Beziehung als Duell betrachten, als Kampf auf Leben und Tod. Aber man kann auch anders denken: Sieger ist, wer seine eigenen Schwächen überwindet, seine Bequemlichkeit oder seine Vorurteile einem anderen Menschen zuliebe hintanstellt. Nach meiner Beobachtung tut das bei uns in der Regel die Frau. Andererseits bleiben gerade Frauen aufgrund verschiedener Umstände im Alter oft allein. Die Familienstrukturen haben sich verändert, immer seltener leben Familien in größeren Verbänden zusammen, mit Großmutter und Großvater, also in der fast archaischen Form, die noch vor fünfzig Jahren ganz normal war.

Die Demographie liefert auch folgende Daten: Im Alter verstärkt sich das Ungleichgewicht zwischen Männern und Frauen. Die mittlere Lebenserwartung für Frauen liegt in unserem Land bei 73, für Männer bei knapp 59 Jahren.

Diese Asymmetrie verweist auf einen weiteren Unterschied der Lebensumstände von Männern und Frauen (zumindest in unserem Land). Das Leben der Frauen dauert länger, genauer gesagt – ihr Alter. Dafür währt bei den Männern die Jugend oft länger! Paare, bei denen der Mann weit älter ist als die Frau, sind keineswegs selten.

Diesen Umstand muss man bedenken und versuchen, sich darauf einzustellen. Wie glücklich eine Ehe auch war, einer der Partner stirbt in der Regel eher. Ein romantisches Ende – »Sie lebten lange und starben am selben Tag« – gibt es eher im Märchen. Es ist traurig, dass selbst die Klügsten und Geduldigsten, die zu Harmonie und glücklicher Zweisamkeit gelangt sind, am Ende ihres Lebens einsam sein werden. Und das ist womöglich eine weitere, vielleicht die letzte Aufgabe der Ehe – zu lernen, allein zu leben. Aber das ist wieder eine ganz andere Kunst.

(2002)

Kultur und Politik

Vor rund zehn Jahren wurde ich zu einem Treffen des Europäischen Kulturparlaments eingeladen. Unabhängige Künstler aus verschiedenen europäischen Ländern kamen in Brügge zusammen. Aus Moskau war außer mir der Architekt Jewgeni Ass dabei. Er ist Anglomane, er spricht Englisch wie ein Lord und half mir, wenn ich völlig verzweifelt war, weil ich manche interessante Rede nicht verstand. Es ging im Wesentlichen darum, was ein unabhängiger Künstler für den Erhalt der humanitären Werte tun kann, die leider immer weniger Gewicht haben. Ich wurde danach noch oft zu diesen Treffen eingeladen, fuhr jedoch nicht mehr hin. Aber die Reise nach Brügge trug Früchte. Dort kam mir der Gedanke, eine Buchreihe für Kinder und Jugendliche zur Kulturanthropologie herauszugeben. Denn Voraussetzung für Toleranz ist Wissen über den anderen. Damals steckte die Politik der multikulturellen Gesellschaft noch nicht in der Sackgasse, und viele glaubten, wenn man Kindern von klein auf alles genau erkläre, dann würden sie verstehen, dass andere Menschen, auch wenn sie anders aussehen und andere kulturelle Sitten haben, sich im Grunde kaum von ihnen selbst unterscheiden. Diese simple Idee, den noch vorurteilsfreien Kindern nahegebracht, würde das gegenseitige Verständnis fördern. Vielleicht eine Illusion? Ich weiß es nicht.

Die Buchreihe trägt den Titel *Der andere, die anderen, über andere* und ist inzwischen fast vollständig im Verlag Eksmo erschienen. Jeder Band – zur Zeit sind es vierzehn Bücher – ist einem bestimmten Thema gewidmet: Essen, Kleidung, Geburt und Tod, Erziehung, Reisen, Geld, Gefängnisse, Berufe, Menschenrechte, Kommunikation, Aggression, Feiertage. Die Reaktionen darauf waren unterschiedlich – von Begeisterung bis zu Entrüstung. Auf besondere Empörung stieß Vera Timentschiks *Familie bei uns und bei anderen*, ein Buch über die unterschiedlichen Formen familiärer Beziehungen in unterschiedlichen Kulturen. In diesem Buch gibt es elf Zeilen über gleichgeschlechtliche Ehen. Diese Sätze stehen keineswegs da, weil hier Propaganda für homosexuelle Ehen gemacht werden soll, sondern weil solche Partnerschaften bereits existieren, ob uns das gefällt oder nicht, und weil darin oft Kinder leben (aus früheren Ehen, adoptierte oder »im Reagenzglas« gezeugte). Diese Kinder werden in der Schule oft verspottet und beleidigt. Und das Einzige, was wir zu ihrem Schutz tun können, ist, den anderen zu erklären, dass manche Kinder eben nicht Mama und Papa haben, sondern zwei Mamas oder zwei Papas, und dass man sie nicht deswegen kränken darf. Es gab jede Menge Protest, und da ich das Ganze initiiert hatte, versuchte ich äußerst behutsam und politisch korrekt, ohne meinen Unmut über eifernde Homophobe zu zeigen, meinen Opponenten klarzumachen, dass man Menschen mit anderen Ansichten und Einstellungen tolerieren müsse.

Die simple, jahrtausendealte Idee (auch erste oder goldene Regel der Ethik genannt) »Was du nicht willst, dass man dir tu, das füg auch keinem anderen zu«, fasst in unserem großen Land nur schwer Fuß.

Ich hatte nicht vor, eine Kulturträgerin zu sein. Ich sitze viel lieber mit einem Buch still in meiner Ecke. Aber es hat sich so ergeben, dass ich mich seit rund zehn Jahren immer öfter zu politiknahen Fragen äußere. Weil Politik und Kultur eng beieinanderliegen und leider nicht durch einen Stacheldraht voneinander getrennt sind. Weil die Politik auf die Kultur Einfluss nehmen, sie unterdrücken will, sie zwingen, ihr zu dienen, wogegen sich die Kultur natürlich zu Recht wehrt.

So wurde ich in diesen Dialog hineingezogen, und deshalb finden sich auch in diesem Buch verschiedene Reaktionen von mir auf Themen im Grenzbereich zwischen Politik und Kultur. Ich habe meinen Freunden gegenüber immer erklärt, dass mich besonders »Grenzen« interessierten, Grenzen wovon und wozu auch immer, deshalb muss ich mich nun hin und wieder öffentlich zu »Grenzfragen« äußern. In mein Blickfeld geraten dabei Straßenszenen ebenso wie der Prozess gegen Chodorkowski, die Präsidentschaftswahlen oder das erste Moskauer Hospiz.

In der Metro

Zuerst stieg eine hochgewachsene alte Frau mit einem weißen Kopftuch zu. Sie trug einen einst vornehmen Mantel, dessen abgewetzter Polarfuchsbesatz nun aussah wie Kanin, und hielt eine Zwei-Liter-Emaillebüchse mit einem Spalt im Deckel und einem achtendigen orthodoxen Kreuz auf der Vorderseite in der Hand.

»Brüder und Schwestern!«, sagte sie streng. »Spendet für die Restaurierung der Boris-und-Gleb-Kirche in Degunino …«

Ich mag diese beiden Heiligen, zwei junge Männer, einer davon noch ein Jüngling, die meist als Reiter dargestellt werden. Sie wurden auf Befehl eines Halbbruders ermordet, der arme Gleb wurde von einem Koch erstochen.

»Brüder und Schwestern! Einen schönen Feiertag euch allen, heute ist der Jahrestag der Ikone der Gottesmutter mit dem Reichsapfel, und morgen, am Samstag, ist der Tag des Gedenkens der Verstorbenen …«

Genau so sagte sie das – nicht »Tag des Gedenkens an die Verstorbenen«, sondern »des Gedenkens der Verstorbenen«. Nicht wir denken also an sie, sondern sie an uns. Tja, auch darin liegt ein gewisser Sinn.

Die Leute im Wagen rührten sich und spendeten – zwei Händlerinnen, die in Einkaufstrolleys ihre Ware transportierten, eine gebildete Dame mit einem Buch von Truman Capote in der Hand, ein Hüne in Tarnkleidung. Fast jeder Zweite griff in die Tasche, zückte das Portemonnaie. Erstaunlich, sie alle hatten etwas für Boris und Gleb übrig!

Die alte Frau mit der Sammelbüchse verbeugte sich ehrerbietig, aber würdevoll vor den Spendern: Gott segne Sie!

Von der anderen Seite des Wagens kam ihr ein Konkurrent entgegen. Und was für einer! Seine neuen Schneidezähne waren noch nicht ausgewachsen. Er war also etwa sieben. Er trug Filzhausschuhe, zwei Trainingsanzüge übereinander und um die Hüfte ein lose gegürtetes rotes Baumwolltuch. Ein kleiner Muslim.

Mit schaukelndem Gang lief er durch den Wagen, und plötzlich fiel er auf die Knie, vor einem geschniegelten kaukasischen Riesen – ein typischer Mercedesfahrer, was machte der hier in der Metro? Der Junge umklammerte eines der stämmigen Beine des Mannes und murmelte etwas. Was, konnte ich nicht hören. Aber ich sah unterm Kinn des Jungen eine noch frische grobe Narbe mit ausgefransten Rändern, die offenbar niemand medizinisch versorgt hatte. War er von einer Mauer gefallen, verschüttet gewesen, von einem Granatsplitter getroffen worden?

Der Kaukasier gab dem Jungen einen Schein, der Kleine küsste ihm flink die Hand. Ohne jede Unterwürfigkeit – mit fröhlicher, gewitzter Miene. Ein Schauspieler. Ein Clown.

Er ging weiter – niemand gab ihm etwas. Boris und Gleb hatten ihm das Brot vor der Nase weggeschnappt. Jetzt hörte ich ihn sagen: Kus, kus, kus ... Er bewegte die Finger vor dem Mund, als spielte er Flöte.

Ich stand direkt an der Tür, er neben mir, einen Packen Geldscheine in der Hand. Er zählte. Oben ein roter Fünfer, dann unsere grünen Rubelscheine, einige Zweihunderter ... Er fing meinen Blick auf. Kus, kus ...

»Sieh an, wie viel du hast«, sage ich. »Ich habe heute nur wenig.«

Er lacht. Er versteht Russisch. Sein Kopf mit dem flachen Hinterkopf ist klein und geschoren, das Haar schon ein wenig nachgewachsen. Ich streiche ihm über den Kopf. Plötzlich presst er sich an mich, erstarrt. Ein kleines Menschenkind ...

Der Zug bleibt stehen. Die Türen öffnen sich. Er muss aussteigen.

»Geh arbeiten, Kleiner.«

Wir zwinkerten einander zu und gingen unserer Wege, ich eine alte Tante besuchen, er Geld verdienen. Ich musste anschließend noch in die Apotheke, in den Verlag und Essen kochen. Und er, der fröhliche Junge, würde von Wagen zu Wagen gehen, Geld sammeln, sich Überraschungseier und Pepsi Cola kaufen und den Rest seiner Mutter oder seinem großen Bruder geben. Und das Tag für Tag und noch so manches Jahr.

Wenn er etwas älter ist, wird er zum Spielzeug der fetten Grünzeug- und Gemüsehändler auf dem Markt werden, jener Männer, denen selbst die Moskauer Prostituierten ihre Dienste verweigern. Oder er kommt in Jugendhaft oder er geht ein, geht ein wie eine Pflanze ohne Wasser. Hat er aber Glück und wächst zu einem starken Mann heran, wird er ein Auftragsmörder und schlitzt Menschen im Hauseingang mit einem scharfen Messer die Kehle auf.

Ich habe keinerlei strenge Prinzipien. Ich sage nicht: Man muss Bettlern etwas geben oder man darf es nicht tun. Diesem Jungen kann keiner helfen. Dabei war er heute so fröhlich, so furchtlos, so gewitzt.

Die sechs Enkel von Jelena Mitrofanowna

Du gehst durch den Fußgängertunnel, schiebst ohne hinzusehen einen zerknitterten Schein in eine ausgestreckte Hand und eilst weiter. Ohne jemandem ins Gesicht zu schauen, hastig, den Abstand wahrend, der überlebenswichtig ist, für die Gebenden wie für die Nehmenden.

Bettler sind nicht sympathisch. Sie riechen schlecht. Manchmal sind sie betrunken oder, schlimmer noch, unverschämt. Dann diese zweifelhaften Mütter mit den verdächtig fest schlafenden Säuglingen auf dem Arm. Und die beinlosen Soldaten – sind es wirklich Soldaten? Und außerdem heißt es, da sei eine Zigeunermafia am Werk, diese ganze Schar, das seien eigentlich gar keine Bettler, sondern bezahlte Angehörige eines großangelegten Netzes. Die sozialen Probleme aller Großstädte, ob New York, Rom oder Rio de Janeiro.

Jelena Mitrofanowna aber sitzt im Fußgängertunnel unter dem Revolutionsplatz in Moskau. Sie ist Ausländerin, sie kommt von der Krim, aus der staubigen Stadt Belgorodsk in der Nähe von Simferopol. Seit sieben Jahren lebt sie in Moskau. Als sie kam, hatte sie zwei Enkel, jetzt sind es sechs. Der Jüngste ist sieben Monate, der Älteste zwölf Jahre alt. Vor kurzem wurden sie aus ihrer Wohnung geworfen. Seit mehr als einer Woche übernachtet sie mit ihren Kindern auf dem Pawelezker Bahnhof. Für einen Zehner pro Nacht darf sie dort bleiben.

Dort habe ich sie auch kennengelernt. Die Großmutter und ihre Enkel. Es sind sehr gute Kinder, artig, sauber gekleidet, wohlerzogen, keine Straßenkinder. Sie hören auf ihre Großmutter, helfen einander, breiten Schulbücher und Hefte auf den Bahnhofsbänken aus.

Eine sympathische Familie. Eine schwarzweiße Katze schaut argwöhnisch aus einer mit Kleidung vollgestopften Tasche.

Mein Freund Danila Pochitonow war einmal vorbeigekommen und auf die Familie aufmerksam geworden. Nun hat er Tee in einer Thermoskanne mitgebracht. Und mich. Ich soll mir das ansehen und überlegen, was man für sie tun könnte. Die Kinder trinken Tee, ich schaue zu und überlege.

Jelena Mitrofanowna wickelt ein Taschentuch um den undichten Deckel einer Babyflasche und erzählt: »Früher waren wir einer Milchküche zugeteilt, das war sehr bequem. Da bekamen wir Babynahrung. Die habe ich mit Tee verdünnt, und der Kleine hat das getrunken und gejammert, diese Nahrung war neu für ihn, er war noch nicht dran gewöhnt. Eigentlich müsste er jetzt langsam vom Nuckel entwöhnt werden.«

Jelena Mitrofanowna ist eine gute Großmutter – treu und selbstlos. Und sie hat recht – Kirjuscha müsste an einen Löffel gewöhnt werden. Und an einen Tisch, an einen Stuhl. An ein Bett. An ein Zuhause. Aber woher das alles nehmen?

Überhaupt gibt es mehr Fragen als Antworten. Wo ist die Mutter dieser Kinder? Und, verzeihen Sie die Indiskretion, der Vater? Und warum haben Sie Belgorodsk verlassen? Wollen Sie nicht zurückkehren?

Über die Tochter sagt Jelena Mitrofanowna kein böses Wort: Die Tochter ist gut, sie trinkt nicht und raucht nicht. Sie ist zu ihrem Freund gefahren und weiß noch nicht, dass sie aus der Wohnung geflogen sind. Wir schweigen. Wozu sinnlos Worte verlieren?

Der dreijährige Shenja ist erkältet. Danila hat Medikamente mitgebracht.

»Nein, nein«, versichert die Großmutter. »Er ist gesund, er hat kein Fieber.«

Ihre größte Angst ist, sich von den Kindern trennen zu müssen, sie zu verlieren. Ich lenke das Gespräch in eine bestimmte Richtung. Auf ein spezielles Kinderheim bei der Abteilung Volksbildung. Von dort werden Kinder in Familien untergebracht, in gute Hände gegeben, ohne Adoption, für das Kind wird Sozialhilfe gezahlt, und es wächst zusammen mit den leiblichen Kindern der Familie auf. Pflegefamilien nennt man das.

»Nein, nein«, sagt Jelena Mitrofanowna erschrocken, »solange ich lebe, gebe ich meine Kinder nicht weg.«

Was soll man dagegen sagen – ich würde meine Enkel auch nicht weggeben. Außerdem würde ohnehin kein Heim diese Kinder aufnehmen, sie sind ja Ausländer, Ukrainer, und wir haben bekanntlich genug eigene Waisen.

So sitze ich also auf dem Pawelezker Bahnhof, ich, eine Meisterin im Ratgeben, und bin so ratlos wie noch nie im Leben: Was kann man für sie tun? Diese russischen Kinder sind Ausländer, aber keine Flüchtlinge, also ohne Flüchtlingsstatus, für sie eine Mietwohnung zu finden ist äußerst schwierig – wer nimmt schon eine Familie mit sechs Kindern? Auf dem Land, wenn ich sie in das leerstehende Haus meiner Freundin brächte, würden sie nicht überleben. Allein vom Gemüsegarten könnte die schwache alte Frau die sechs Kinder nicht ernähren, und auf dem Land gibt niemand Almosen, im Gegenteil, da wird einem noch das letzte Stück Wäsche von der Leine gestohlen. Und sie will auch nicht aufs Land. Sie ist Städterin, sie hat ihr Leben lang im Straßenbahndepot gearbeitet. Die Kinder sind gut angezogen, in der Kleiderkammer einer Kirche haben sie Sachen bekommen. Aber Wohnungen spendet niemand.

Wie die Vögel am Himmel leben sie im Heute. An morgen zu denken wäre ein zu großer Luxus. Wir hatten ihnen Geld für ein Hotel gegeben, damit sie sich waschen und ausschlafen konnten. Aber sie haben wieder auf dem Bahnhof übernachtet. So viel Geld – für eine einzige Nacht? Das auszugeben hatte Jelena Mitrofanowna nicht über sich gebracht, sie träumt doch davon, heute oder morgen wieder eine Wohnung mieten zu können.

»Ich bin erschöpft, ich müsste mich mal ausruhen. Und ich habe Zahnschmerzen«, sagt sie.

Sie könnte in die zahnärztliche Notklinik gehen, die Versorgung dort ist kostenlos. Nein, sie kann sich nicht von den Kindern trennen.

Vor einem halben Jahr habe ich eine wunderbare Französin kennengelernt, Catherine Leroux. Sie arbeitet in der Pariser Stadtverwaltung, hat drei Kinder und bewohnt ein schönes Haus in einem Vorort. Das Programm, für das sie arbeitet, heißt »Kinder auf der Straße«. Catherine leitet eine Abteilung, die sich um Straßenkinder in Paris kümmert. Nebenbei tun sie auch etwas für die Straßenkinder bei uns.

»Erst haben wir Geld geschickt«, erzählte sie, »aber dann stellte sich heraus, dass das Geld gestohlen wird, dass fast nichts davon bei den Kindern ankommt. Jetzt gehen wir einen anderen Weg: Wir haben in Russland Menschen gefunden, die eine ähnliche Arbeit machen können wie wir hier in Frankreich, und wir helfen ihnen, die notwendigen Strukturen aufzubauen, veranstalten Seminare für sie.«

Vor mir liegt eine Mappe mit Dokumenten: Wie man mit Straßenkindern umgeht, mit minderjährigen Drogenabhängigen oder Kriminellen …

Die Enkel von Jelena Mitrofanowna sind nicht drogenabhängig und nicht kriminell. Es sind ganz normale Kinder, und solange ihre Großmutter am Leben ist, wird sie sie vielleicht behüten können. Aber was wird dann weiter aus ihnen?

Globale Probleme interessieren mich nicht, darum soll sich die Regierung kümmern. Mich interessieren diese sechs. Ihnen zu helfen ist sehr schwer, weil nicht getan werden kann, was ich für richtig und notwendig halte, sondern getan werden muss, was ihre Großmutter für richtig und notwendig hält. Dabei wäre es gut, sie in Pflegefamilien unterzubringen. Aber das ist praktisch unmöglich, schon rein juristisch, denn dafür müsste ihre Mutter offiziell auf das Sorgerecht verzichten. Immerhin lassen freundliche Polizisten die Großmutter und ihre Enkel für zehn Rubel auf dem Bahnhof übernachten. Ja, die Kinder haben noch eine Mutter, aber von der rede ich nicht. Ich habe so meine Vermutungen, was diese Mutter angeht. Egal.

Die Kinder brauchen jedenfalls ein Dach überm Kopf. Erst einmal zur Untermiete. Vielleicht könnte man ein Zimmer für sie kaufen? Ich rufe einen Freund an, der sich mit juristischen Dingen auskennt. Er sagt, ja, im Prinzip ginge das. Allerdings müsse ein Ausländer allein für das Aufsetzen eines solchen Kaufvertrags 16,5 Millionen Rubel zahlen. Und auch das Zimmer selbst würde mindestens zehntausend Dollar kosten. Dann wären sie die Eigentümer, sie könnten sich zwar nicht polizeilich dort anmelden, dürften aber auch nicht rausgeworfen werden. Zudem seien ja die letzten vier Kinder in Moskau geboren. Mit der Zeit wäre wohl auch eine polizeiliche Anmeldung möglich ... Er verspricht, mir zu helfen.

Mir fällt einfach nichts ein. Ich kann mich nur zu Jelena Mitrofanowna und ihren Kindern stellen und mit ihnen zusammen betteln.

Es ist beschämend, in unserem großen Land zu leben. Beschämend für die Reichen, beschämend für die Armen. Selbst für diejenigen, die nicht reich, sondern nur satt sind und ein Dach überm Kopf haben, ist es beschämend. Für alle.

(1995)

Eingeschnürt

1997 verbrachte ich einige Monate in Französisch-Flandern, an der Grenze zu Belgien, einer für Frankreich relativ armen Region. Ich wohnte in einem europäischen Künstlerhaus, dem Landsitz der Schriftstellerin Marguerite Yourcenar. Ich hatte einen französischen Literaturpreis bekommen, und Bedingung für den Aufenthalt war die Arbeit an einem neuen Buch. Ich schrieb also, und in den Pausen schaute ich aus dem Fenster. Mein Erdgeschosszimmer ging auf einen herrlichen Park hinaus. Dort standen in einem wundervollen Halbrund sieben alte Apfelbäume, und dahinter lag eine Landschaft wie aus einem alten flämischen Gemälde. Eines Tages beobachtete ich eine Szene, die an Brueghel erinnerte: Zwischen den Apfelbäumen lief eine Gruppe seltsamer Menschen herum – einer humpelte, einer hatte nur ein Auge, ein anderer einen übergroßen Kopf. Sie trugen blaue Müllsäcke in der Hand. Begleitet wurden sie von mehreren Betreuern, die den Behinderten halfen, das Fallobst einzusammeln. Sobald schönes Wetter herrschte, wiederholte sich diese phantasmagorische Szene vor meinem Fenster. Ich fand heraus, dass sich ganz in der Nähe ein Heim für behinderte Kinder befand. Keine Einrichtung für Reiche, sondern eine, die von Steuergeldern unterhalten wird. Die Äpfel waren nicht zum Essen bestimmt (ich glaube, im ganzen Dorf aßen nur ich und eine Igelfamilie dieses Fallobst), sondern als Beschäftigung gedacht. Sie verfütterten die Äpfel an Kaninchen. Behinderte haben gern Umgang mit Tieren.

Ich bin ein sentimentaler Mensch, meine Tränendrüse ist groß, schwach und leicht reizbar. Bei uns sind Heime für Kinder mit angeborenen Behinderungen kleine Filialen der Hölle. Ich habe dort Kinder gesehen, die nackt auf bloßem Wachstuch lagen und im Bett fixiert waren. Wie soll man da nicht weinen? Damals in Frankreich wurde mir klar, dass Wert und Ansehen eines Staates genau an diesem Punkt gemessen werden sollten: daran, was er für seine behinderten, obdachlosen oder straffällig gewordenen Kinder tut.

Vor kurzem bekam ich einen Anruf von einer Freundin, einer Psychologin, die mir anbot, eine Gruppe Menschenrechtler nach Kursk zu begleiten, in eine Strafkolonie für Minderjährige. Aus Erfahrung weiß ich, wie sehr solche Fahrten das Leben durcheinanderbringen. Mein Buch war fast fertig, es fehlten noch vielleicht dreißig Seiten. Dennoch willigte ich ein.

Die Reise dauerte drei Nächte und zwei Tage. Ich kam erschöpft und krank davon zurück. Um zu meinem eigenen Leben zurückkehren zu können, musste ich alles aufschreiben, was ich erlebt und gesehen hatte.

Was habe ich mitgebracht? In meiner Tasche liegt eine Liste mit sechzehn Namen – Waisen, die in der Kursker Kolonie ihre Strafe verbüßen. Sie bekommen nie Pakete von draußen. Und noch etwas habe ich von dort mitgebracht: das Gefühl, dass mein eigenes Leben nur einen Hauch entfernt ist von einer wahren Hölle, der Hölle der Gefängnisse, Kriege, Krankenhäuser, Kinder- und Altenheime. Das wusste ich auch vorher, doch das Bewusstsein verdrängt gern alles, was den eigenen Komfort stört. Das Leben aber bringt es in Erinnerung.

Kursk – eine russische Provinzstadt. Einst berühmt für die *Kursker Nachtigallen*. Mein Schwiegervater hat in der Schlacht um Kursk ein Bein verloren. Einer meiner Onkel, ein Offizier, hat nach dem Krieg in der Nähe von Kursk gedient. Als ich ein kleines Mädchen war, schickte die Familie ihm immer Lebensmittelpakete, die in weißes Leinen eingenäht waren, und darauf stand in lila Tinte: Kursk, Militärbasis Nr. …

In der Enzyklopädie von 1878 steht, die Stadt sei im 10. Jahrhundert gegründet worden, liege am Zusammenfluss von Kura und Tuskora, habe 40 000 Einwohner, 100 Fabriken, zwei Gymnasien, ein Observatorium, ein Theater und eine Kreditbank.

Wir fuhren in einer ganzen Gruppe nach Kursk, Menschenrechtler, Juristen, Psychologen und zwei Schriftsteller – Sergej Kaledin und ich. In der Stadt fand eine »Woche des minderjährigen Häftlings« statt. Etwa so, wie es auch eine »Woche des indischen Films« gibt.

Vorgesehen waren ein Informationsrundgang durch eine Erziehungskolonie für Minderjährige (zwischen vierzehn und achtzehn Jahren) und ein Rundtischgespräch. Im Foyer eines Kinos gab es eine Ausstellung – »Mensch und Gefängnis« –, die so viel Schreckliches zeigt, dass man beim besten Willen nicht sagen kann, sie sei »gut«. Solche Fotos und Informationen sind zu verstörend.

Hauptanliegen der Aktion war es, auf eine furchtbare Situation aufmerksam zu machen, die den Organisatoren dieser Reise in allen Einzelheiten bekannt war, Kaledin und mir nur in groben Zügen. Wir beide waren die Ältesten. Ich kannte kaum jemanden, doch meine Mitreisenden waren mir auf Anhieb sympathisch. Sie hatten etwas Gemeinsames, das ich erst jetzt, nach der Reise, formulieren kann: ein Gefühl der Scham, der persönlichen Schuld angesichts dieser unmenschlichen, höllischen, schreiend ungerechten Welt.

Auf einem Plakat der Ausstellung las ich den Ausspruch eines mir unbekannten Schriftstellers: »Diesem Land sollte man das Sorgerecht entziehen.« Besser kann man es nicht sagen. Mir fiel das bekannte Kriegsplakat ein, auf dem die Mutter Heimat mit ausgestrecktem Zeigefinger und Augen wie Gewehrmundungen fragt: »Und was hast du für den Sieg getan?« Sie ist zu einer östlichen Gottheit geworden, die ihre eigene Frucht frisst. Diesen Gedanken wurde ich in diesen zwei Tagen und drei Nächten nicht wieder los.

Kursk ist leider hässlich, obgleich es auf wunderschönen Hügeln steht, die jeden Moment einen Fluss im Tal verheißen. Aber von Kura und Tuskora keine Spur. Anstelle der im Krieg zerstörten Gouvernementsstadt aus Holz ist ein Zentrum im Stalinstil entstanden, mit Säulen und Giebeln, ergänzt durch eine Anzahl Neubauten, zwischen denen die wenigen übriggebliebenen Vorkriegshäuschen aus Holz geradezu elegisch wirken.

Wir checkten rasch im Hotel ein und stiegen in einen Bus, um in die Kolonie zu fahren. Außer unserer Moskauer Gruppe kamen noch etwa zehn Kursker mit, ebenfalls Menschenrechtler, Juristen und Psychologen. Insgesamt waren wir rund dreißig Personen, und das war schlecht. Die Kursker Menschenrechtler waren, genau wie wir, noch nie in der Kolonie gewesen, man hatte ihnen stets die Genehmigung verweigert. Nur dank der angereisten Moskauer durften sie endlich hinein. Doch das wussten wir vorerst nicht, wir sahen nur, die Gruppe war für jede Art von Arbeit zu groß.

Vor der zweistündigen Fahrt – die Kolonie lag am äußersten Rande des Gebiets, zwölf Kilometer entfernt von der ukrainischen Grenze – fuhren wir in die UIN. Dieses Wort hörte ich zum ersten Mal. So hieß nun der einstige Gulag, seine Gebietsverwaltung. Wir wurden alle zusammen ins Büro des Chefs geführt. Der Mann sah aus wie ein westlicher Filmschauspieler, etwa Peter O'Toole, attraktiv, männlich. Die Augen selbstredend stahlhart, feindselig. A priori mein Feind. Meine Großväter haben zusammengenommen dreißig Jahre im Gulag gesessen. Der Lagerchef ist ein Träger des Bösen. Ich dagegen bin natürlich eine Trägerin des Guten … So war meine Haltung. Er erklärte, wir seien zu viele, und für die Besichtigung der Kolonie hätten wir lediglich eine Stunde. Stjopa Shiwow, unser Kameramann, machte ein langes Gesicht – hatte er seine Ausrüstung etwa umsonst mitgeschleppt? Wir versuchten, mehr auszuhandeln. Der Oberst blieb stur.

Wir fuhren los. Es war Ausflugswetter, wie bestellt: Frost und Sonne! Welche Wonne! Glitzerndes Weiß, Hügel, Anhöhen, die vernachlässigten Schwarzerdefelder unter einer Schneedecke verborgen.

Die Kolonie war weder Stadt noch Dorf. Eine Gefängnissiedlung mitten auf freiem Feld. Früher war hier eine geschlossene Berufsschule gewesen, auch eine Art Jugendhaftanstalt. Das Ganze erinnerte mich an ein Pionierferienlager meiner Kindheit. Schilder mit Ermahnungen. Wege. Ein Sportplatz.

Vage Gedanken über die ungleich fließende Zeit gingen mir durch den Kopf. In Moskau war das Jahr 2000 angebrochen, in Kursk herrschten noch immer die siebziger Jahre. In dieser Kolonie die fünfziger. So fühlte sich die Atmosphäre jedenfalls an. Wir gingen in die Aula, wo zweihundertfünfzig minderjährige Straftäter saßen, alle in schwarzen Wattejacken, und dort roch es gar nach den dreißiger Jahren … Das Ganze erinnerte an Szenen aus der Makarenko-Verfilmung *Der Weg ins Leben.*

1934 war das Mindestalter für eine Erschießung per Gesetz auf zwölf Jahre herabgesetzt worden. Das nur nebenbei. Wir leben in humanen Zeiten!

In der Aula lief es folgendermaßen ab: Zuerst sprach ein ortsansässiger Priester. Ein wunderbarer Greis, mit seinem bäuerlichen Aussehen und seiner hitzigen Rede so ganz und gar nicht nach Moskauer Art, ähnelte er einem russischen Heiligen. Sein grauer Wollmantel, unter dem der Saum eines groben Priesterrocks hervorschaute, war mindestens vierzig Jahre alt. Seine abgewetzte Ohrenklappenmütze hatte bestimmt schon den Krieg erlebt. Keiner von diesen Raffern, kein Dieb. Eine erfreuliche Seltenheit unter den heutigen Klerikern. Er sprach gut und verständlich, über die Liebe zu den Eltern zum Beispiel. Das fünfte Gebot betonte er besonders, und ich sah mir die kahlgeschorenen Jungen an und überlegte, wie viele von ihnen wohl in Kinderheimen aufgewachsen waren, Waisen trotz noch lebender Eltern, ungeliebt, verlassen, vergessen. Mit welch grenzenloser Liebe muss ein solches Kind begabt sein, um seine Eltern, die es schlugen und verrieten, nicht zu hassen.

Dann wurden die Gastgeschenke aus Moskau verteilt, der Höhepunkt des Programms – für jeden ein Beutel mit einem Kugelschreiber, einem Briefumschlag, einem Stück Seife, ein paar Mandarinen. Und ein paar Kisten mit Büchern, die wir für die Jungen gesammelt hatten – aber ob sie die lesen werden, ist fraglich.

Eine Gruppe wurde danach zum Essen geführt, und wir sollten zuschauen. In der Kantine roch es nach menschenwürdigem Essen, nicht nach Lagerkost. Suppe, Hauptgericht, auf dem Teeglas ein Brötchen. Und vor allem – ein Fleischklops. Ein kleiner Fleischklops, so groß wie eine Mandarine. Vermutlich eher ein Vorzeige-Klops. Aber immerhin. Wenn sie den wegen uns bekommen hatten, rechtfertigte das allein schon unsere Reise.

Schnell, schnell, die Zeit war knapp. Wir hatten nur eine Stunde, und wir wollten auch den Sanitätstrakt sehen, den Isoliertrakt, die Schule, die Schlafräume. Wir schauten überall hinein. Voller Stolz demonstrierten uns die Angestellten ihre kleine Landwirtschaft: 160 Hektar Land, eine Herde Kühe, mehrere Pferde. Im Stall Kälber, drei Tage oder eine Woche alt, Mutterschweine mit Ferkeln. Sie erzählten uns: Im Sommer haben wir anderthalb Liter Milch für jeden Gefangenen. Den staatlichen Verpflegungsetat stocken wir um fünfzig Prozent auf. Durch Selbstversorgung.

Sie waren stolz, weil sie die Hälfte der Lebensmittel für die Kolonie selbst produzierten.

Alles war in bester Ordnung. Im Sanitätstrakt lagen Kranke, im Isoliertrakt standen die Bestraften in Reih und Glied, bereit zum Gespräch. Die Gespräche waren kurz.

»Warum sitzt du hier?« – »Wegen unzüchtiger Handlungen.«

»Und du?« – »Ich hab einen Tauchsieder gebastelt.«

»Und du?« – »Ich hab mich wohl geprügelt.«

Die Kolonie war ein sogenanntes »rotes« Lager. Das bedeutete, dass hier die Vollzugsbeamten das Sagen hatten, im Unterschied zu den »schwarzen« Lagern, wo die Kriminellen herrschen. Und dass die Schwächsten und Jüngsten hier einigermaßen geschützt waren. Sie wurden regelmäßig medizinisch untersucht, jeder blaue Fleck wurde genau angesehen. Pädagogen und Erzieher bemühten sich nach Kräften, die Willkür zu verhindern, der die »Gedemütigten«, die Vergewaltigungsopfer, in den »schwarzen« Lagern ausgeliefert sind. Das ist übrigens einer der vielen Gründe, warum Gefängnispsychologen gebraucht werden, besonders in Kolonien für Minderjährige. In jedem Lager stützt sich die Leitung immer auf eine bestimmte Gruppe von Gefangenen. In den »schwarzen« Lagern sind das die Kriminellen, in den »roten« die Aktivisten, die Spitzel …

Freunde, die zu Sowjetzeiten im Straflager waren, meinen, das eine sei so übel wie das andere. Aber die Statistik lässt einen als Außenstehenden zu dem Schluss kommen, dass ein »rotes« Lager besser ist für das Überleben. Die Disziplin ist hier zwar härter, aber dafür ist die Rückfallquote nach einer Haft in einem »roten« Lager weit geringer.

Unsere Exkursion war zu Ende. Am Lagertor hing ein Plakat »120 Jahre Straf- und Besserungssystem«. Wie war das wohl gemeint? »Es lebe …« oder dass es alle überleben werde?

Wir hatten fünfundsiebzig Minuten im Lager verbracht, zurück blieben Jungen, die noch lange sitzen würden. Freundliche Bewacher und verschlossene Jugendliche.

Die Juristen und Psychologen hatten mit keinem einzigen Gefangenen gesprochen. Es hatte sich nicht ergeben. Wir baten um ein Treffen am nächsten Tag. Das wurde erneut abgelehnt. Dafür sprachen wir mit dem Personal. Als wir unsere Begegnung mit den Bewachern später analysierten, kamen wir zu dem Schluss, dass auch ihre Lage nicht beneidenswert war. Sie fürchteten Inspektionsreisen aller Art, staatliche wie gesellschaftliche. Sie konnten nicht viertausend Menschen mit fünf Broten speisen. Aber sie betrieben eine eigene kleine Landwirtschaft und legten auf die staatlich zugeteilte Summe von 69 Kopeken pro Tag und Gefangener noch einmal so viel drauf. Die Jungen arbeiteten in der Landwirtschaft. Das Personal ebenso. Die gesamte Heuernte und ein großer Teil der Feldarbeit wurde vom Personal geleistet. Genau wie die Gefangenen hätten sie auch psychologische Betreuung nötig. Erstaunlich war nur, dass uns das ausgerechnet der Chef der zuständigen UIN-Verwaltung sagte. Er hatte in England ähnliche Einrichtungen besichtigt, und die hatten ihn offenbar sehr beeindruckt.

Genau wie für die Gefangenen ist auch für die Bewacher die medizinische Versorgung ein Problem – im Gegensatz zu Armee und Innenministerium verfügen sie über keine spezialisierten medizinischen Einrichtungen. Genau wie die Gefangenen sind auch die Bewacher so etwas wie Menschen zweiter Klasse. Die Gesellschaft begegnet ihnen mit Misstrauen und Verachtung. Ihre Arbeitsbedingungen sind schlecht, die Gehälter niedrig, die Wohnungsnot ist groß. Die Arbeit ist schwer und verschafft ihnen selten Befriedigung. Aber wir waren eigentlich wegen der Gefangenen gekommen, nicht um die Bewacher zu bedauern. Doch ich muss bekennen, dass mein Hass auf diese Kaste ein wenig abnahm. Auch sie haben offenkundig ein Interesse daran, dass weniger Menschen eingesperrt und die Gefangenen besser behandelt werden.

Zweifellos trägt jemand die Verantwortung für die übermäßige Härte des Strafvollzugs, aber möglicherweise liegen die wesentlichen Ursachen außerhalb des UIN-Systems: unzulängliche Gesetze, unzulängliche Ermittlungsbehörden, eine unzulängliche Justiz. Hier, im Gefängnis, lädt die Gesellschaft ihren Schmutz ab. Und es gibt keine Struktur, die dafür sorgt, dass es weniger Schmutz gibt, dass Menschen, die einmal im Gefängnis gelandet sind, es nicht als körperliche und moralische Krüppel verlassen.

Einer unserer Philosophen führte die psychischen Eigenheiten der Russen auf das zu feste Pucken im Säuglingsalter zurück. Kinder, denen derartige Stofffesseln angelegt würden, könnten sich nie frei entfalten, sie gewöhnten sich an einen Zustand der Versklavung. Betrachtet man dies als Metapher, dann ist sicherlich etwas dran. Eine Voraussetzung für den Zustand von Versklavung, in dem sich unser Volk befand und noch immer befindet, ist neben Duckmäusertum auch eine gewisse Gewöhnung an Gewalt. Wir wurden in Härte erzogen: eine disziplinorientierte Schule, meist strenge Eltern, über allen die herrische Hand eines Bandenchefs, dem alle lautstark und öffentlich ihre Liebe bekunden mussten. So ist die Generation meiner Eltern aufgewachsen, die Generation der Oktoberrevolution, so haben sie auch uns erzogen, ihre Kinder. Gewalt war die Grundlage der Erziehung. In der Familie wie im Staat. Gewalt ist nicht nur an sich ein Verbrechen, sie bringt auch neue Verbrechen und neue Verbrecher hervor. In unserem kleptomanischen Land sitzen fast siebzig Prozent der minderjährigen Straftäter wegen Diebstahls. Ein Großteil der Diebstähle wird von hungrigen, verlassenen, pädagogisch vernachlässigten Kindern begangen. Ein gestohlenes altes Fahrrad, ein aufgebrochener Kiosk, der Diebstahl von zehn Flaschen Bier und zwei Kilo Keksen oder von drei Hamstern aus einer Tierhandlung – und ab ins Gefängnis. Und in der Regel ist dieser Mensch für die Gesellschaft verloren. Im Gebiet Kursk gibt es rund fünfhundert minderjährige Gefangene – so viele wie in ganz Frankreich.

Bei uns muss man in großem Stil stehlen – einen Betrieb, eine Bank, eine Million –, dann ist dem Dieb mit dem Gesetz nicht zu beizukommen. Aber drei gestohlene Hamster, damit wird das Strafgesetz fertig, also geht es mit voller Härte gegen den Vierzehnjährigen vor, den das Schicksal ohnehin benachteiligt hat, indem es ihm Alkoholiker als Eltern gegeben oder ihm die Eltern ganz genommen hat.

Mit solchen Gesprächen verbrachten wir den Rest des Abends und einen Teil der Nacht. Kaledin und mir wurde ganz schwindlig von den Geschichten über all die Wassjas und Serjoshas, von den Kinderbriefen, die unsere Mitreisenden uns zeigten, von den Schicksalen, den Zahlen. Die schlimmste Zahl ist die 19. Aber das erfuhren wir erst am nächsten Tag.

Der runde Tisch war tatsächlich rund. In der Mitte stand wie im Europarat eine künstliche rosa Blume. Um die Blume herum saßen örtliche Beamte, Vertreter der UIN, Kursker und Moskauer Menschenrechtler, der Kursker Metropolit Juvenali. Ljudmila Karnosowa, eine Juristin aus dem Institut für Staat und Recht, eröffnete die Veranstaltung. Die meisten Beiträge klangen altsowjetisch – unselig vertraute Klischees und Phrasen. Es redeten Beamte, der stellvertretende Gouverneur, ein Staatsanwalt, ein Kursker Menschenrechtler … Kein einziges lebendiges Wort …

Schließlich sprach eine hübsche, recht junge Frau, sie war Hauptmann der Miliz und leitete die örtliche Kindersammelstelle. Dorthin werden Kinder gebracht, die in Zügen aufgegriffen wurden. Auch sie begann mit den üblichen Phrasen, stockte jedoch mitten in ihrer Rede, wurde rot und fing beinahe an zu weinen.

»Helfen Sie uns! Bei mir sitzen zur Zeit zwanzig hungrige Kinder. Wir können sie nicht nach Hause bringen, dafür bräuchten wir 33 000 Rubel, und wir haben kein Geld. Wir bekommen nur 19 Rubel pro Kind.«

»Am Tag?«

»Nein, im Monat …«

In einem Moskauer Tierhotel, wo man seine geliebte Katze oder seinen Hund kurzzeitig unterbringen kann, kostet die Verpflegung zwischen 90 und 120 Rubel pro Tag.

Der runde Tisch setzte seine Arbeit fort, doch wir hatten in der Pause Geld gesammelt und fuhren mit einem Milizauto zu einem Supermarkt, kauften Zucker, Butter, Fleischkonserven, süße Kondensmilch ...

»Vielleicht noch Käse?«, schlug ich vor.

»Käse?«, fragte eine Kursker Menschenrechtlerin erstaunt, und ich begriff, dass ich etwas Dummes gesagt hatte.

Zehn Minuten später waren wir in der Kindersammelstelle.

Das Gebäude war marode. Der erste Stock baufällig. Die zwanzig minderjährigen Ausreißer saßen in einem kleinen Raum vorm Fernseher. Stjopa Shiwow war so klug gewesen, dreißig Tafeln Schokolade zu kaufen, so dass wir gleich etwas zum Verteilen hatten – wir konnten den Kindern schließlich nicht den Zucker in die Hand schütten. Die Leiterin hatte uns nämlich ausdrücklich gebeten, keinen Würfelzucker zu kaufen, denn den würden sich die Kinder gegenseitig wegnehmen. Den Zucker aus dem Tee aber könne man nicht stehlen.

Die meisten Kinder waren zwischen zwölf und vierzehn Jahren alt, überwiegend Jungen. Aber einige waren auch jünger. Ein dürrer Junge mit großem Kopf, offenbar Hydrozephalus, war etwa acht. Ein gescheites, hübsches Kerlchen.

Die Eltern der meisten Ausreißer waren Alkoholiker und schlugen ihre Kinder. Psychologen ließen sich hier nie blicken. Wer konnte diesen Kindern schon helfen, wenn nicht einmal die eigenen Eltern sie haben wollten? Viele der Eltern, denen man mitteilte, man habe ihr Kind aufgegriffen, fanden nicht einmal eine Möglichkeit – das Geld, die Zeit, die Liebe –, um es abzuholen. Manche Kinder saßen bis zu vier Monaten hier. Dabei war die Einrichtung für einen ständigen Aufenthalt in keiner Weise geeignet. Drei kleine Schlafräume, vergittert und verriegelbar – die Kinder wurden nachts eingeschlossen. Damit sie nicht wegliefen.

»Die Grippe geht um, und ich habe keine einzige Tablette. Und das städtische Krankenhaus nimmt meine Kinder nicht auf.« Die Leiterin weinte fast. »Schicken Sie uns bitte Grippemittel, wenn es geht.«

Die Betten in einem der Schlafräume standen dicht beieinander, ohne Zwischenraum. Für Nachtschränkchen war kein Platz. Der zweite Schlafraum war eigentlich der Boilerraum, die Betten standen neben den heißen Rohren.

»Um solche Kinder in ein Kinderheim zu schicken, brauchen wir eine offizielle Erklärung der Eltern, dass sie auf das Sorgerecht verzichten, aber dafür muss man Zeit aufwenden, und die haben Alkoholiker nicht«, erzählte die Leiterin der Kindersammelstelle. »Eine vollkommen hoffnungslose Lage.«

In unserem Land gibt es zwei Millionen Straßenkinder – sie sind aus Heimen oder von den Eltern fortgelaufen. Sie reißen nicht mit einem konkreten Ziel aus, sondern weil sie die Unfreiheit nicht aushalten. Viele von ihnen landen irgendwann in einer der Strafkolonien, in denen zur Zeit rund 40 000 Kinder inhaftiert sind. Angeblich ist eine Amnestie für 10 000 Minderjährige und etwa genauso viele inhaftierte Schwangere und Frauen mit Kindern in Vorbereitung. Sollte die Staatsduma sie beschließen, werden in Kürze Jugendliche und Frauen in die Freiheit entlassen, die dringend Hilfe benötigen – von der Gesellschaft, der Kirche, von Wohltätigkeitsorganisationen und von normalen Menschen wie uns.

Am späten Abend verließen wir Kursk. Wir hatten nur wenig tun können. Fast nichts. Aber wir wollen wiederkommen. Unsere Psychologen und Juristen werden mit den Jungen der Erziehungskolonie reden. Und auch unsere Pakete werden dort ankommen. Wir können nichts ändern. Wir können nur einen Kupfergroschen in dieses Fass ohne Boden werfen. Ich werfe einen. Du wirfst einen. Er wirft einen – doch das wird die Welt nicht für einen Groschen verändern. Aber vielleicht verändern wir selbst uns ein bisschen. Und dann wird sich auch unser menschenfeindlicher Staat verändern.

Kein Geld. Kein Geld. Kein Geld – das ist der immer wiederkehrende Refrain. Und es wird auch keins geben. Unser Staat ist mit anderen, wichtigeren Fragen befasst – wie werden wir wieder groß und mächtig? Wie können wir es den anderen zeigen? Wie zwingen wir sie, uns zu respektieren?

Eine Gewehrkugel kostet 50 Cent. Der monatliche Unterhalt für ein Kind in der Sammelstelle kostet 70 Cent. Eine MPi-Salve kostet so viel wie die karge Ration für alle Kinder in der Kursker Sammelstelle im Monat. Ein einziger Schützenpanzerwagen verschlingt den Etat einer ganzen Kolonie.

Der Krieg in Tschetschenien, den unsere Regierung einen Antiterroreinsatz nennt, wird in erster Linie gegen das eigene Volk geführt, gegen die Ärmsten und Schutzlosesten, gegen Waisen, Pensionäre, Krankenhauspatienten, Insassen von Alten- und Kinderheimen. Und dieser Krieg ist hocheffizient, denn jede abgefeuerte Granate, die einen Terroristen verfehlt und kein tschetschenisches Haus zerstört, trifft dennoch ins Ziel. Ein riesiges, sprachloses, unaufgeklärtes und unglückliches Ziel – das eigene Volk.

(*Oktjabr*, 2000)

PS: Inzwischen sind fast fünfzehn Jahre vergangen. Dank der Bemühungen der Menschenrechtler verändert sich die Situation, die Zahl der Erziehungskolonien hat sich halbiert, zurückgegangen ist auch die Zahl der Jugendlichen, die eine Haftstrafe verbüßen (von 22 000 im Jahr 1999 auf 2200 im Jahr 2013). Fünf Erziehungskolonien wurden zu Erziehungszentren umgewandelt. Auch die Haftbedingungen haben sich verbessert. Aber es ist noch viel zu tun.

Schießplatz Butowo

Zwei Reihen Stacheldraht oben auf dem Zaun, zwei Reihen unten. Butowo ist ein Militärschießplatz. Einer von vielen. Dieser liegt nur wenige Kilometer hinter dem Stadtring von Moskau. Er hat eine Besonderheit: eine kleine, nicht einmal mannshohe Tür im dichten Bretterzaun. »Zutritt zum Gelände samstags und sonntags von … bis …«

Wir gehen hinein. Ein von sechs Gartenbänken und fünf hohen Spucknäpfen gesäumter Betonweg führt zu einem Stein. Auf dem Stein eine Inschrift: Zum Gedenken an die hier von 1937 bis 1953 erschossenen Opfer politischer Unterdrückung. Rund zwanzigtausend Menschen. Den Stein hat die für diese Morde verantwortliche Behörde bezahlt.

Ein Stück abseits, etwa zwanzig Meter entfernt, ein Holzkreuz – ein Golgatha-Kreuz. Aufgestellt vom Bildhauer Dmitri Schachowski. Sein Vater, der Priester Michail Schik, wurde 1937 verhaftet und zu zehn Jahren Lagerhaft ohne Briefwechsel verurteilt. Als die Familie das Urteil erfuhr, war Michail Schik bereits erschossen worden. In dieser Erde liegen zwanzigtausend Menschen, denen man erst das Leben nahm und dann auch noch das Recht auf Briefwechsel.

Die stete teuflische Absurdität sowjetischer Wirklichkeit: Um den eingezäunten Schießplatz herum stehen die ärmlichen Datschas derer, die einst dort arbeiteten, und ihrer Nachkommen. An dem Tag, als das Holzkreuz aufgestellt wurde, vermischten sich in der Menge die hiesigen Bewohner mit den Kindern derer, die hier erschossen wurden. Ein Abbild des russischen Volkes. Zu Beginn gab es eine Totenmesse, am Schluss Salutschüsse – die zuständige Behörde schoss diesmal mit Platzpatronen. Die Menge, das Volk also, zuckte zusammen. Es war kalt an diesem Tag, Spätherbst oder Vorfrühling, genau weiß ich es nicht mehr.

Nun, im Juni, ist der Himmel warm und freundlich, das Gras jung und kräftig, und links vom Golgatha-Kreuz führt ein breiter, gemähter Pfad an einem verwilderten Apfelgarten vorbei zu einer Wiese, auf der eine kleine Holzkirche steht, die noch nicht ganz fertig ist, aber bereits strahlt. In den acht Erschießungsgräben im Umkreis der Kirche liegen Metropoliten, Diakone, Mönche, einfache Gläubige, Neumärtyrer und Beichtväter. Hier könnte man auch die Vorwürfe gegen die orthodoxe Kirche begraben. Den Vorwurf, dass sie allzu flexibel sei, allzu biegsam, dass sie die Mächtigen der Welt beweihräuchere und ihnen die Hand küsse. Die hier liegen, sind ihre Rechtfertigung, ihre Stärke und ihr Ruhm.

Heute arbeiten in der Kirche mehrere Männer: Dima und Kusja verlegen den Fußboden, Andrej schleift Bretter ab, Iwan behaut Balken. Man hört Axtschläge, das Kreischen einer Kreissäge. Wespen haben in einer Ecke an der Decke der Vorhalle angefangen, ein Nest zu bauen, es dann aber aufgegeben. Der graue Papierpilz ihres verlassenen Baus hängt noch da. Die Kirche aber wird im Herbst fertig sein.

Landvermesser sind gekommen, hantieren mit einem Theodoliten. Noch sind nicht alle Grabstätten entdeckt. Bei der Kirche, entlang der Umzäunung, sind acht Gräben, doch das Gelände ist groß, vermutlich gibt es noch mehr.

Ein gläubiger Mensch hat es gut, für ihn ist jeder Ort ein Ort Gottes. Dies hier ist eine Stätte für Ungläubige, sie laufen zwischen den blühenden Linden herum, deren blassgrüne Blüten herunterschweben und im dichten wilden Gestrüpp liegen bleiben, und steigen vorsichtig über vermoderte Dächer eingestürzter und in die Erde gesunkener Gebäude. Etwas Seltsames geschieht hier mit der Zeit; in diesem eingezäunten Raum verliert sie die gewohnten Konturen. Die Kirche sieht alt aus, ist aber nagelneu, die Stromleitungen sind nicht an Masten befestigt, sondern an drei Stangen, wie Wäscheleinen. Und es gibt keine Müllablagerungen, kein Radiogeplärr, kein

Kassettengedudel. Nur Vogelgezwitscher. An solchen Tagen erscheinen frühmorgens winzige Insekten, durchsichtige Fliegen, deren Leben nur einen Tag währt, vom Morgen bis zum Abend. Einen Tag, der ein ganzes Leben dauert, bis zur Ewigkeit …

Dann ein paar Schritte, und man ist wieder draußen. Auf der einen Seite grenzt das Gelände an eine Baustelle, auf der anderen an eine KGB-Siedlung, die wegen der fehlenden Arbeit verarmt und verkümmert ist. Dahinter Datschas, Schuppen, Toiletten. Alles dicht gedrängt, windschief, armselig. Keine Villen, keine hohen Mauern mit elektronischer Sicherung. Nur ein einsames Schild »Vorsicht, bissiger Hund«. Alles ist baufällig, altersschwach.

Der Dorffriedhof geht auf der einen Seite gleitend in eine Müllkippe über, auf der anderen fällt er zu einem kleinen See ab. Das gegenüberliegende Ufer sieht wunderschön aus mit seinen alten Weiden und morschen Brücken. Unsere Welt ist nur für Kurzsichtige schön: Was an diesem Ufer direkt vor mir liegt, würde ich lieber nicht sehen. Das Wasser ist schlammbraun, das Ufer mit einer Kruste aus Abfall bedeckt, und zwei junge Burschen und ein Mädchen führen eine träge Unterhaltung, in der ich kein einziges druckfähiges Wort ausmache. Über dem See schweben zwei Möwen – aus der Vogelperspektive sehen sie alles: den Verfall des Ortes, den Schießplatz Butowo, die halbfertige Kirche, den Dorffriedhof und mich.

(*Moskowskije Nowosti*, 1996)

Dubrowka-Theater (Oktober 2002) – Beslan (September 2004)

Eine Schweigeminute … Danach aber müssen wir reden, diskutieren, Vorschläge machen und überlegen, wie es weitergehen soll. Dabei ist es wichtig, nicht nur das wahrzunehmen, was leicht zu verstehen und zu erklären ist, sondern auch das, was schwer zu verstehen und zu erklären ist. In einem Krieg herrscht bei allem Grauen eine gewisse Ehrlichkeit: Feindliche Armeen kämpfen gegeneinander, und der Stärkere siegt. Die gegenwärtige Konfrontation ist vom militärischen Standpunkt aus »regelwidrig«: Eine illegale oder zumindest nicht als formaler Gegner anerkannte Armee kämpft gegen alle, die in ihr Visier geraten, gegen Soldaten, Zivilisten, Frauen und Kinder. Sie pfeift auf alle Konventionen, auf das Rote Kreuz, auf humanitäre Werte. Ihre Angriffe richten sich gegen Krankenhäuser, Theater, Schulen. Das Ergebnis folgt dem dritten Newton'schen Gesetz: Aktion gleich Reaktion, das heißt, die reguläre Armee handelt wie eine bewaffnete Bande, vergiftet Zivilisten mit Gas, geht mit solcher Gewalt gegen die Terroristen vor, dass Dutzende unschuldiger Besucher einer Großveranstaltung zu Opfern werden.

Unsere armen Köpfe mühen sich vergebens, die Vorgänge zu begreifen, sie sprengen unsere Vorstellungskraft. Muslimische Frauen mit Kopftüchern, demütige Bewohnerinnen der Frauenhälfte, sanfte Schönheiten mit schwarzgeschminkten Augen oder Matronen mit einem Haufen Kinder behängen sich, ohne das Kopftuch abzunehmen, mit Handgranaten, binden sich Sprengstoffgürtel um und jagen Menschen in die Luft. Muslimische Männer, die vor Urzeiten die Gesetze der Scharia aufgestellt und damit für alle Zeit den Platz der Frau in der Männerwelt bestimmt haben, gehen einen unerhörten, revolutionären Schritt: Sie erlauben nun Frauen nicht nur, Schlaf-

und Kinderzimmer zu verlassen, sie verpflichten sie sogar zur Mitwirkung an diesem ungeheuerlichen Krieg, in dem nicht bewaffnete Männer die Gegner sind, sondern Frauen und Kinder.

Nach der Geiselnahme im Dubrowka-Theater und ihrer Befreiung unter Einsatz eines als Chemiewaffe geltenden Gases starben 130 (laut offiziellen Angaben) beziehungsweise 174 (laut inoffiziellen Angaben) Menschen. 119 der (laut offiziellen Angaben) Gestorbenen starben im Krankenhaus. Welches Gas genau zum »Ausräuchern« eingesetzt wurde, blieb unbekannt, Moskaus oberster Amtsarzt erklärte jedoch: »Durch das Einatmen dieser Gase stirbt niemand.« Bis heute ist ungeklärt, was den Tod der 119 Personen, die aus dem Theatersaal geholt wurden, verursacht hat.

Ergebnis dieser beiden militärischen Operationen – der Besetzung des Theaters und seiner Befreiung – waren zwei Gruppen von Opfern: Menschen, die durch die Hand der Banditen starben, und Menschen, die durch die Hand der Befreier starben. Die zweite Gruppe war weit größer.

Rund zwei Jahre später gab es erneut eine Geiselnahme – 2004 in Beslan. Am 1. September, die Geiselnahme war bereits bekannt geworden, wurden im Bolschoi-Theater Literaturpreise überreicht. Ausgezeichnet wurden die besten Bücher des Jahres, ihre Autoren und Verleger. Die ersten Worte von Edward Radsinski, dem Schriftsteller und Dramatiker, der den Preis überreichte, galten Beslan. In den Pausen zwischen den Ehrungen unterhielt uns das berühmte Ballett des Bolschoi-Theaters. Draußen regnete es, dann hörte der Regen auf, und es wurde ein für die Saison ungewöhnlich heißer Herbstabend.

Als wir Jahre später darüber sprachen, explodierte vor der Metrostation Rishskaja in Moskau eine Bombe. Ein Verlagsmitarbeiter, der an der Metro aus dem Auto gestiegen war, um seiner Frau Blumen zum Geburtstag zu kaufen, starb.

Wir begreifen sehr langsam, was da geschieht. Terrorismus, wie wir ihn vom Hörensagen kennen – eine Explosion in einem Bus in Jerusalem, ein Bombenanschlag in einem Unicafé oder in einer Diskothek in Tel Aviv –, erschien uns als ein lokales Phänomen im sehr fernen Nahen Osten. Ein lokaler Konflikt am Rande der Welt, wo Palästinenser für ihre Rechte kämpfen, indem sie wahllos alles in die Luft jagen. Bomben werfen auch die uns recht fremden Basken und die offenbar sehr explosiven Iren. Wir aber haben unsere eigenen Gesetzesverletzungen und unsere eigenen hausgemachten Probleme.

Als die New Yorker Zwillingstürme einstürzten, saßen wir wie gebannt vorm Fernseher. Diese Szenen hatten wir doch schon einmal gesehen, in Sience-Fiction-Filmen über den Weltuntergang, von Regisseuren erdacht, von Kameraleuten gefilmt, von Technikern mit großartigen Spezialeffekten versehen. Was war das gewesen – vorauseilende Phantasie? Die Dokumentarbilder, auf denen eine schöne arabische Frau mit Brille, vielleicht eine Lehrerin, den Terroranschlag bejubelt, gingen um die ganze Welt.

Das war eine Kriegserklärung. Islamistische Fundamentalisten zeigten auf diese Weise, dass ihnen unsere Welt missfällt. Offen gestanden gefällt unsere Welt auch uns selbst nicht sehr, wir sehen ihre kleinen und großen Fehler und kritisieren sie von links und von rechts, von oben bis unten.

Also suchte unsere – nicht die islamische, sondern die mehr oder weniger christliche – Welt, obwohl sie empört war über den Anschlag, dennoch nach Rechtfertigungen für die Islamisten: Ja, die amerikanische Politik ist wirklich … ein wenig grobschlächtig … unsensibel … arrogant … man sollte sanfter und politisch korrekter … um niemanden zu kränken …

Ja, es ist wahr: Die Elefanten und die Esel benehmen sich tölpelhaft im orientalischen Porzellanladen, vieles geht dabei zu Bruch. Aber erlaubt bitte unserer krummen, schiefen und lahmen Welt, sich selbst zu bessern. Ohne das Geschrei islamistischer Fundamentalisten, uns für unseren angeblich falschen Glauben bestrafen zu wollen. Für den Glauben an den falschen Gott.

Ja, wir glauben, woran wir wollen! Mehr noch: Wenn wir wollen, glauben wir an gar keinen Gott. Schon gar nicht an einen, der arme muslimische Frauen zwingt, sich Sprengstoffgürtel umzuschnallen.

Aber lassen wir den Westen beiseite, wir haben unsere eigene Geschichte. Der von der Regierung provozierte und unsinnig ausgedehnte Krieg in Tschetschenien, der nicht beendet wurde, als das noch möglich war, hat den Islamisten eine wunderbare Plattform geliefert. 250 000 Tote, 250 000 Witwen und Mütter, die ihre Kinder verloren haben, auf beiden Seiten, 250 000 – wer kann sie zählen? – Waisen. Aus ihnen wird nun eine Armee des Hasses rekrutiert – auf beiden Seiten. Gerechtigkeit gibt es auf der Welt nicht und hat es nie gegeben! Ebenso wenig wie eine Symmetrie des Bösen. Ein von russischen Soldaten entführter und verschollener Jugendlicher bringt drei Kämpfer hervor: seine Brüder, die ihn rächen wollen. Das ist die Logik der Bergbewohner, entstanden in Jahrhunderten. General Jermolow, der Eroberer des Kaukasus, könnte das bestätigen.

Was geschieht im Kaukasus? Was geschieht in Moskau? Was ist im Dubrowka-Theater geschehen? Was ist in Beslan geschehen? Die Informationen sind wie immer widersprüchlich, chaotisch und unvollständig. Manche Dinge erfahren die Bürger unseres Landes erst später, andere erfahren sie nie. Zum Beispiel: Wer gab den Befehl, die Terroristen im Dubrowka-Theater mit Gas zu vergiften und mit ihnen die Geiseln? Was genau geschah am 1. September in Beslan, als rund 600 Schüler mit ihren Eltern und jüngeren Geschwistern, Astern und Gladiolen in der Hand, zum Schulgebäude kamen? Wer organisierte die Befreiung der Schule, bei der 334 Geiseln starben, darunter 186 Kinder? Sowie zehn Angehörige der Sondertruppen, zwei Mitarbeiter des Notstandsministeriums und ein Milizionär.

Frappierend waren das Chaos und Durcheinander, das kopflose und unkoordinierte Handeln der Behörden, oben wie unten, der Schock, die Verwirrung. Leider muss man sagen: wie immer.

Doch die Frage, wie ungeschickt und verlogen die gegenwärtige Regierung ist, tritt in den Hintergrund. Ja, unsere russische und auch jede andere europäische Politik – die italienische, die französische, die deutsche – ist äußerst unvollkommen. Und an der Spitze des uns aufgezwungenen Krieges stehen gewiss nicht die Klügsten, die Moralischsten, die Aufgeklärtesten, sondern Menschen, die ihre hohe Position durch Intrigen und viel Geld erlangt haben.

Doch inzwischen wird dieser Krieg auf unseren Straßen geführt, auch wenn die meisten von uns ihn nur im Fernsehen sehen.

Wir alle kennen die Statistik, wir wissen, wie viele Menschen jede Minute auf der Welt geboren werden und wie viele jede Minute sterben, und das hindert uns nicht zu lieben, uns des Lebens zu freuen und die Schönheit der Natur und der Kunst zu genießen. Aber wir sollten auch an die als Geiseln genommenen Kinder denken, an die Frauen, die sich einen Sprengstoffgürtel umschnallen, und die Greise mit den schönen, edlen Gesichtern, die allen Ungläubigen – also uns – kategorisch den Krieg erklären. Und in den vordersten Reihen der Soldaten auf beiden Seiten steht immer der einfache junge Bursche, den Faulkner einen »armen Hundesohn« nennt.

Schluss mit der Toleranz

(aus einer Diskussion mit einem Gegner der Toleranz)

Es ist tatsächlich an der Zeit, damit Schluss zu machen. Nicht, weil Toleranz gut oder schlecht wäre, sondern weil sie zum Zankapfel geworden ist. Wir stecken in der Krise, nicht nur in einer, sondern in hundert verschiedenen Krisen. Jeder sieht sein Fachgebiet in der Krise: die Medizin, die Pädagogik, die Pharmakologie, selbst die Philosophie und die Theologie. Eine Krise durchlebt auch unser Bewusstsein, das gewohnt ist, mit bestimmten Begriffen zu operieren, die jedoch überall durcheinandergeraten und nicht mehr dasselbe bedeuten wie früher.

Es ist unverkennbar, dass Begriffe wie »Rechte«, »Linke«, »Demokraten«, »Konservative« und »Fortschritt« einer Revision bedürfen, weil jeder sie nach seinem Gusto auslegt, so dass sie am Ende vollkommen unscharf werden. Besonders betroffen davon ist der Begriff Toleranz. Sehr viele Menschen glauben, Toleranz bedeute einen Kompromiss mit dem Bösen (abgesehen davon, dass auch »das Böse« selbst zu jeder Zeit, an jedem Ort und in jeder sozialen Gruppe seine eigenen Hörner und Hufe hat), Nachsicht mit dem Bösen, Übereinkunft mit ihm, und darum sei Toleranz im Grunde eine Propaganda des Bösen.

Ein populäres und recht dummes Sprichwort behauptet, im Streit werde die Wahrheit geboren. Im Streit aber wird Verärgerung geboren, ja, sogar Hass, und aus dieser zweifelhaften Materie kann nichts Gutes entstehen. Bestenfalls klären die Opponenten ihre eigenen Positionen für sich.

Um das Gespräch über dieses heikle Thema etwas zu entlasten, schlage ich vor, auf den Begriff Toleranz (kennzeichnen wir ihn mit

»T«) zu verzichten, weil er im Grunde beiden Seiten missfällt. Den T-Gegnern, weil sie ihn für die Inkarnation des Bösen halten, und ihren Anhängern, weil allein das Wort oft als Provokation missverstanden wird und so die tägliche Arbeit behindert.

Versuchen wir, diesen Begriff zu umreißen, indem wir ihn nicht durch seine eigene Bedeutung definieren, sondern ausschließlich durch angrenzende Prinzipien und Ideen. Vielleicht finden wir so eine gemeinsame Basis für die Anhänger und die Gegner der Toleranz, in diesem Fall denke ich vor allem an die Gegner aus der orthodoxen Geistlichkeit.

Die erste und wichtigste Idee ist das Prinzip der Nichtverurteilung. Das ist den Christen vertraut, ja, sie haben es zweifellos als Erste verbreitet: »Richtet nicht, auf dass ihr nicht gerichtet werdet.«* Ich sage nicht, woher das Zitat stammt, um nicht als Scholastikerin zu gelten.

Dieses Prinzip ist im Grunde vollkommen ausreichend für den Umgang mit anderen, die wir, weil wir schwach sind, nicht unsere Nächsten nennen können, weil sie anders aussehen, anders essen, anders beten – oder überhaupt nicht beten –, sich anders amüsieren, anders tanzen und singen, weil einige von ihnen mehrere Frauen haben und wieder andere die Neigung verspüren, Angehörige ihres eigenen und nicht des anderen Geschlechts zu lieben.

Doch wir sind nicht bereit, sie anzuhören, sind nicht bereit, ihnen die gleichen Rechte einzuräumen, die wir selbst genießen – nach den eigenen Prinzipien und Neigungen zu leben.

»Aber vielleicht wollen sie ja alle anderen töten?«, werden meine Opponenten fragen. »Vielleicht neigen sie ja zu Gewalt, zu Pädophilie oder gar zu Vampirismus?«

»Dafür gibt es Gesetze«, antworte ich darauf. »Staatliche Gesetze, die von der Mehrheit beschlossen wurden und eingehalten werden müssen. Wer sie verletzt, kommt ins Gefängnis.«

Das zweite notwendige Prinzip ist Barmherzigkeit oder Mitgefühl. Eines der Gebote der Seligkeit, das die Hauptgegner von T im-

* Mt 7,1

mer wieder aufgreifen, lautet: »Selig sind die Barmherzigen, denn sie werden Barmherzigkeit erlangen.« Richtig?

Auf der einen Seite gibt es Gesetze, die Verbrechen bestrafen, und hier hat das berüchtigte »T« nichts zu suchen, und auf der anderen Seite gibt es die Barmherzigkeit, die einige Menschen veranlasst, als Freiwillige in Gefängnisse und Krankenhäuser zu gehen, in Kinderheime und Obdachlosenasyle und auch zu Menschen, die an Aids sterben. Aber hier scheiden sich bereits die Geister, weil viele meinen, diese Menschen hätten ihre Krankheit verdient, als Strafe für ihre Sünden, die ich hier nicht noch einmal aufzählen will. Dabei ist es keineswegs so, dass nur böse Sünder an Aids erkranken, nein, es erkranken sogar kleine Kinder, die für die Sünden ihrer Eltern bekanntlich nicht verantwortlich sind, oder Opfer einer simplen medizinischen Prozedur, einer Bluttransfusion, bei der verantwortungslose Ärzte und Schwestern infiziertes Blut injiziert haben. Genau hier, auf der Basis freiwilligen Sozialdienstes, könnten sich T-Anhänger und -Gegner friedlich begegnen.

Und schließlich das dritte Prinzip: die Liebe, die über allem steht und an der es den einen wie den anderen mangelt. Denn gäbe es genug davon, würden sie gemeinsam das Gleiche tun, dann würden sie sich nicht spalten in Anhänger und Gegner der Toleranz, sondern nach einem anderen Kriterium: in Menschen, die bereit sind, ihrem Nächsten zu dienen, und Menschen, die diesen erfreulichen Zustand noch nicht erreicht haben. Ich kenne solche wunderbaren dienenden Menschen im einen wie im anderen Lager.

Das alles führt mich zu einem Schluss: Wäre es nicht besser, wenn ihr, Gegner der Toleranz, und wir, ihre Anhänger, unsere Kräfte vereinten auf den Gebieten, wo wir uns einig sind: denen zu helfen, die Hilfe brauchen, ohne zu unterscheiden zwischen »Juden und Griechen«*, zwischen Sündern und Gerechten, und ohne jene zu beurteilen (oder zu verurteilen), die andere Ansichten vertreten?

(2010)

* Verweis auf Brief des Paulus an die Galater, 3,28

Niemand mag die Oligarchen

Niemand mag die Oligarchen. Sie können sich auch gegenseitig nicht ausstehen. Das ist hart, da sie keine Wahl haben, denn sie sind nun mal dazu verdammt, unter sich zu bleiben. Der nichtoligarchische Rest der Welt ist für sie nur Dienstpersonal: Ärzte und Lehrer, Schauspieler und Klempner, Künstler und Psychologen träumen von nichts anderem, als den Oligarchen zu dienen und per Honorar zu partizipieren an der gehobenen Position jener, die ALLES kaufen können.

Als ich jung war, gab es in Russland keine Oligarchen. Es gab überhaupt keine reichen Leute. Das heißt, es gab sie schon, aber sie mussten ihren Reichtum streng geheim halten, sonst wären sie ins Gefängnis gekommen. Und bestimmte Menschen hatten zwar nicht viel Geld, führten aber dank eines raffinierten Systems, das sie mit allem versorgte, dennoch ein komfortables, fast luxuriöses Leben. Das war Kommunismus für Einzelne, garantiert durch kostenlose staatliche Verteilungsmechanismen – Lebensmittel gab es in internen Läden, die zur damaligen Zeit beste medizinische Versorgung war kostenlos, und staatliche Datschas, Sanatorien und Künstlerhäuser dienten fast ausschließlich den höheren Parteifunktionären, je nach ihrer Stellung in der Hierarchie.

Diese Hierarchie war streng strukturiert. Eine Freundin von mir ging eines Montagmorgens ins Kreiskomitee des Komsomol (des Kommunistischen Jugendverbands, falls jemand das nicht weiß), um die Mitgliedsbeiträge abzurechnen. Die Werktätigen der ideologischen Front waren noch nicht an ihrem Arbeitsplatz, und meine Freundin wurde Zeugin einer herrlichen Szene: Zwei kräftige junge Männer trugen Lebensmittelpakete aus. Vor die großen Büros stellten sie große Kartons, vor die kleineren Büros etwas kleinere, und auf die Tische der einfachen Mitarbeiter klatschten sie je einen nackten, nicht einmal in Zeitungspapier eingewickelten Karpfen. Das war Sozialismus in Aktion, und meine Freundin erzählte mir lachend davon. In den Geschäften, das muss ich hinzufügen, waren Fisch und Fleisch zu der Zeit hart umkämpft, und von Apfelsinen oder Ananas hatten wir noch nie gehört.

Ein Blick zurück macht diese Geschichte zusätzlich pikant: Meine Freundin stammte aus einem berühmten russischen Kaufmannsgeschlecht, das vor der Revolution für seine umfangreiche Wohltätigkeit bekannt war, für den Bau von Krankenhäusern und Kirchen, Altenheimen und Waisenhäusern. Das bis heute beste Moskauer Lebensmittelgeschäft, das palastartige Jelissejewski, hatte einem Verwandten meiner Freundin gehört, und zu Sowjetzeiten hielt diese wunderbare kultivierte Familie ihre Herkunft geheim.

Zur Zeit der Revolution waren sie in dritter Generation Kaufleute; damals lebten noch die Großväter, die in kleinen Läden Teer und Nägel verkauft, Getreidesäcke auf dem eigenen Rücken geschleppt und sich die Weisheit der Zahlen und Buchstaben angeeignet hatten. Sie hatten Rubel um Rubel gespart, hatten Kohlsuppe und Grütze gegessen und ihre Kinder zum Studium ins Ausland geschickt.

Ein Vertreter einer solchen Kaufmannsdynastie, Sergej Michailowitsch Tretjakow, legte eine riesige Kunstsammlung an, gründete ein Museum und schenkte es der Stadt Moskau: die heutige Tretjakow-Galerie. Von Kaufmannsgeldern wurden die ersten städtischen Krankenhäuser gebaut, die zum Teil bis heute existieren.

Diese ersten Kapitalisten waren rasch reich geworden, in einem Zeitraum von rund dreißig Jahren, aber ihr Reichtum machte sie nicht übermütig. Sie wurden Millionäre, aber keine »Oligarchen« im heutigen Sinne.

Wer sind die Leute, die in den letzten zwanzig Jahren in Russland reich geworden sind, die sogenannten Oligarchen?

Auch einige der heutigen Reichen mussten für ihren Platz auf der Forbes-Liste zweifellos hart arbeiten. Doch die Mehrheit dieser

Leute hat ihr Vermögen mit der Privatisierung von Staatseigentum gemacht. Die Spitze der heutigen »Privatisierer« bildeten höhere Parteifunktionäre, deren Kinder und Angehörige. Was da geschah, war eine großangelegte Enteignung, geheim und nahezu lautlos. Durch diese »Neuverteilung« gelangten Reichtümer in die Hände von Menschen, denen jegliche moralische Skrupel fehlten. Vermutlich gar nicht durch eigene Schuld, denn so etwas hatte man ihnen in der Kindheit nicht vermittelt. Von den Stalin'schen Repressionen hatten sie nur vage gehört.

In den 1990er Jahren, als die Neuverteilung des bereits privatisierten Eigentums begann, gab es eine Welle gewaltsamer Übernahmen, begleitet von Banditentum und hemmungsloser Kriminalität. Das Land litt darunter, und die Menschen sehnten sich nach einer »starken Hand«, die für Ordnung sorgen würde. Und diese starke Hand kam – die alte Geheimpolizei und die oberste Militärführung waren die einzige Kraft, die mit der Kriminalität in der Wirtschaft fertig wurde. Rasch brachten deren Vertreter Fabriken und Betriebe, Minen und Kunstschätze in ihren Besitz. Doch nur wenige verstanden etwas von Unternehmensführung, und eine neue Katastrophe bahnte sich an. Der gestiegene Ölpreis auf dem Weltmarkt bewahrte die neuen Herren des Landes jedoch vor dem Ruin. Heute tragen diese Männer keine armdicken Goldketten und keine Knasttätowierungen mehr, die weinroten Sakkos und Bürstenhaarschnitte sind europäischer Designerkleidung und schicken Frisuren gewichen. Sie trinken keinen Wodka mehr, sie sind Weinkenner geworden. Ihre Frauen tragen nicht mehr Größe 56, sondern Größe 34, und ihre Kinder studieren an den angesehensten Universitäten und Wirtschaftsschulen in Europa und den USA und sprechen ein tadelloses Englisch. Und da sie sich überall auf der Welt ansiedeln, hört man an den schönsten Orten der Erde auch russische Laute. Sie sind stets mit einem Stab von Dienstboten unterwegs: Chauffeuren, Köchen, Masseuren. Viele verbringen ihr Leben mit Weltreisen in Privatjets und auf Jachten. Ich kenne einen von ihnen, er wechselt ständig die Mädchen, hält aber seinem geliebten kleinen Hund die Treue und schleppt ihn samt Tierarzt durch die ganze Welt mit. Das hat etwas von einer liebenswerten Schrulle, pikante Details behalte ich lieber für mich. Gegen die Vergnügungen der Oligarchen nimmt sich die vielzitierte römische Sittenlosigkeit angeblich aus wie harmloses Nasebohren. Da wecken die Kaufmannsausschweifungen des am wenigsten ehrbaren Vorfahren meiner bereits erwähnten Freundin – sich zu Fastnacht den Bauch mit Plinsen vollzuschlagen und sich bis zur Bewusstlosigkeit mit Wodka zu betrinken – direkt nostalgische Gefühle.

Wie gesagt, niemand mag die Oligarchen, und sie selbst können einander auch nicht ausstehen. Aber einer missfällt ihnen ganz besonders. Aus gutem Grund. Er hat die internen Gruppeninteressen verraten, die ungeschriebenen Gesetze ihres Überlebens verletzt. Oligarchen dürfen sehr vieles, was das Gesetz normalen Menschen verbietet, sie können sogar einen Menschen totfahren und ungestraft weiterrasen, ohne anzuhalten. Es gibt nur eine einzige Regel, die aber gilt strikt: sich den Mächtigen zu beugen. Und plötzlich ist da einer, der sich anfangs nicht von den anderen unterschied – ein ehemaliger Komsomolfunktionär, ein erfolgreicher Privatisierer und überdies ein exzellenter Unternehmer. Seine Geschäfte liefen ausgezeichnet. Da war er übrigens nicht der Einzige. Es gab noch mehr fähige Köpfe unter den Oligarchen, doch dieser zeigte von Anfang an Eigensinn: Er entwickelte ein gewaltiges Wohltätigkeitsprogramm und begann, es aus eigener Tasche zu finanzieren. Klar, fast alle Oligarchen spenden Geld für wohltätige Zwecke, wofür immer man es ihnen befiehlt: für die Renovierung des Bolschoi-Theaters oder für den Ankauf einer künstlerisch wertvollen Sammlung von Fabergé-Eiern.

Ich bin in diesen Jahren viel durch die russische Provinz gereist. Früher einmal prahlten unsere Staatsführer damit, dass unser Land ein Sechstel der Erde einnehme. Inzwischen ist es zwar kleiner, aber noch immer riesengroß. Bei meinen Reisen stieß ich immer wieder auf den Namen dieses Oligarchen. In jeder noch so entlegenen Stadt entdeckte ich Spuren seiner überaus sinnvollen Wohltätigkeit: Computerräume in unterfinanzierten Schulen und in Strafkolonien für Minderjährige, beträchtliche Investitionen in Kultur und Bildung sowie Sozialprogramme.

Ich dachte an die Kaufmannsvorfahren meiner Freundin und freute mich – endlich mal ein Oligarch, der dem persönlichen Konsumwahn abgeschworen hat und Befriedigung daraus schöpft, der benachteiligten Schicht der Bevölkerung zu helfen. Dann besuchte ich ein großartiges Heim für Waisenkinder, das dieser Oligarch aufgebaut hatte. Nun will ich auch seinen Namen nennen: Michail Borissowitsch Chodorkowski.

Kurz darauf ging sein Name um die ganze Welt, aber nicht, weil er der erste bedeutende Mäzen und Wohltäter war. Berühmt wurde er durch den großangelegten Prozess, den der Staat gegen ihn führte. Vorwand für diesen Prozess, der stark an Kafka erinnerte, war eine weit zurückliegende Steuerschuld.

Weder der Protest seiner Anwälte noch die zahlreichen Briefe seitens der Öffentlichkeit konnten etwas bewirken. Die einzige Bevölkerungsgruppe, die keine Solidarität bekundete, waren die zu Tode erschrockenen Oligarchen. Chodorkowski saß also im Gefängnis und bewegte sich weiter auf dem gewählten Weg: Er las, schrieb, dachte viel nach und veränderte sich sehr.

Als seine erste Haftzeit zu Ende ging, wurde ein neues Verfahren gegen ihn und Platon Lebedew eröffnet. Das gleiche absurde Theater, vollkommen taube Ohren bei den Richtern, hilflose Anwälte angesichts der tumben Maschinerie der käuflichen »Justiz«. Chodorkowski wurde zu einer weiteren Freiheitsstrafe verurteilt.

Chodorkowski setzt seine Haftkarriere fort. Und nicht nur die. Einer zutiefst russischen Tradition folgend, schreibt er an einem »Gefängnisbuch«. Die ersten Kapitel sind bereits fertig, und es ist zu hoffen, dass die russische Gefängnisliteratur bald um ein weiteres Buch reicher ist.

Welcher russische Schriftsteller hat nicht über Gefängnisse geschrieben? Tolstoi und Dostojewski, Platonow und Schalamow haben unsterbliche Werke über dieses ewige Phänomen des russischen

Lebens hinterlassen. Welcher Russe hat nicht im Gefängnis gesessen? Dekabristen und Revolutionäre, Aufklärer und Bischöfe, Andersdenkende jeglicher Couleur. Und nun auch ein Oligarch. Ein ehemaliger, denn sein einst florierendes Unternehmen und sein gesamtes Kapital wurden vom Staat beschlagnahmt. Doch aus dem ehemaligen Oligarchen ist nun ein neuer Held geworden. Geschaffen von den Mächtigen des Landes. Ich bin für Chodorkowski. Ich weiß nicht, wie sich sein Leben weiter gestalten wird, aber in Freiheit würde dieser Mann der Gesellschaft zweifellos mehr nützen als mit dem Nähen von Arbeitshandschuhen im Straflager.

(*La Repubblica*, März 2011)

PS: Inzwischen wurde Chodorkowski aus dem Gefängnis entlassen, und seine Aufsätze über das Leben im Gefängnis sind in verschiedenen Zeitungen und Zeitschriften erschienen.

Braucht Russland einen Pinochet?

Etwa sechs Wochen vor den Wahlen fand in Moskau ein Treffen des russischen PEN-Zentrums mit Herrn Putin statt. Ich ging nicht hin, denn ich habe seit langer Zeit ein Prinzip: Keine freiwilligen Begegnungen mit Vertretern der Staatssicherheit. Aber man hat mir ausführlich davon berichtet. Die Grundstimmung dieser Veranstaltung: Putin möchte den Schriftstellern gefallen, und die Schriftsteller ihrerseits möchten Putin gefallen. Nett und charmant – zudem mit korrekter Grammatik, für unsere Mächtigen immer ein Stolperstein – erklärt er klugen, kultivierten, zum Teil sogar talentierten Menschen, sie müssten keine Angst haben: Der graue Wolf sei gar nicht so grau und eigentlich gar kein richtiger Wolf. Und die Schriftsteller, allesamt progressiv eingestellt, nicken und kommen ihm ein bisschen entgegen. Denn sie möchten so gern daran glauben. Vielleicht ist der FSB ja wirklich nicht das KGB, das KGB nicht das NKWD und das NKWD ganz und gar nicht die Tscheka?

Übrigens, in einem kurz vor den Wahlen erschienenen Band mit Putin-Interviews wird ihm die taktlose Frage gestellt, warum er als junger Mann mit Universitätsdiplom zum KGB gegangen sei.

»Sowjetische Romantik«, lautet seine Antwort.

»Aber«, lassen die Journalisten nicht locker, »wussten Sie denn nichts von den Repressalien, vom brutalen Vorgehen des KGB gegen Millionen Unschuldige?«

Nein, das war ihm nicht bekannt. Das heißt, er hatte natürlich mal was läuten gehört, ganz am Rande …

Im PEN-Zentrum begann Herr Putin das Gespräch mit sensiblem Verständnis für die Nöte der Schriftsteller – er bemerkte, das Gebäude des PEN sei ziemlich schäbig, dessen Status gar nicht angemessen.

Die Schriftsteller, das muss man ihnen lassen, schluckten diesen Köder nicht. Sie fragten ohne Umschweife: Was ist mit dem Prozess gegen Nikitin? Was ist mit Pasko? Herr Putin antwortete sehr schön, besser hätte es der liebe Gott nicht sagen können: »Es muss alles nach dem Gesetz zugehen.«

Sie redeten eine Weile miteinander und trennten sich, allesamt zufrieden. Dann begann die Wahlkampagne, deren Ergebnis von vornherein feststand. Schon mit den ersten Meinungsumfragen war klar, dass Putin gewinnen würde. Putin hatte mächtige Verbündete: die Angst und die Hoffnung. Die Angst vor den Kommunisten und die Hoffnung auf das typisch russische »Vielleicht«. Vielleicht wird es ja besser, denn Putin hat eine »starke Hand«.

Ich denke, die »starke Hand« war das Entscheidende. Wenn ein Klempner von der starken Hand redet, dann verstehe ich das. Er weiß genau, man braucht eine starke Hand, um eine Schraube anzuziehen. Daher auch die demokratische – nicht im Sinne von Demokratie, sondern im Sinne von Mehrheit – Unterstützung Putins. Doch was mit der Intelligenzija los ist, warum auch sie größtenteils hinter Putin steht, das bedarf einer Erklärung. Vor nicht allzu langer Zeit äußerte ich in einer Diskussionsrunde die Auffassung, Begriffe und Termini seien einer gewissen Verschiebung unterworfen, einer Veränderung ihres Inhalts. Das gilt auch für den Begriff »Intelligenzija«. Der Teil der Gesellschaft, der zu Beginn des Jahrhunderts als Intelligenzija bezeichnet wurde, und der, den wir heute so nennen, haben nur ein gemeinsames Merkmal: die Art ihrer Tätigkeit. Als Intelligenzija bezeichnen wir nach wie vor Ärzte, Lehrer, Schriftsteller. Solschenizyn bemerkte den Bedeutungswandel als Erster und sprach von »Bildungstum«. Zu Beginn des Jahrhunderts war die Intelligenzija eine Art Orden, eine Loge, eine intellektuelle Gemeinschaft. Ihre charakteristischen Eigenschaften waren sozialer Altruismus, Opferbereitschaft, Dienst an der Gesellschaft, ein besonderer Ehrenkodex. Indessen wurde von allen Losungen, die die Kommunisten in den siebzig Jahren ihrer Herrschaft ausgaben, eine einzige tatsächlich verwirklicht: die Schaffung eines Menschen neuen Typs –

des »Sowjetmenschen«. Die soziopsychologischen Charakteristika der verschiedenen Bevölkerungsschichten wurden nivelliert, plattgewalzt unter dem Druck des Staates; entscheidend für das Überleben wurden Eigenschaften wie Gehorsam, Anpassungsfähigkeit, Verschwiegenheit.

Diese soziale Nivellierung veränderte das Wesen der russischen Intelligenzija. Auch die Jahrzehnte der Perestroika gereichten ihr nicht zum Vorteil. Die Marktwirtschaft führte zu einer neuen Bewertung von Erfolg – zum grundlegenden, ja, nahezu einzigen Maß für Erfolg wurde die Menge des verdienten Geldes. In dieser Beziehung erlebte die Intelligenzija erneut eine tiefe Demütigung: Weder wissenschaftliche oder literarische Erfolge noch gelungene Kunstwerke oder chirurgische Spitzenleistungen gewährleisteten einen angemessenen Lebensstandard.

Das Land stürzte sich in unzivilisierteste Geschäftemacherei, und die verwirrte Intelligenzija geriet in eine tiefe Krise. Zur Erinnerung: Die Dissidentenbewegung war vorbei, ein bedeutender Teil leistungsfähiger Fachkräfte emigrierte. Die große Zahl ausgereister Juden freute zwar die National-Patrioten, diente aber keineswegs der Stärkung der Intelligenzija insgesamt. Nur eine kleine Minderheit vermochte sich den neuen Bedingungen anzupassen.

Eine Ursache für die Krise der Intelligenzija ist neben der wirtschaftlichen Niederlage und dem Prestigeverlust auch die in der Jelzin-Ära erlebte schwere Enttäuschung. Die Inkonsequenz dieses Präsidenten, die misslungenen Wirtschaftsreformen, die Korruptheit der Regierung und Jelzins despotische Zaren-Allüren stießen die Intelligenzija ab, und ein Teil fühlte sich zum Bündnis der rechten Kräfte und zu den Resten der gescheiterten Demokraten hingezogen. Die Übrigen reihten sich in Putins Elektorat ein.

Juri Lewada, Direktor eines Meinungsforschungsinstituts, erklärt Putins Erfolg mit seinem Versprechen, Russlands Größe wiederherzustellen und damit auch das Selbstwertgefühl der Intelligenzija.

Die Größe wiederherstellen – das bedeutet Reformen. Was reformiert werden soll, davon spricht Putin allerdings äußerst verschwommen, je nachdem, in welchem Kreis darüber debattiert wird. Die radikalen nationalistischen Patrioten glauben, es ginge um eine Restauration des Imperiums oder der Sowjetunion oder des Dritten Rom – jeder setzt seine eigenen Ambitionen in die Spalte »Wiederherstellung der Größe«. Die Kommunisten zum Beispiel beziehen das auf sich; einen Vorschuss haben sie schließlich schon bekommen: Putin hat ihnen die Staatsduma überlassen, und noch vor den Wahlen haben sie Schlüsselpositionen erhalten, zum Beispiel das Volksbildungskomitee – nun können sie die Schulbücher wieder umschreiben und die vormilitärische Ausbildung wieder einführen. Die Demokraten glauben, nun würden Antimonopolgesetze erlassen. Die Oligarchen hingegen glauben das nicht. Mit ihnen konnte Putin sich ohnehin schnell einigen. Und wer sich nicht einigen wollte, der lebt heute im Ausland, an den Ufern der Themse oder der Seine.

Kampf gegen die Korruption wurde versprochen. Dabei weiß jeder, dass die Gegenleistung für Putins Ernennung zum amtierenden Präsidenten eine Immunitätsgarantie für Jelzins Familie seitens der neuen Regierung war. Und das ist nichts anderes als Korruption: persönliche Absprache anstelle von Gesetz, ein intimes Verhältnis zwischen Macht und Gesetz.

Die Militärs glauben, und das nicht ohne Grund, mit Putins Sieg werde ihre Stunde anbrechen. Der amtierende Präsident hat sehr Gutes, sehr Nützliches über die Finanzierung der Armee geäußert, über den glorreichen Sieg, den sie morgen oder übermorgen im Kaukasus erringen würden. Und überhaupt – Krieg bis zum siegreichen Ende! Als hätten wir schon einmal einen Krieg gewonnen, zum Beispiel in Afghanistan.

Doch womit hat Putin die Intelligenzija betört, zumindest den Teil, der für ihn gestimmt hat? Das Hauptargument: Putin ist nicht Sjuganow, und der FSB ist nicht das KGB. Dass die Intelligenzija die Kommunisten fürchtet, dass sie Sjuganow fürchtet, ist verständlich. Aber warum haben diese Menschen vergessen, dass das KGB die höchste Errungenschaft der Kommunisten ist, der Kern ihrer Macht, ihr Hirn und die so heiß ersehnte »starke Hand«? Streng genommen hätten sie Putin noch viel mehr fürchten müssen. Aber Angst ist eben ein schlechter Ratgeber. Die Lehren des Jahres 1933 in Deutschland hat selbst der nächste Nachbar Österreich vergessen, was soll man da von Russland erwarten. Eine starke Hand haben wir nun. Wir werden sehen, wohin sie uns führt.

Vor zwanzig Jahren waren die meisten Angehörigen der Intelligenzija Dissidenten. Jemanden, der ein loyales Verhältnis zur Macht hatte, konnte man eigentlich kaum als Intellektuellen bezeichnen. Das Jahrzehnt der Perestroika hat das Thema Dissidententum beendet. Andersdenkende wurden nicht mehr verfolgt. Zum Teil deshalb, weil die Mächtigen selbst nicht immer genau wussten, was sie eigentlich dachten. Es wurde schneller gehandelt als gedacht, die Herrschenden hatten keine Gesamtkonzepte, auch keine klare Wirtschaftsstrategie. Dafür entstand in diesen Jahren eine interessante Idee, die niemand laut äußert, weil sie so simpel und banal ist: Hauptanliegen der Macht ist die Macht. Alles andere ist Tarnung, Phrasendrescherei, Manipulation. Putin scheint mir ein Träger ebendieser Idee zu sein.

Die alten Dissidenten hofften, die kommunistische Macht zu verändern, eine demokratische Regierungsform zu schaffen, vielleicht nicht die vollkommenste, aber eine vernünftigere, die minimale bürgerliche Freiheiten und Menschenrechte garantiert. Wir glaubten damals, die kommunistische Macht sei gestürzt, weil ihre inneren Ressourcen erschöpft waren. Heute sehe ich das anders. Sie brach ausschließlich wegen der Unfähigkeit ihrer Führer zusammen, aus Unachtsamkeit, aus Versehen, und die Freiheit erwies sich als unverdiente Gabe.

Und nun sitzen wir wieder in der Küche und debattieren, wie früher. Wir sind wieder zu Dissidenten geworden. Vielleicht sind wir daran selbst schuld. Unter uns war kein Havel. Unsere Havels sind emigriert, schrieben in Deutschland Sinfonien, unterrichteten in Amerika Linguistik und in Japan Mathematik.

Ich gehöre wie immer zur Minderheit. Die Küche ist diesmal die meines Nachbarn. Mein Nachbar, ein wunderbarer, hochgeachteter Mann, ist Dramatiker, Kriegsteilnehmer, der als Siebzehnjähriger eine Waffe in die Hand genommen und den Krieg als Stadtkommandant von Gliwice beendet hat. Ein Mann, der nie in die kommunistische Partei eingetreten ist.

»Warum?«, frage ich ihn. »Warum haben Sie gestern für Putin gestimmt?«

»Die Dummen haben für Jawlinski gestimmt«, sagt er lächelnd, »und die Klugen für Putin. Russland braucht heute einen Pinochet. Natürlich nicht, damit er in Stadions Leute erschießt, sondern damit er die Korrupten hinter Gitter bringt, ehrliche Leute aus dem FSB einsetzt, die Wirtschaft ankurbelt und dann die Macht an die Demokraten übergibt. Und außerdem – Russland braucht Putin, weil kein anderer da ist als Putin.«

Da stelle ich die Frage der Fragen, für mich die wichtigste, vielleicht sogar einzige:

»Und der Krieg? Was machen wir mit dem Krieg?«

»Die Freischärler müssen zerschlagen werden. Tschetschenien muss unter Präsidialverwaltung gestellt werden. Die Russen haben noch keine richtigen Waffen eingesetzt. Sie hätten längst alle in Grund und Boden bomben können, aber sie wollen die freundschaftlichen Beziehungen zum Westen aufrechterhalten. Dieser Krieg ist ein Kinderspiel. Der damals (der Zweite Weltkrieg), der war schlimm. Ich habe Dnepropetrowsk gesehen, Saporoshje, Warschau – da lag alles in Trümmern.«

Ich trinke den Tee des Nachbarn, esse seine Kekse. Ich achte diesen mutigen, anständigen Mann. Er ist ein sehr gütiger Mensch, tut keiner Fliege etwas zuleide. Aber ich kann ihm in keinem Punkt zustimmen.

Ich stelle meine letzte Frage: »Aber warum ist es überhaupt dazu gekommen, zu diesem Krieg?«

Auch hier ist meinem Nachbarn alles klar.

»Es wurden viele Dummheiten gemacht. Man hat den Tschetschenen die Waffen gelassen. Das war Gratschows Dummheit. Es heißt sogar, die Waffen seien verkauft worden. Also wieder Korruption, diesmal bei den Militärs. Jelzin hat Russland seinerzeit vor einem Bürgerkrieg bewahrt, indem er der Auflösung der Sowjetunion zustimmte. Man darf nicht vergessen, es leben noch einundzwanzig Millionen Russen in den Ländern der ehemaligen Sowjetunion. Sie sind eine Art Geiseln. Russland muss auch an sie denken. Die einzige Hoffnung ist Putin.«

Ich kam nicht mehr auf dieses Thema zurück.

Die Kriegskunst ist eine, von der ich nichts verstehe. In meiner Familie gab es nur einen Menschen, der etwas von Kriegskunst verstand, der sie liebte und studierte. Alexander Ginsburg, mein Onkel, er war Berufsoffizier, an der Luftfahrtakademie ausgebildet. Er analysierte noch als Pensionär ständig militärische Operationen und las sämtliche Kriegsmemoiren. Der Krieg schien für ihn nie geendet zu haben, er beschäftigte ihn bis ans Ende seines Lebens. Ginsburg war Patriot, Stalinist und glaubte an den Kommunismus. Aber er war nie in der Partei.

Ich habe ihn einmal gefragt: »Schura, warum bist du nicht in die Partei eingetreten?«

»Dumme Frage«, antwortete er ohne das geringste Zögern. »Ein Soldat kann kein Parteimitglied sein. Er gehorcht einem Befehl, in der Partei aber herrscht das Prinzip des demokratischen Zentralismus. Verstehst du, das ist doch ein offenkundiger Widerspruch: Entweder du gehorchst einem Befehl, oder du diskutierst ihn.«

Das klang völlig logisch, war mir aber noch nie in den Sinn gekommen. Ich machte mich kundig und erfuhr, dass es Länder gibt, in denen Berufssoldaten tatsächlich keiner politischen Partei angehören dürfen. Aus ebendiesem Grund.

Der zweite mir nahestehende Mensch, der etwas vom Krieg verstand, war Juli Daniel. Auch er war als Freiwilliger an die Front gegangen. Er sprach nie vom Krieg, er sagte nur: abscheulich, abscheulich.

Der Vater einer Klassenkameradin, Onkel Jura, Kriegsinvalide, trank maßlos und redete gern und zusammenhanglos vom Krieg – das war die schönste Zeit seines Lebens gewesen. Einmal erzählte er begeistert, wie sie gefangene Deutsche in Stücke gehackt hätten. Muss ich noch mehr sagen?

Ich könnte meinem Nachbarn widersprechen. Mich entsetzt dieser neue Kaukasus-Krieg, auch wenn mein Nachbar ihn für ein Kinderspiel hält. Und nicht so sehr der Krieg selbst entsetzt mich, nicht so sehr die Schießereien, Explosionen und Bombardements, sondern vielmehr die Enthumanisierung auf beiden Seiten. Wir erleben gegenwärtig Kriege, in denen außer Finanzinteressen auch ethnische Gruppen aufeinandertreffen, die auf unterschiedlichen Zivilisationsstufen stehen. In Tschetschenien hat Russland es mit einem Bergvolk zu tun, mit einer archaischen, äußerst rauen Lebensweise. Nach den Gesetzen dieser Welt nagelte man sich die Hand eines Feindes ans Haustor. Und wenn unsere Armee, halbgebildet, verdreckt und hungrig, auf diese Welt trifft, infiziert sie sich mit primitiver Barbarei und Brutalität, mit der Unfähigkeit, den Standpunkt des anderen zu akzeptieren.

Diesen neuen Kaukasus-Krieg zu beenden ist für Russland inzwischen weit schwieriger geworden. Dafür braucht man keine Kriegskunst – wo sind sie, die fähigen Heerführer, die kühnen Generale? –, sondern weise Regierungschefs und erfahrene Ratgeber.

Im Menschen steckt alles, von Satanischem bis zu Heiligem, aber indem wir »Geist, Ehre und Gewissen der Epoche« in Gestalt eines FSB-Vertreters an die Macht bringen, setzen wir keineswegs auf Cherubim mit sechs Flügeln.

Doch ich werde mich nicht streiten. Weder mit meinen Nachbarn noch mit meinen Freunden. Es ist nach Mitternacht. Alter. Angst. Trägheit. Sklavische Liebe zu einer »starken Hand«. Das Ende eines Imperiums. Das Ende einer Ära.

(*Neue Zürcher Zeitung*, März 2000)

Leb wohl, Europa!

Salzburg, eine zauberhafte Schatulle, eine ideale Touristenstadt, in der die Zeit stehengeblieben scheint – die Phantasie malt das nostalgische Bild eines ausgestorbenen schönen Lebens. Die grünlich schimmernde Salzach, schroffe Felswände, die Burg hoch über der Stadt, Klöster und Kirchen, die Universität – das alles ist genauso wie im Mittelalter. Eine mythische Stadt, ein Phantom, ein Phantasieort. Die Einheimischen tragen Uniformen – als Portiers, Kellner oder Zimmermädchen, hin und wieder huscht eine hohe Kochmütze vorbei. Auf der Straße ein paar als Mozart verkleidete Bettler mit synthetischer Perücke und kleiner Geige, aber auch Bettler ohne Verkleidung, Roma aus Osteuropa.

Nur sie erinnern an die Gegenwart.

Vom Flughafen zum Hotel bringt mich ein Chauffeur von so makelloser Erscheinung, dass ich mich scheue, ihm ein Trinkgeld zu geben. Man hat mir ein Zimmer im Hotel Sacher reserviert, einem alten, luxuriösen Haus von der Art, die mir als Intellektueller fremd ist. Es riecht nach altem Geld, nach altmodischem Luxus, nach Österreich-Ungarn, nach der einstigen heimlichen Romanze zwischen Aristokratie und Bürgertum. Die Erinnerung an das alte Imperium beginnt beim Eintritt in das Hotel, und sie endet in der Premiere von *Don Giovanni*.

Dazwischen liegt die Eröffnung der Salzburger Festspiele. Ihr Thema ist der Erste Weltkrieg und seine nicht beherzigten Lehren. Davon will ich erzählen.

Der Festakt beginnt mit der österreichischen Staatshymne. Alle stehen auf, auch ich. Ihr Österreicher habt es gut, denke ich mit leisem Neid – den Text zu eurer Hymne hat 1947 die unbescholtene Dichterin Paula von Preradović verfasst. Für unsere russische Hymne schämen wir uns seit langem. Den ersten Text zur Musik von Alexander Alexandrow schrieb der Hofdichter Sergej Michalkow 1944. Er enthielt die mächtigen Zeilen: »Und Stalin erzog uns zur Treue dem Volke, beseelt uns zum Schaffen, zur heldischen Tat.« Als Stalin entthront wurde, korrigierte Michalkow den Text. Von 1955 bis 1970 rühmte die Hymne »die Partei«, von 1971 bis 1991 wurde sie ohne Text gespielt – unter anderem jeden Morgen im Radio, als Weckruf für das ganze Land. Dann kam die Jahrhundertwende, und im Jahr 2000 wurde ein erneut korrigierter Text sanktioniert:

Derselbe Michalkow, Profi durch und durch, hatte »Partei« durch »Gott« ersetzt, wie es in unserem neuorthodoxen Land jetzt üblich ist.

Autor und Komponist »ruhen« inzwischen »in Gott«, es ist also schwer zu sagen, wer die nächste Korrektur vornehmen wird. Allerdings entwickelt sich unser Land in derartigen Spiralen und Zickzacklinien, dass eine Neufassung der Hymne womöglich wieder zu Stalin zurückkehren wird.

Während ich darüber nachdenke, tragen zwei großartige Schauspieler einen Dialog aus dem 500-Seiten-Drama *Die letzten Tage der Menschheit* von Karl Kraus vor, einem prophetischen Werk über den Untergang der Menschheit, entstanden zwischen 1915 und 1919.

Was ist mit der Welt geschehen, dass sie sich erneut auf hundert Jahre alte Prophezeiungen besinnt?

Ich höre den Reden der österreichischen Politiker zu – des Salzburger Landeshauptmannes, des Kulturministers, des Bundespräsidenten. Und mich erfüllt ein wachsendes Erstaunen, das Bürger europäischer Staaten vermutlich nicht verstehen können. Denn da sprechen kulturell gebildete Menschen, ihre Reden erinnern eher an Vorlesungen von Universitätsprofessoren als an die Phrasen von Parteifunktionären, an die wir von klein auf gewöhnt sind.

Es geht um die Gegenüberstellung zweier historischer Momente – die Situation vor dem Krieg zu Beginn des 20. Jahrhunderts und die heutige, zu Beginn des 21. Jahrhunderts.

Alle Redner betonen den nationalen Enthusiasmus der Bevölkerungen, die lebhafte Unterstützung des Krieges durch europäische Intellektuelle zu Beginn des vorigen Jahrhunderts, die wenigen Stimmen des Protests ... Beim Vergleich der beiden historischen Zeitpunkte fällt eine gefährliche Ähnlichkeit auf: die gleiche Zunahme des Nationalismus in einigen Ländern, die Ausbeutung des Begriffs Patriotismus, die Förderung von Stimmungen nationaler Einmaligkeit und Überlegenheit.

Da ich in Russland lebe, spüre ich das besonders deutlich. Ich bin nicht politisch aktiv, aber ich sage, was ich denke, wenn ich danach gefragt werde. Deshalb werde ich der »fünften Kolonne« zugerechnet und beschuldigt, mein Land zu hassen. Mich zu rechtfertigen erscheint mir so fruchtlos wie dumm. Ich empfinde keinerlei Hass, nur Scham und Hilflosigkeit. Die gegenwärtige Politik Russlands ist selbstmörderisch und gefährlich und in erster Linie eine Bedrohung für Russland selbst, könnte aber durchaus zum Auslöser eines dritten Weltkriegs werden. Der im Grunde bereits begonnen hat.

Die lokalen Kriege in Tschetschenien, in Georgien und jetzt in der Ukraine sind der Prolog. Den Epilog wird wohl niemand mehr schreiben können.

Während ich die Reden der österreichischen Politiker verfolge, kehren meine alten Gedanken über das Wesen des Staates zurück, über seine Ähnlichkeit mit einem Krebsgeschwür. Er wuchert metastatisch in Bereiche hinein, die nicht sein Metier sind, in die Kultur, die er seinen Interessen unterordnen will, und in das Privatleben der Menschen, deren Bewusstsein er manipuliert. In der heutigen Zeit, da mit den Massenmedien ein mächtiger Mechanismus zur Beeinflussung der Bevölkerung entstanden ist, strebt der Staat danach, sämtliche Medien unter seine Kontrolle oder in seinen Besitz zu bringen.

Genau das ist in unserem Land geschehen.

Die österreichischen Politiker sprechen über das, was mich am meisten beschäftigt: über das Verhältnis zwischen Politik und Kultur. Der australische Historiker Christopher Clark, Autor des Buches *Die Schlafwandler. Wie Europa in den Krieg zog*, hält eine klare, fundierte Rede über die Situation in Europa vor dem Ersten Weltkrieg. Die Begeisterung, die selbst herausragende Intellektuelle in Europa zu Beginn des Ersten Weltkriegs empfanden, zeugt davon, dass auch der hochentwickelte Intellekt der in der Natur des Menschen-Tieres angelegten Aggression nichts entgegenzusetzen hat, dass er leicht in die Fänge des Nationalismus, der Idee von der Einzigartigkeit des eigenen Volkes gerät. In jenen Jahren teilten auch Thomas Mann, Robert Musil und Hugo von Hofmannsthal die militärische Begeisterung, weil sie den Krieg als Reinigung von bürgerlichem Mief und Stagnation betrachteten.

So verrieten Kulturschaffende, die stets als Gegengewicht zur Politik gewirkt hatten, ihre eigentliche Bestimmung und missachteten ihre eigenen moralischen Prinzipien. Heute stehen wir nicht mehr vor der Wahl zwischen Krieg und Frieden, sondern vor der Wahl zwischen Frieden und vollständiger Auslöschung der Menschheit.

Die heutige Welt ist nicht mehr in Weiße und Schwarze, in Juden und Araber, in Muslime und Christen, in Arme und Reiche, in Gebildete und Ungebildete gespalten, sondern in diejenigen, die das begreifen, und diejenigen, die das nicht begreifen wollen.

Die Zivilisation steckt in einer Sackgasse: Wissenschaft, Aufklärung, Erkenntnis und Kunst haben es nicht vermocht, die in der Natur des Menschen angelegte Aggression zu zähmen. Es schien, als könne die Kultur dieses selbstmörderische Streben nach Selbstauslöschung bezwingen, aber ich fürchte, die Menschheit hat keine Zeit mehr. Die Zivilisation und ihre herausragenden technischen Leistungen haben leider nur dazu geführt, dass wir uns in kürzester Zeit gegenseitig vernichten können.

Wir können die Schuld nicht mehr auf mystische Kräfte des Bösen schieben, auf den Teufel und seine Gesellen. Der großartige Regisseur Alexander Sokurow stellte in seinem Film *Faust* dem Menschen ein ganz anderes Zeugnis aus als Goethe: Das Böse im Menschen übersteigt alles, was die christliche Theologie dem Teufel jemals zugeschrieben hat. Die These von der infernalen Natur des

Bösen hat ausgedient, der Mensch schafft das Böse aus eigener Kraft – und er übertrifft den Teufel darin.

Der österreichische Kulturminister Josef Ostermayer erinnert an jene, die ihre Stimme gegen den Ersten Weltkrieg erhoben: Stefan Zweig, Oskar Kokoschka, Berta von Suttner.

Sie waren eine kleine Minderheit, und niemand kann heute sagen, ob Europa damals eine andere Entwicklung genommen hätte, wäre die Mehrheit der Intellektuellen auf ihrer Seite gewesen.

Der Festakt zur Eröffnung der Salzburger Festspiele geht weiter. Es erklingt Musik von Richard Strauß, Lieder von Anton Webern. Die Musik setzt das Thema Leben und Tod fort. Die heutige Kunst gilt nur noch diesem einen Thema.

Am Ende sagte der österreichische Präsident Heinz Fischer etwas sehr Wichtiges. Kultur und Politik seien heute keine unversöhnlichen Gegensätze mehr. Kulturschaffende übten oft Kritik an der Politik, zum Beispiel an neonazistischen Tendenzen. Politik und Kultur seien wie langjährige Ehepartner – sie stritten sich, trügen Konflikte miteinander aus, könnten aber nicht ohne einander leben, und es sei sehr wichtig, dass die Künstler sich ein kritisches Verhältnis zur Wirklichkeit bewahrten.

Ich erlebe zum ersten Mal, dass ein Politiker an die Kultur appelliert. Vielleicht zu spät.

Ich lebe in Russland. Ich bin eine russische Schriftstellerin jüdischer Herkunft und christlicher Prägung. Mein Land hat gegenwärtig der Kultur, den Werten des Humanismus, der Freiheit der Persönlichkeit und der Idee der Menschenrechte, einer Frucht der gesamten Entwicklung der Zivilisation, den Krieg erklärt. Mein Land krankt an aggressiver Unbildung, Nationalismus und imperialer Großmannssucht.

Ich schäme mich für mein ungebildetes und aggressives Parlament, für meine aggressive und inkompetente Regierung, für die Staatsmänner an der Spitze, Möchtegern-Supermänner und Anhänger von Gewalt und Arglist, ich schäme mich für uns alle, für unser Volk, das seine moralische Orientierung verloren hat.

Die Kultur hat in Russland eine schwere Niederlage erlitten, und wir Kulturschaffenden können die selbstmörderische Politik unseres Staates nicht ändern. Die intellektuelle Gemeinschaft unseres Landes ist heute gespalten: Wie zu Beginn des Jahrhunderts äußert sich erneut nur eine Minderheit gegen den Krieg.

Mein Land bringt die Welt mit jedem Tag einem neuen Krieg näher, unser Militarismus hat bereits in Tschetschenien und Georgien die Krallen gewetzt, und nun trainiert er auf der Krim und in der Ukraine.

Leb wohl, Europa, ich fürchte, wir werden nie zur europäischen Völkerfamilie gehören. Unsere große Kultur, unser Tolstoi und unser Tschechow, unser Tschaikowski und unser Schostakowitsch, unsere Maler, Schauspieler, Philosophen und Wissenschaftler konnten die Politik der religiösen Fanatiker der kommunistischen Ideen in der Vergangenheit ebenso wenig verhindern wie die der machtbesessenen Wahnsinnigen heute. Dreihundert Jahre haben wir Kulturschaffende uns aus denselben Quellen genährt – es waren auch unser Bach und unser Dante, unser Beethoven und unser Shakespeare – und nie die Hoffnung aufgegeben. Heute können wir russischen Kulturschaffenden, der kleine Teil von ihnen, zu dem ich gehöre, nur noch eines sagen: Leb wohl, Europa!

(*Der Spiegel*, August 2014)

Heiligkeit

Wenn wir uns darauf verständigen können, dass es so etwas wie Heiligkeit überhaupt gibt, so scheint mir der Gegensatz »Sündhaftigkeit – Heiligkeit« falsch. Die beiden Kategorien liegen auf verschiedenen Ebenen. Überwundene Sündhaftigkeit bringt Gerechte hervor, also anständiges Verhalten. Heiligkeit ist ein Phänomen ganz anderer Art. Sie fällt aus dem gewohnten menschlichen Dasein, aus den rationalen Vorstellungen heraus. Ein Heiliger steht über der Welt und über jeder Konfession. Heiligkeit entsteht nicht durch den Umschlag von Quantität in Qualität, sie ist wie ein Sprung über einen Abgrund. Heilige können uns kein Vorbild sein. Auch einander nicht. Das Phänomen Heiligkeit behauptet die Überwindbarkeit der Welt und ihrer Gesetzmäßigkeiten, der physischen wie der metaphysischen.

Davon erzählt Tolstois *Geschichte von den drei Greisen* und ihrem schlichten Gebet: »Euer drei, unser drei, uns gnädig sei!« Ein indischer Yogi und ein Sufi, Serafim von Sarow und Franz von Assisi haben viel mehr gemein, als man vermutet. Von Heiligen kann man nicht lernen.

Nach Heiligkeit zu streben ist unmöglich und anstößig, anständiges Verhalten hingegen kann man lernen. Das ist sehr viel.

Die seit kurzem zugänglichen Tagebücher von Mutter Teresa sorgten für Erstaunen – sie sind voller Zweifel, Bitterkeit und Hoffnungslosigkeit. Dabei war sie zweifellos eine Heilige. Das hat selbst die strenge katholische Kirche anerkannt und sie seliggesprochen.

Heilige gibt es genug auf der Welt – sie sind weithin sichtbar und leuchten über Jahrhunderte hinweg. Doch es gibt zu wenige Gerechte, Menschen, die den Regeln folgen, anständige, barmherzige Menschen, die frei sind von Habsucht und Grausamkeit.

Ein Thema für sich ist die Heiligenverehrung. Eine heikle Angelegenheit. Ich rede nicht von der Theorie, sondern von der Praxis. Am Fuße des Berges Sinai, einem Heiligtum der Juden, Christen und Muslime, steht eines der ältesten christlichen Klöster, das Kloster der heiligen Katharina.

Ich erinnere mich an die verschrumpelte braune Hand, der eines Affen ähnlich, die samt den nun alterstrüben Ringen vor langer Zeit vom Arm abgetrennt wurde und jetzt auf einem Samtkissen liegt. Die Hand der heiligen Katharina im Sinai-Kloster, am Fuße des legendären Berges, dessen steilen, anstrengenden Pfad einst Moses mit zwei Steintafeln auf dem Rücken hinabstieg. Die Tafeln sind nicht erhalten, Katharinas Hand aber liegt hier.

Auf dem Klostergelände wächst auf einem kleinen Hügel ein wunderschöner Strauch – der Brennende Dornbusch. Angeblich der nämliche, aus dem Gott zu Moses sprach. Mir wird gesagt, er sei ein einzigartiges botanisches Phänomen. Ich blicke zu dem Strauch hinauf, er wirft mir ein welkes Blatt auf den Kopf. Ich schaue nicht in ein Pflanzenbestimmungsbuch, um festzustellen, zu welcher Gattung und Art er gehört. Ich glaube bereitwillig, dass es sich um eine superendemische Erscheinung handelt, das einzige Exemplar dieser Art auf der Welt. Aber ich weiß, dass es Pflanzen gibt, in deren Blättern sich ätherische Öle sammeln, die bei bestimmten Bedingungen entflammen können. Ein Wunder ist etwas, das wir nicht erklären können. Etwas, das jenseits der Grenzen unseres Wissens liegt.

Aber die Hand, diese Hand! Nehmt sie weg, beerdigt sie, möglichst neben dem Leib der Verstorbenen. Was soll diese fromme Zerstückelung – Finger von Johannes dem Täufer, und zwar insgesamt mehr als zehn, in diversen Kirchen und Klöstern? Ich bin nicht so materialistisch, dass diese mumifizierten Gewebeteile mich in meinem Glauben an den Schöpfer bestärken würden. Ich habe in Museen viele Mumien gesehen, ägyptische und afrikanische, Mumien von Pharaonen und von einfachen Familienoberhäuptern, die nach ihrem Tod gründlich getrocknet, in selbstgewebte Tücher gehüllt und in einer speziellen Schatulle im Haus oder an einem geheimen

Platz im Wald aufbewahrt wurden, von wo man sie am Totengedenktag wieder ans Licht holte.

Wir sollten uns heute nicht an Heiligen orientieren, sondern an Gerechten. In protestantische Kategorien übersetzt – an Anständigkeit, Ehrlichkeit, Fleiß, Bescheidenheit im Alltag. In orthodoxe Kategorien – an Barmherzigkeit. Irgendwer hat einmal gesagt: In Russland gibt es jede Menge Heilige, aber einen ehrlichen Menschen, jemanden, der nicht stiehlt, den muss man mit der Laterne suchen. Also – wenn ihr nicht anders könnt, stehlt ruhig, aber seid so barmherzig und gebt wenigstens Witwen und Waisen, Armen und Kranken etwas ab. Heiligkeit aber ist bei unserem Geistes- und Seelenzustand ein zu hoher Anspruch.

Neuheidentum von innen

Viel stärker als die Bande der Liebe verbindet eine gemeinsame Schuld. Eine kollektive Schuld lässt die persönliche Schuld so sehr schrumpfen, dass sie kaum noch messbar ist. Das ist simple Bruchrechnung: im Zähler eine Eins, im Nenner aber Tausende, Millionen. Je größer die Armee, die ein Verbrechen verübt, desto – scheinbar! – geringer die Verantwortung des Einzelnen. Und wir trösten uns mit dieser trügerischen Arithmetik, dabei zählt in Wahrheit etwas anderes: du und dein Gewissen. Dass viele mitgemacht haben, ist keine Rechtfertigung. Viele Verbrechen werden von der Masse begangen, Buße aber ist von Natur aus individuell.

Die Fortschritte in der Biologie, der Psychologie, der Informatik und der Computertechnik im weitesten Sinne haben dazu geführt, dass die Vorstellung von der Persönlichkeit, vom ganzheitlichen Ich, zersplittert, verschwimmt, ja, prinzipiell in Frage gestellt wird. Was ist Träger der Persönlichkeit – die Gensequenz, das schwer zu definierende Gewissen, die unsichtbare Seele oder ein göttlicher Funke, der dem lebendigen Leib eingehaucht oder geliehen wurde, ihm also gar nicht gehört?

Wenn wir den Teil des Ichs ausklammern, der auch der Tierwelt eigen ist, wie die Selbsterhaltungs- und Fortpflanzungsinstinkte, was ist dann das eigentlich Menschliche am Menschen? Die Fähigkeit zur Selbsterkenntnis? Religiöse Gefühle? (Das dachte ich bis vor kurzem, doch dann sah ich einen Film über Elefanten und war mir nicht mehr sicher, denn mir schien, dass auch sie zumindest zum Tod eine Art religiöses Verhältnis haben.) Vielleicht der Altruismus (wenn wir die Verteidigung der eigenen Kinder ausklammern)? Oder das bereits erwähnte schwer zu definierende Gewissen als Messinstrument für die Moral?

Doch wenn wir die Moral als Eigenschaft definieren, die den Menschen vom Tier unterscheidet, haben wir keine allgemeingültigen Kriterien, denn der Moralkodex ist nicht universell, die zehn Gebote gelten nicht für die ganze Menschheit, es gibt auch andere Vorstellungen von Tugenden und Lastern. Was uns zur »natürlichen Religion« Voltaires führt, der von einer natürlichen Basis für Moral und Ethik sprach.

Damit kommen wir zu einer Kernfrage, nämlich zum Verhältnis derer, die sich als Christen bezeichnen, zu jenen, die von ihnen als Heiden betrachtet werden.

In unserer Welt beruht die Moral zumindest theoretisch auf den Zehn Geboten. Der Gerechtigkeit halber sei daran erinnert, dass diese selbst in den gottlosesten Zeiten der UdSSR weiterhin galten; in leicht abgewandelter Form wurden sie im »Moralkodex der Erbauer des Kommunismus« konserviert. Diese moralischen Maximen wurden weder von faschistischen noch von kommunistischen Regimes negiert, und dennoch ereignete sich der schlimmste militärische Konflikt des 20. Jahrhunderts zwischen Ländern, die formal zur christlichen Welt gehören. An diesem Krieg waren Millionen Menschen beteiligt, vor allem Europäer, in der Mehrheit Christen. Ganz zu schweigen von historisch so weit zurückliegenden Episoden wie den Kreuzzügen oder der Gegenreformation.

Das lässt vermuten, dass der Glaube an Jesus Christus entweder keine Garantie für moralisches Verhalten ist oder dass er gar nicht vorhanden war. Doch was ist das Christentum ohne diesen Bestandteil? »Dröhnendes Erz und eine lärmende Pauke«, wie geschrieben steht. Das heißt, Rituale, Zeremonien, Folklore. Also das Gleiche wie in jenen Religionen, die unter dem Begriff »Heidentum« zusammengefasst werden und denen sehr viel Übles nachgesagt wird, manchmal zu Recht, oft zu Unrecht, und fast immer ohne die Kenntnis dessen, was dieser dem Christentum fremde Glaube beinhaltet.

Wir betrachten diese beiden Richtungen oft als Gegensätze, ohne zu untersuchen, wie viel Heidnisches das moderne Christentum noch in sich trägt und wie sehr es in der Praxis Anlass für ein Neuheidentum bietet. Welche Spannungslinien verbinden die beiden gegensätzlichen Ideologien, abgesehen von der gegenseitigen Ablehnung?

In den Geisteswissenschaften und in der Kunst lässt sich eine Aufgabe selten konkret und präzise formulieren und lösen. Doch um eine Lösung geht es hier auch gar nicht. Es gibt in unserer Welt viele Fragen ohne Antwort, Aufgaben ohne Lösung und Probleme, die mit unseren Möglichkeiten prinzipiell nicht zu bewältigen sind. Dennoch ist es oft nützlich, ein Problem wenigstens zu umreißen, auch ohne auf eine mögliche Lösung zu hoffen.

Ein solches Thema ist das Verhältnis zwischen Christentum und Heidentum, oder zugespitzt formuliert, zwischen Christentum und Neuheidentum.

Unsere Welt bezeichnet sich als christliche Zivilisation. Richtiger wäre vielleicht der Begriff postchristliche Zivilisation. Dieser anfangs nur kleine, lokal begrenzte, provinzielle Raum hat sich im Laufe seiner zweitausendjährigen Geschichte geographisch stark erweitert und inhaltlich verändert. Die vorchristliche Welt war römisch. Genauer gesagt, griechisch-römisch. Die christliche Zivilisation entstand nicht in einem Vakuum, viele Werte der vorhergehenden Generationen wurden aufgesogen, überarbeitet, angepasst. Etliche Propheten wurden übernommen. Die römische Zivilisation war in vieler Hinsicht äußerst tolerant, sie entwickelte Theorien zu Staat, Recht, Gesetz und gesellschaftlichen Institutionen, und zahlreiche Neuerungen im Bereich politischer und staatlicher Strukturen (unter anderem die Demokratie, über die in den letzten Jahrzehnten so viel geredet wird) entstanden in dieser vorchristlichen Ära.

Rom integrierte die religiösen Anschauungen der Völker, die zu seinem großen Imperium gehörten. Die Völker schlossen sich dem Imperium an, und ihre Götter wurden in das römische Pantheon aufgenommen, in dem ägyptische Gottheiten ebenso Platz hatten wie solche aus Kleinasien.

Im Nahen Osten entspann sich ein heftiger Konflikt: Ein kleines Volk, das dem Monotheismus anhing, verweigerte sich hochmütig dem angebotenen komfortablen Prinzip: Wir nehmen euren Gott in die Göttergemeinschaft auf, und ihr macht in eurem Tempel Platz für unsere Götter. Die Kriege in Palästina zu jener Zeit waren nicht in erster Linie antirömisch geprägt (Bürger von Rom zu sein war bequem, vorteilhaft und ehrenvoll), vielmehr ging es um die Verteidigung eines Glaubens. Die Juden erlitten formal eine Niederlage und gingen für lange Zeit in den religiösen Untergrund, um ihren hartnäckigen Monotheismus zu retten. Die weitere Geschichte ist bekannt.

Die Christen übernahmen von den Juden die Unduldsamkeit gegenüber fremden Göttern. Ihre Intoleranz bezahlten sie mit Blut, viele Märtyrer starben für ihren Glauben an den einen Gott. Sie verachteten das Durcheinander im heidnischen Pantheon. In gewissem Sinne wurde nicht den Christen der Krieg erklärt, sondern die Christen führten Krieg gegen die anderen. Mit Erfolg: Im 4. Jahrhundert, unter Kaiser Konstantin, wurde das Christentum im einstigen Römischen Reich, das nun einen anderen Namen, eine andere Hauptstadt, andere Grenzen und eine andere Sprache hatte, zur Staatsreligion. Inwieweit diese offizielle Deklaration der Realität entsprach, ist umstritten.

Seitdem lebt das Heidentum im Schoße des Christentums weiter. Als eine kleine Gruppe von Juden, die sich als Schüler Jesu betrachteten, ihre jüdischen Wurzeln kappte, sich als Kirche der Christen definierte und ihre Predigt in die Welt zu tragen begann, öffneten sich die Türen für Andersstämmige; das Feuer des Christentums entbrannte in der ganzen Welt, das Heidentum strömte ins Christentum und durchdrang es so tief, dass es heute einige Mühe macht, die Grenze zu markieren, nicht die äußere, sondern die innere. Doch genau von diesem Augenblick an wurde das Christentum universell – im römischen Sinne des Wortes.

Das Christentum als Weltreligion lehnte die Idee des irdischen Vaterlandes ab und sprach vom Reich Gottes. »Nicht Jude noch Grieche«, sagte der Apostel. Nicht Stamm oder Familie, also keine Blutsbande, keine lokalen Gottheiten, auch der Kaiser ist kein Gott. Jesus Christus allein, der Gott aller, ist die Heimat aller.

Wäre das Christentum konsequent gewesen, hätte es keinen einzigen der vielen Kriege gegeben, die die Menschheit von Christi Geburt bis heute erschüttert haben.

Wenn ein Historiker oder Ökonom nun einwendet, kein Krieg sei je ein religiöser gewesen, Kriege seien von jeher um Territorium, Macht und Einfluss geführt worden, werde ich mich seinen Argumenten wohl beugen müssen. Dennoch ist heute schwer einzuschätzen, was mehr Schaden angerichtet hat, die Kriege, die Christen gegeneinander geführt haben, oder die Kriege von Christen gegen Heiden – gegen Indianer, Insulaner, australische Ureinwohner und Afrikaner. Oder gegen die Hindus, zu denen ein beträchtlicher Teil der Menschheit gehört – in Indien, Japan, China und Afrika.

Die Christen betrachten das Heidentum gewöhnlich als etwas Schlechtes. Das ist kein Wunder. Selbst innerhalb des Christentums herrscht nach zweitausend Jahren keine Toleranz, die Unterschiedlichkeit der diversen christlichen Kirchen – ein Symptom für die mangelnde Gesinnungsgleichheit – war vielfach Anlass für Streit und religiöse Kriege. Was kann man da vom Verhältnis zur äußeren, als »heidnisch« bezeichneten Welt erwarten?

Während der stille Religionskrieg zwischen Orthodoxen und Katholiken, zwischen Orthodoxen und Unierten, Baptisten und Protestanten nach wie vor andauert, wendet sich die junge Generation dem Osten zu, dem Buddhismus, dem Taoismus und dem Hinduismus. Der Grund dafür ist offensichtlich: die Diskrepanz zwischen der Theorie des Christentums und seiner Praxis.

Das alles zeugt von einer tiefen Krise des Christentums. Wie so oft sind auch hier Ursachen und Folgen schwer auseinanderzuhalten, zweifellos dreht sich in diesem Fall die Kausalkette im Kreis, sicher aber ist, dass das Christentum, sobald es gesellschaftliches Gewicht erlangt, seine innere Kraft und seine Attraktivität einbüßt, und das liegt zum Teil an der allgemeinen Ablösung des christlichen Universalismus durch ein nationales Christentum.

Das Christentum, das die Idee eines irdischen Vaterlandes ablehnt und nach dem Reich Gottes sucht, wird immer öfter durch ein hausgemachtes, ethnographisches Christentum ersetzt. Im Laufe von Jahrhunderten wurden lokale Religionen integriert, Helden aus der nationalen Kultur und Mythologie wurden oft den christlichen Heiligen zugerechnet, Feste, die dem kosmischen Zyklus gewidmet waren, ergänzten die zwölf hohen Kirchenfeiertage, und das alles barg keine Gefahr für die Kirche, solange eine gewisse kritische Masse erhalten blieb – die Lehre Christi.

Die Bergpredigt, das Herzstück dieser Lehre, wird in den Hintergrund gedrängt. Ich könnte nicht einmal sagen, wodurch sie ersetzt wird. Ich will hier nicht analysieren, wie viel »Heidentum« sich im Kirchenalltag eingebürgert hat. Doch das Eindringen heidnischer Elemente ins christliche Bewusstsein zeigt, dass die Kirche im Kampf gegen das Heidentum machtlos ist. Wenn sie sich diese Aufgabe überhaupt stellt …

Tatsache ist: Die Kirche wird für junge Menschen immer unattraktiver. Es beunruhigt mich nicht, wenn unsere Kinder sich dem Buddhismus oder dem Taoismus zuwenden – dort werden sie weder auf Aggression noch auf Hass treffen.

Mitunter aber führt die Suche nach religiöser Wahrheit die Menschen auch in andere Gefilde, und die sind längst nicht immer neutral. Davon zeugt die gegenwärtige Blüte des Neuheidentums in vielen Regionen der ehemaligen UdSSR.

Erneut sind Rassentheorien in Umlauf: Ukrainische Nationalisten basteln an einem Beweis, dass Zarathustra und Nietzsche ukrainische Wurzeln haben, auch einen ukrainischen Pithekanthropus haben sie bereits entdeckt. Das goldene Zeitalter der Menschheit, das die Ukraino-Arier in der Ära der frühen Ackerbauern und Viehzüchter feierten, wurde angeblich von Juden und Christen verdorben. In der Republik Mari El werden der Kult der Heiligen Haine und Opferungen von Pferden, Ochsen und Geflügel wiederbelebt, in Tatarstan und Udmurtien werden Hammel geopfert. Um die Hammel tut es mir allerdings weniger leid, sie werden so oder so gegessen.

Ich verbrachte meine Jugend mit chaotischer Lektüre auf der Suche nach dem richtigen Weg, die Herausbildung einer Weltanschauung glich einem Puzzle, wobei ich die Bausteine aufnahm, die mir gefielen, und verwarf, was mir nicht gefiel. Den Marxismus hassten wir einhellig, machten uns aber nicht die Mühe, Marx zu lesen. Ich weiß nicht, ob ich ihn mehr gemocht hätte, wenn ich ihn gelesen hätte, aber viele äußerst wichtige Dinge erfuhren wir aus zweiter Hand, durch mündliche Weitergabe, in privaten Gesprächen, verkürzt auf das Format eines Abreißkalenders, wie Nadeshda Mandelstam das nannte.

Unter diesen Umständen konnte von einer in sich geschlossenen Weltanschauung nicht die Rede sein. Spuren dieser »Küchenbildung« haben viele von uns bis in ihr reifes Alter bewahrt. Zum Glück nicht alle. Übrigens sehne ich mich heute nicht mehr nach einer »in sich geschlossenen« Weltanschauung. Ich habe mich mit der Unzulänglichkeit meiner Möglichkeiten abgefunden.

In den sechziger Jahren fand ich zum Christentum, und einige Jahrzehnte lang hatte ich das glückliche Gefühl, einen universellen Schlüssel zu besitzen, mit dem sich alle Schlösser öffnen ließen. Die Umstände waren äußerst günstig – ich geriet in das Umfeld bemerkenswerter Menschen, die sich zum Christentum bekannten. Zu diesen Vertretern der älteren Generation gehörten die besten Menschen, denen ich je begegnet bin.

Aber ich kannte auch wunderbare Menschen, die keine Christen waren, sondern Juden, Atheisten, Skeptiker oder Agnostiker.

Heute glaube ich nicht mehr, dass die Christen im alleinigen Besitz der ganzen Wahrheit sind. Hass und Unwissenheit in unserer Mitte sprechen gegen uns. Diese Welt voller Gewalt haben wir und die anderen Kinder Abrahams geschaffen.

Buße ist zweifellos etwas Starkes und Reinigendes, aber sie verlangt zuvor bewusste Erkenntnis. Und zu dieser Erkenntnis der Welt und des eigenen Ich trägt auch die heutige Literatur ihr Scherflein bei, selbst wenn sie oft eine bittere und schwer zu ertragende Medizin ist.

(*Knishnoje obosrenije*, 2005)

Bruder Tod

Bei einem solchen Thema ist es wichtig, den Ausgangspunkt zu markieren: Wo beginnt es für uns? Ich glaube, mit der ersten toten Katze oder dem ersten toten Spatzen. Dieser Augenblick entzündet in der Seele des Kindes die Flamme des Entsetzens, die bei vielen Menschen weder mit den Jahren noch mit der Erfahrung erlischt. An die erste Begegnung mit dem Tod erinnert sich jeder sein Leben lang, der gröbste und unsensibelste Klotz ebenso wie ein empfindsames, feinfühliges Geschöpf. Die Fassungslosigkeit angesichts der schlagartigen Veränderung von etwas Lebendigem in etwas Totes, das Grauen vor dem Tod verschwindet nie ganz. Man kann den Tod lange vergessen, jahrelang nicht an ihn denken, und plötzlich ruft er sich in Erinnerung – im Schlaf oder im Wachen, ganz beiläufig. Manche Menschen verbannen jeden Gedanken an den Tod aus ihrem Leben und verhalten sich, als wäre ihnen Unsterblichkeit gegeben. Eine gefährliche Spezies für ihre Zeitgenossen.

Das Bewusstsein des Menschen sträubt sich gegen den Gedanken an den Tod, will ihn nicht akzeptieren, verdrängt ihn. Der Tod ist das Ende des Bewusstseins. Das ist nicht zu begreifen – das zeitlich Begrenzte will, ja, kann das Ewige nicht fassen.

Klageweiber stöhnen und schreien am offenen oder geschlossenen Sarg, Priester bringen auf dem Grab blutige oder unblutige Opfer, ganze Wagenladungen mit Gegenständen wurden verbrannt oder, eine Freude für jeden Archäologen, zu Verstorbenen ins Grab gelegt, um das Zeitliche mit dem Ewigen zu versöhnen; ein kleines Mädchen schaufelt am Zaun eine kleine Grube, versenkt darin eine Streichholzschachtel mit einem toten Schmetterling und schmückt das Grab mit Margeriten und weißen Steinchen. Das alles sind Mittel, eine Verbindung zwischen Lebendigem und Totem herzustellen.

In diesem Punkt gleichen sich sämtliche Religionen der Welt, so unterschiedlich, ja gegensätzlich sie sonst sein mögen.

Die Wissenschaft versucht von jeher, dieses Geheimnis zu ergründen. Einzellige Organismen, die sich unter Leeuwenhoeks Mikroskop munter vermehren, sind praktisch unsterblich. Allerdings gibt es allen Grund anzunehmen, dass sie nicht mit Bewusstsein ausgestattet sind. Die Vorstellung vom Tod ist an ein Bewusstsein gebunden, aber an welchem Punkt der Evolutionsleiter dieses erwachte und wann es weit genug entwickelt war, um diesen Gedanken zu erfassen, ist bislang nicht bekannt. Doch bei dem kolossalen Tempo der biologischen Forschung werden wir es vermutlich bald wissen. Obwohl heute noch niemand genau sagen kann, wo genau aus medizinisch-biologischer Sicht die Grenze zwischen Leben und Tod verläuft.

Der Verstand möchte sich diesen schwer zu erfassenden Raum erschließen, doch beherrscht wird er vom Glauben. Fragen Sie mich heute bitte nicht, welcher Konfession ich angehöre und wie ich glaube. Ich habe einen schlechten Charakter, keine seriöse Kirche würde mich behalten. Vor kurzem ist mir klar geworden, was ich bin: eine Freiwillige im Christentum. Das heißt, sobald mir etwas nicht passt, verziehe ich das Gesicht und gehe. Und dann, wenn ich mich zurücksehne nach dem Kostbaren darin, klopfe ich wieder an und sage: Hier bin ich, ich will die Brosamen unter eurem Tisch aufsammeln. Und werde aufgenommen. Danke.

Die christliche Darstellung des Todes scheint mir zu geradlinig und unbefriedigend. Aber was hindert mich, die dunkle Hölle und das helle Paradies nicht als buchstäbliche Verteilung von Kuchen und Kopfnüssen zu betrachten, sondern als starke Metapher? Hinter der naiven Bilderbuchvorstellung steht eine tausendjährige Kultur. Niemand von uns weiß, was dort, jenseits der Grenze, geschieht. Im Grunde ist diese Brücke zwischen dem Reich der Lebenden und dem Reich der Toten eine Art Unsterblichkeit: Das Leben meines Ich geht weiter, nur unter einer anderen Adresse. In vielen Kulturen gibt es Reiseführer für den Wechsel von einer Welt in die andere, die sogenannten Totenbücher. Die alten Ägypter, die amerikanischen Indianer, die Bewohner des geheimnisvollen Tibet, die Wikinger und die Batak, die Totenschiffe ausrüsten, verfassten Wegweiser und Karten für jene, die auf das andere Ufer des Seins übersetzen. Oder des Nichtseins. Die ausführlichste Anleitung für Sterbende ist das tibetische *Tschikhai-Bardo*.

Dort, wo es keine in Buchform gefassten Ratgeber für Sterbende gibt, existieren andere Formen der »Begleitung«. Überall, zu allen Zeiten und in allen Kulturen! Bei den Batak saß der Priester am Bett des Sterbenden und erzählte ihm von den Gefahren des Weges. Die wortkargen Japaner beschränkten sich darauf, dem Sterbenden ein Schwert auf die Brust zu legen, damit er sich auf dem Weg gegen die bösen Dämonen wehren konnte. Das Gebet der Hindu, die glauben, dass der Mensch nach dem Tod in einer von 8 400 000 Inkarnationen wiedergeboren wird, vom Insekt bis zum Brahma, enthält eine Bitte um Erlösung vom Kreislauf der Wiedergeburten: »Führe mich auf den rechten Weg, damit ich zu Dir gelange.«

Die drei abrahamitischen Religionen haben ungeachtet ihrer zahlreichen Unterschiede eines gemeinsam: In der Todesstunde wird ein Priester, ein Lehrer, ein Rabbi gerufen, der dem Sterbenden beistehen soll. Die Orthodoxen sprechen den Bittkanon *Beim Ausscheiden der Seele*, die Katholiken das *Gebet um einen guten Tod*. Bei den Juden unterstützt der Rabbiner den Sterbenden, wenn dieser zu schwach ist, um das letzte Gebet allein zu sprechen, das *Viduj*, die Bitte um Entsühnung, die jeder Jude kennen muss. Muslime richten ihre Gebete in der ersten Nacht nach dem Begräbnis an die Engel Munkar und Nakir, die den Verstorbenen nach Gott, dem Propheten und dem wahren Glauben befragen und ihm den verdienten Platz im nächsten Leben zuweisen.

Kultur ist undenkbar ohne die Phantasie. Doch woraus speist sich die Phantasie? Aus welcher Erfahrung? Aus Träumen? Aus Wünschen? Aus der Intuition?

Ich vergaß zu erwähnen: Ich bin Materialistin. Eine religiöse Materialistin. Die gesamte Welt, die uns umgibt, ist mehr oder weniger erforschbar. Diese Erforschung hat im vergangenen Jahrhundert ein enormes Tempo entwickelt. Doch Bewusstsein, Erkenntnis und Verstehen sind durch die Struktur unseres Gehirns beschränkt. Wir können nur das wahrnehmen, wofür wir ein Wahrnehmungsorgan besitzen (genauer, wofür sich im Laufe der Evolution ein solches Organ entwickelt hat). Wofür wir kein Organ besitzen, was außerhalb der Grenzen unserer Wahrnehmung liegt, existiert für uns quasi nicht. Töne im Frequenzbereich von 16 000 bis 20 000 Hertz kann unser Ohr nicht wahrnehmen! Das Auflösungsvermögen unseres Auges, also unsere Sehschärfe, wird von der Größe der lichtempfindlichen Zapfen in der Nähe des »gelben Flecks« bestimmt. Und so weiter. Alle unsere Wahrnehmungsmöglichkeiten hängen von der Präzision unseres naturgegebenen Instrumentariums ab.

Wichtigster Dirigent dieses Prozesses ist unser Gehirn, ein keineswegs ideales Werkzeug: Das Eichhörnchen merkt sich viel besser als wir, wo es etwas versteckt hat, der Geier kann viel weiter sehen als wir, der Koala hat einen eigenwilligen, hochentwickelten Geschmackssinn – er isst unter keinen Umständen etwas anderes als das, woran er »evolutionär« gewöhnt ist, nämlich Rinde und Blätter bestimmter Eukalyptusarten.

Und die Mystik? Dafür gibt es kein Organ. Jedenfalls wurde bislang keines gefunden. Der eine besitzt ein besonderes Gespür für das Unsichtbare in der Welt, der andere nicht. Es gibt ein bemerkenswertes Gemälde von Lorenzo Lotto, *Verkündigung*. Im Vordergrund läuft eine Katze mit gesträubtem Fell erschrocken davon. Sie spürt die Gegenwart des Erzengels Gabriel bereits, während die Jungfrau Maria, für die er sichtbare Gestalt angenommen hat, ihn noch nicht sieht. Die Katze hat also eine niedrigere Wahrnehmungsschwelle für himmlische Mächte!

Die Grenze zwischen Leben und Tod verläuft nicht nur in der materiellen Welt. Was außerhalb davon geschieht, weiß jedes alte Mütterchen in der Kirche: Dort liegen Paradies und Hölle, zum Beispiel. Ein guter Muslim hofft auf ein Restaurant voller willfähriger Jungfrauen. Ein Buddhist hingegen wird von einem Daseinskreislauf sprechen: Wer anständig gelebt hat, gelangt auf eine höhere Stufe, sonst wird er ein Esel oder ein Schwein. Und es gibt weitere, noch fragwürdigere Varianten. Solche Vorstellungen hegt der größte Teil der Menschen ohne Bildung.

Ich beobachte die Grenze vom Diesseits aus. Ich weiß, dass ich nicht dahinterschauen kann. Aber ich weiß auch, dass nur der Tod dem Leben einen Sinn gibt. Und daraus folgt, dass sich der Sinn des Todes nur aus der Sicht des Lebens erschließt. Wie unser diesseitiges Leben aus dem Blickwinkel des Jenseits aussieht, können wir bislang nicht wissen!

Für den konsequenten Materialisten ist das Ende klar umrissen: ein teurer Sarg mit Bronzegriffen und eine prunkvolle Beerdigung. Ein wenig beneide ich diesen Materialisten: Wie sehr muss er in sich ruhen, um in dieser nicht eben idealen Welt ganz ohne Stütze auszukommen. Für ihn beruht alles auf kausalen Zusammenhängen, die Welt ist eben irgendwie und durch irgendetwas entstanden. Andererseits tut der Materialist mir leid. Er kann niemandem danken für all das Wunderbare, für die Schönheit der Natur, für die großartige Erkenntnisfähigkeit des Menschen und unser Wissen über die Welt. Auch vom Tod versteht der Materialist nichts. Für ihn existiert er nicht: Solange du dir deiner selbst bewusst bist, gibt es den Tod als Idee, und wenn du tot bist, existierst du nicht mehr, also existieren auch deine Ideen nicht mehr.

Ich aber bin mit dem Tod gut vertraut. Schon früh habe ich ihn zum ersten Mal aus der Nähe gesehen, und dieses Erlebnis hat in mir gute Erinnerungen hinterlassen. Damals war ich noch ein kleines Kind, doch trotz der vielen Jahre, die seither vergangen sind, verblasst dieses Bild nicht, sondern wird immer transparenter. Der Sterbende war mein Urgroßvater, er war über neunzig. Sein Bett stand in dem Zimmer, das unsere große Familie noch immer als Esszimmer nutzte, und versperrte die Tür zum Nebenzimmer, in dem sein jüngster Sohn mit Familie lebte. Urgroßvater lag schon lange im Sterben, er litt an einem langsam wachsenden Alterskrebs, der ihn nur mäßig mit Schmerzen plagte. Seine wichtigsten Gebrauchsgegenstände waren die Thora im braunen Ledereinband, Gebetsmantel, Tefillin und ein elektrisches Heizkissen mit grauem Stoffüberzug zur Linderung der Schmerzen. Er lag im Bett, klein, sehr klar, mit milchigen blauen Augen, umgeben von seiner großen Familie, und alle Erwachsenen wussten, was geschah. Da wurde ich vom Spaziergang hereingebracht. In meinem neuen Pelzmantel. »Papa, Papa, Ljussenka ist da!«, sagte meine Großmutter. Ich war seine einzige und geliebte Urenkelin und meine Großmutter seine liebste Schwiegertochter. Urgroßvater löste sich kurz von der wichtigen Angelegenheit, mit der er befasst war, und schaute sich suchend um, bis sein Blick auf mich fiel.

»Was für ein großes Mädchen«, sagte er. »Alles wird gut.«

Daran erinnere ich mich gut. Ich war sieben, in einem schon verständigen Alter.

Urgroßvater starb den schönen Tod eines Gerechten. Und mir hat er seinen Segen erteilt. Verständlich, denn in dieser Generation gab es in unserer Familie noch keine Jungen. Meine Cousins Jakow und Issaw, also Jura und Grischa, wurden erst nach Urgroßvaters Tod geboren.

Einen weiteren schönen Tod erlebte ich in meiner Familie dreißig Jahre später. Meine Großmutter war sehr alt geworden und starb innerhalb von sechs Wochen an einem rasch verlaufenden Krebs. Mein Onkel und ich pflegten sie abwechselnd, ich kam am frühen Morgen, er ging arbeiten, und wenn er wieder da war, fuhr ich nach Hause zu meinen Kindern. Großmutter ertrug ihre Schmerzen mit großer Demut und Geduld und sagte immer wieder: »Ich bin so glücklich, ich habe so wunderbare Kinder! Ich bin euch so dankbar, meine Kinder!«

Sie ging glücklich. Ohne jede mystische Anwandlung – sie war Atheistin und der großzügigste Mensch, den ich kannte. Hier eine kleine Familiengeschichte, die mit meinem Urgroßvater und meiner Großmutter zu tun hat:

Urgroßvater war Uhrmacher, aber vermutlich kein großer Meister seines Fachs. Immerhin schenkte er mir die erste Uhr meines Lebens, zu Pessach, dem letzten Pessach seines Lebens. Er hatte sie aus diversen Abfällen zusammengebastelt, ein abgerundetes kleines Dreieck, das tickte und sogar die Zeit anzeigte. Urgroßvater sah nicht mehr gut, half aber noch im Haushalt. Ich erinnere mich, dass ich ihn oft in eine Schusterwerkstatt begleitete, wohin wir unsere kaputten Schuhe brachten. Schuhe wurden zu jener Zeit jahrzehntelang getragen, immer wieder geflickt und repariert.

Urgroßvater also hatte kurz vor seinem Tod ein Testament verfasst. Auf der Rückseite eines Buchhaltungsformulars. Vorn standen Einnahmen/Ausgaben, hinten Dankesworte an seine Kinder für das glückliche Alter, das sie ihm beschert hätten. Und eine Entschuldigung dafür, dass er ihnen nichts hinterlasse. Jedenfalls kein Geld! Und weiter, ich zitiere: »Mehr noch. Die fünfhundert Rubel auf meinem Sparbuch, die schickt nach Leningrad, denn Ida und die kleine Shenetschka dort haben sie bitter nötig.«

Niemand hatte diese Ida und ihre Tochter Shenetschka je gesehen. Ida war eine alleinstehende Mutter, die Enkelin oder Tochter einer verstorbenen Cousine oder Nichte von Urgroßvater. Seit Kriegsende schickte er ihr seine Rente. Denn er wurde ja zu Hause versorgt und brauchte kein Geld. Aber damit ist die Geschichte noch nicht zu Ende. Die fünfhundert Rubel wurden natürlich nach Leningrad geschickt. Und auch danach schickte meine Großmutter im Gedenken an ihren verstorbenen Schwiegervater der kleinen Familie jeden Monat Geld, bis Shenetschka mit der Schule fertig war. Viele Jahre lang ging Großmutter Monat für Monat auf die Post und stellte sich in die Schlange, um hundertfünfzig Rubel zu überweisen. Ich habe keine Ahnung, wie viel das für damalige Verhältnisse war. Jedenfalls entsprach diese Summe genau der spärlichen Rente meines Urgroßvaters. Und aus Leningrad kamen ausführliche Briefe zurück. Ich erinnere mich sogar noch an die Adresse.

Als Nächste starb meine alte Freundin Jelena Jakowlewna Wedernikowa. Ebenfalls in hohem Alter, allerdings nicht im Kreise ihrer Kinder und Enkel, denn die lebten teils in Amerika, teils in Frankreich, sondern umgeben von den Kindern und Enkeln ihres Mannes

Anatoli Wassiljewitsch. Ich besuchte sie mehrfach, nachdem sie wegen ihrer Krankheit aus ihrem Zimmer in einer Gemeinschaftswohnung in der Nähe des Arbat in die Wohnung ihres Stiefsohns, des Priesters Vater Nikolai, gezogen war. Vom Zentrum an den südwestlichen Stadtrand. Als ich das letzte Mal kam, lag sie mit geschlossenen Augen bereits im Koma. Ihre Atmung war flach und stockend. Sie war schön, bis zum letzten Augenblick ihres Lebens und auch im Tode noch. An jenem vorletzten Tag saß ich bei ihr und bewunderte ihre Schönheit und ihren Gesichtsausdruck – sie wirkte konzentriert, als lausche sie etwas ungeheuer Wichtigem. Ich schaute sie an und dachte an jenen unbekannten Raum, in dem sie sich bereits befand, daran, was sie wohl jetzt fühlte, sah, erlebte ... Da kamen zwei Mädchen ins Zimmer und plapperten über ein Service, das in der Anrichte stand, über Tassen, die irgendwer irgendwem geschenkt hatte. Auf einmal sagte Jelena Jakowlewna leise und bestimmt, ohne die Augen zu öffnen, als sei sie kurz zurückgekehrt von jenem fernen Ort, an dem sie sich befand: »Mädchen, ihr stört mich ...«

Dies war der dritte Tod eines Gerechten, den ich erlebte. Damals kannte ich diesen Begriff nur noch nicht.

Später musste ich viele Verwandte und Freunde in den Tod begleiten. Sehr schwer war der Tod meiner Mutter, sie war noch jung und verliebt, sie hatte nicht zu Ende gelebt und geliebt. Schlimm war auch der Tod meines ersten Mannes, er starb sehr jung. Er warf sich hin und her, keuchte, fluchte wie rasend. »Die Regimenter, die Regimenter«, sagte eine Bekannte, eine alte Nonne. Wir verstanden nicht. Sie erklärte: »Er wehrt sich gegen die Heerscharen von Dämonen, gegen die Regimenter, die ihn belagern ...«

In einem Jahr erlebten wir kurz hintereinander die Selbstmorde von zwei wunderbaren jungen Freunden, von Katja und Serjosha. Psychische Labilität, unglückliche Umstände und eine Reihe von Zufällen hatten dazu geführt. Diese Selbstmorde machen mir bis heute zu schaffen.

Ich habe nicht gezählt, wie oft ich in meinen Büchern diesen wichtigen Moment im Leben beschrieben habe – das Sterben. Sehr oft. Ich fürchte, Dutzende Male. Der Tod hat vielfältige Formen, aber nur selten kommt er so, dass man ihn wie der heilige Franziskus »Bruder Tod« nennen kann.

Mit den Jahren gelange ich immer mehr zu der Erkenntnis, dass es ohne den Tod auch kein Leben gäbe. Denn der hässliche, erbarmungslose Tod, der Knochenmann mit der Sense, von allen gehasst und gefürchtet, verstärkt die Freude am Leben, die Zuneigung zu geliebten Menschen, die Freude an Blumen, Schmetterlingen, Büchern, Bildern und der Landschaft vor dem Fenster. Er ist, kulinarisch gesprochen, ein »Geschmacksverstärker«.

Heutzutage heißt es allgemein: Verderbt uns nicht die Stimmung, redet nicht vom Tod, von der düsteren Grenze, die mit jedem Augenblick des Lebens näher rückt. Diese Sterilität, dieses Augenverschließen, die Feigheit und Kleinmütigkeit an dieser Stelle finde ich so öde wie die Lektüre des Buchs *Kohelet*! Es gibt doch nichts Interessanteres als diese Grenze! Wer würde sonst Tolstois *Tod des Iwan Iljitsch* lesen?

In Nabokovs *Gabe* gibt es eine geniale Episode, über die man unwillkürlich lächelt: Alexander Jakowlewitsch Tschernyschewski liegt im Sterben. »Da ist nichts«, sagt er, »das ist ebenso klar wie die Tatsache, dass es gerade regnet.« Seine Frau zieht die Vorhänge auf – draußen scheint strahlend die Sonne, die Nachbarin gießt ihre Blumen. Wassertropfen fallen auf den Balkon.

Brust. Bauch.

Ja, die Tropfen fallen beständig. Im fröhlichen, schwierigen, vielfältigen Alltagstrubel hören wir sie nicht. Doch plötzlich – statt des steten melodischen Tropfens ein deutliches Signal: Das Leben ist kurz! Der Tod währt länger als das Leben!

Er ist schon hier, ganz nah! Da hilft keine Nabokov'sche Spitzfindigkeit. Eine solche Mahnung bekam ich Anfang 2010. Die Geschichte war so aufregend, so stark, dass ich sie jetzt, da sie hinter mir liegt (vorerst, vorerst!), mit allen teilen möchte, die sich vielleicht dafür interessieren. Zum Teil habe ich das bereits getan, in einem Interview für einen Film von Katja Gordejewa über Krebs, der im März 2012 im russischen Fernsehen lief. Außerdem habe ich im Laufe meiner Krankengeschichte Aufzeichnungen, Tagebücher und Textfragmente verfasst.

Als die Diagnose »Krebs« gestellt wurde und ich vor der Notwendigkeit einer langen Therapie stand, blickte ich mich um und entdeckte, dass ich keineswegs allein war, mehrere Freundinnen hatten Ähnliches oder eine andere schwere Krankheit durchgemacht, andere waren gleichzeitig mit mir erkrankt, und eine Freundin bekam ihre Krebs-Diagnose, als ich schon mit der Therapie begonnen hatte, so dass ich sie mit praktischen Ratschlägen unterstützen konnte.

Es gibt wichtige Dinge, die nicht unbedingt jeder neu entdecken muss, darum will ich versuchen, meine Kladde mit denen zu teilen, die diese Prüfung nach uns bestehen müssen.

Präludium

Im Herbst 2009 suchte ein Galerist und Ausstellungskurator meinen Mann auf und sagte: »Andrej, ich plane ein neues Projekt. Eine Ausstellung zum Thema ›Hälfte‹.«

»Hälfte wovon?«, fragte Andrej.

»Ganz allgemein, die Idee der Hälfte, wovon auch immer.«

Andrej zuckte die Achseln. Ich war bei dem Gespräch nicht dabei, es hatte im Atelier stattgefunden. Zu Hause erzählte mir Andrej davon.

»Ach«, sagte ich, »ich mag solche Kuratoren-Einfälle nicht.«

Und ging – in meine Hälfte der Wohnung.

In meiner Hälfte überlegte ich: Interessant, wie könnte man eine Hälfte wohl plastisch darstellen?

Ich knoble gern an fremden Aufgaben. Ich zog die Kommodenschublade auf, nahm einen hübschen französischen Büstenhalter heraus, griff zur Schere und schnitt ihn entzwei. Die eine Hälfte brachte ich zu Andrej ins Atelier.

»Das hier ist genau eine Hälfte, oder?«

Andrej zog eine Leinwand auf einen Keilrahmen und befestigte darauf mit dünnen Stecknadeln den halben Büstenhalter. Er hatte eine perfekte Form, obwohl er schon alt war.

Damals ahnte ich noch nichts. Erst einige Monate später wusste ich Bescheid und war verblüfft von der ironischen Metapher.

Die Ausstellung lief im Dezember in der Galerie »Arche«, ich habe sie nicht gesehen. Da war ich schon in meinem Dorf in Italien, um mein Buch zu beenden.

Anamnese

Ich stamme mütterlicherseits aus einer Familie vollbusiger Frauen. Die Brust der Frau hat fast jeden Menschen einmal ernährt, aber für unsere Familie trifft das ganz besonders zu. Als mein Großvater in Stalin'schen Lagern saß, erlernte meine Großmutter einen zusätzlichen Beruf: Sie nähte Büstenhalter, und zwar ausschließlich nachts. Tagsüber arbeitete sie als Buchhalterin. Ein kleines Wortspiel … Bücher halten, Brüste halten. Meine vollbusige Großmutter war in der Tat der Halt der ganzen Familie. Sie war eine stolze und großzügige Frau. Dass sie die Statur einer Kuh besaß – ich hoffe, niemand denkt dabei an eine schmutzige braune Kolchoskuh –, gefiel mir busenlosen Halbwüchsigen sehr.

Als ich mit zwölf in die Pubertät kam, stellte sich heraus, dass ich die herrliche Vollbusigkeit der Frauen und Mütter meiner Familie nicht geerbt hatte. Großmutter nähte mir eigenhändig das erste Leibchen – die Bezeichnung Büstenhalter wäre dafür übertrieben gewesen. Wir Kleinbusigen wissen nicht, wie schwer man an einer kiloschweren ständigen Last trägt, kennen weder die tiefen Einkerbungen unter den Trägern der weiblichen Takelage noch die wundgeriebenen oder gereizten Stellen unter dem schwitzenden Euter im Sommer.

Zurück zu meiner Brust. Sie ist ein genetisches Erbe von meiner Großmutter väterlicherseits. Diese Großmutter hatte eine wunderbare Figur, in ihrer Jugend war sie eine avantgardistische Ballerina, eine Anhängerin von Isidora Duncan. Außer der Brust habe ich von ihr noch ein paar Dinge geerbt: die Arme und Beine, die schlechte Schrift und einen Hang zum Künstlerischen.

Wie die meisten Menschen, die im Tierkreiszeichen Fische geboren sind, schwanke ich mein Leben lang zwischen zwei Polen: Der eine Teil in mir strebt zur strengen Wissenschaft, der andere zum Künstlerischen. Mein erster Beruf war die Genetik, mein zweiter ist das Schreiben. Der Bohemien in mir hat gesiegt, doch die Wissenschaftlerin in mir rümpft die Nase.

Wie die meisten Menschen, die im Jahr der Ziege geboren sind, bin ich nur dann gut, wenn ich eine gute Weide habe. Mit anderen Worten, ich mag es nicht, wenn etwas mein Wohlbefinden beeinträchtigt. Und zahle jeden Preis, um das zu vermeiden.

Das Klimakterium, in das ich zu gegebener Zeit kam, beeinträchtigte mich sehr: Ich bekam Hitzewallungen. Tag und Nacht wurde ich von kurzzeitigen Attacken von Schwäche und Schweißausbrüchen gepeinigt und wollte diese Widrigkeiten um keinen Preis mehr ertragen. Eine amerikanische Freundin, die in einem Labor für Reproduktionsmedizin arbeitete, riet mir zu einem Hormonpräparat, das die Beschwerden bekämpft. Die Tabletten enthielten Östrogen, das weibliche Sexualhormon. Schon zwei Tage nach Beginn der Einnahme hörten die Hitzewallungen auf, und ich vergaß sie.

Die Erinnerung daran kam wieder, als ich nach zehn Jahren und dann noch einmal nach weiteren fünf Jahren versuchte, die Hormontabletten abzusetzen. Jedes Mal waren die Hitzewallungen sofort wieder da, und ich griff erneut zu den geliebten Pillen. Dabei bin ich Biologin, und mir war natürlich bekannt, dass die Einnahme von Hormonen für Menschen mit erblich bedingter Veranlagung zu Krebs ungünstige Folgen haben kann. Aber ich mag es nun mal nicht, wenn mein Wohlbefinden beeinträchtigt wird!

Eine familiäre Vorbelastung war bei mir vorhanden. Fast alle meine unmittelbaren Vorfahren sind an Krebs gestorben: meine Mutter, mein Vater, meine Großmutter, meine Urgroßmutter, mein Urgroßvater. An verschiedenen Arten von Krebs und in unterschiedlichem Alter, meine Mutter mit dreiundfünfzig, mein Urgroßvater mit dreiundneunzig. Ich war mir der möglichen Gefahr also durchaus bewusst. Als zivilisierter Mensch ging ich regelmäßig zu den entsprechenden Früherkennungsuntersuchungen. In unserem »gottbehüteten Land« gehen Frauen bis zum Alter von sechzig Jahren zum Ultraschall, ab sechzig zur Mammographie.

Ich hielt diese Termine meist brav ein, obgleich bei uns ein eher nachlässiger Umgang mit der eigenen Gesundheit verbreitet ist, gepaart mit einer allgemeinen Angst vor Ärzten, einem fatalistischen

Verhältnis zu Leben und Tod, Faulheit und der besonderen russischen »Scheißegal-Mentalität«. Der Vollständigkeit halber muss ich erwähnen, dass die Moskauer Ärzte, die mich untersuchten, meine Geschwulst mindestens drei Jahre lang nicht entdeckten. Aber das erfuhr ich erst nach der Operation.

Status praesens

Dieser lateinische Begriff bedeutet »aktueller Zustand des Patienten«.

Anfang 2010 fuhr ich nach Ligurien, zu meiner Freundin Tanja, die schon seit zwanzig Jahren in Italien lebt. Ich saß seit über einem Jahr an der Endfassung eines Buches, das sich mir ständig widersetzte – als hätte meine Arbeitsfähigkeit mir freundlich zugewinkt und sich endgültig davongemacht. Niedergeschlagen und voller Abscheu gegen mich selbst saß ich auf der Terrasse und schaute aufs Meer, auf den rosa Hafen von Genua. Manchmal, besonders bei klarem Wetter, war sogar Korsika auszumachen. Direkt hinter mir begannen die Apenninen, ein sehr tröstlicher Anblick. In einem solchen Umfeld waren kleinliche Hektik, innere Unruhe und Selbstanalyse geradezu ungehörig. Dann setzte Dauerregen ein, ich legte die Arbeit beiseite, zumal das Internet nicht funktionierte, und las ausschließlich Dinge, die nichts mit meiner Arbeit zu tun hatten. Aus den vielen russischen Büchern in Tanjas Haus wählte ich die Tagebücher von Dostojewski, zu dem ich seit langem ein gestörtes Verhältnis habe, dann Nabokovs schwächsten Sammelband *Schatten eines russischen Zweigs* und noch etwas anderes wenig Tröstliches. Schließlich hörte der Regen auf, der Himmel war wieder klar, und ich ging hinunter in den botanischen Garten, der fünf Minuten entfernt am Hang einer riesigen Schlucht liegt. Er war menschenleer und noch karg, doch mit dem Regen war der Winter offenkundig zu Ende gegangen, schon sprießten frühe Schneeglöckchen, die Mimose auf dem Hügel war erblüht, und das Gras, das noch gar nicht richtig verwelkt war, lebte wieder auf. Auch ich lebte auf, pfiff auf die Arbeit und kaufte mir eine Fahrkarte nach Florenz, um dort meinen siebenundsechzigsten Geburtstag zu feiern. In Florenz, das wusste ich, erwartete mich ein Geschenk einer Freundin, eine Eintrittskarte für die Uffizien. Doch auch die Reise nach Florenz mit einer Zwischenstation in Mailand war ein Geschenk: Aus dem erblühenden Ligurien fuhr ich über die noch schneebedeckten Apenninen, tauchte in Piemont erneut in Nebel, glitt vorbei an Pavia, an Reisfeldern, alles war in einen glitzernden Schleier gehüllt, die Luft von dampfender Feuchtigkeit erfüllt, darin leuchtende Sonnenstrahlen, ein verschwimmender Regenbogen ... Herrliches, atemberaubend schönes Italien.

Halt in Mailand, Ljalja Kostjukowitsch holte mich ab. Ein wunderbarer Eilmarsch durch Mailand. Sant Eustorgio, der Sarkophag der Heiligen Drei Könige, das wundervolle Sternrelief. Die Gebeine der drei Weisen aus dem Morgenland befinden sich seit langem in Köln, von Barbarossa entführt. Später wurde ein kleiner Teil davon zurückgegeben, aber wer kann schon überprüfen, was wirklich in dem Schrein liegt!

Ich mag die Heiligen Drei Könige, ich besitze eine ganze Sammlung von Büchern über sie. Darin werden sie ganz verschieden dargestellt, als naiv-euphorische Zauberer vom Land oder als traurige Weise, die gekommen sind, um von der alten Welt Abschied zu nehmen, weil sie wissen, dass etwas Größeres erschienen ist als die Weisheit. Die Portinari-Kapelle, der heilige Petrus von Verona mit dem Messer im Kopf – er kämpfte gegen die Katharer und wurde von ihnen getötet. Die Kuppel der Kapelle ist ein Stück Paradies, farbenfroh, lebendig, wahrhaft göttlich.

Wir schlenderten durch die Mailänder Universität, deren Hauptgebäude im 16. Jahrhundert ursprünglich ein Pestkrankenhaus war. In den bis heute erhaltenen römischen Thermen im Bädergarten wurden die Kranken gewaschen.

Dann fuhren wir nach Florenz. Meinen Geburtstag feierten wir in den Uffizien. Ja, natürlich, Botticelli, aber es gibt dort viel mehr, sogar noch Schöneres – Piero della Francesca und Simone Martinis *Verkündigung* mit der kleinen Kommode und der Katze zum Beispiel. Den Abend verbrachten wir bei der italienischen Slawistin Lucia. Ein altes Haus, ein eiskaltes Schlafzimmer, einstiger Reichtum und äußerste Genügsamkeit, zu Gast eine Nachfahrin von Puschkin mit einem orthopädischen Stützkorsett für die gebrochene Wirbelsäule.

Die Rückkehr nach Ligurien war wie eine Heimkehr. Das Wetter war umgeschlagen, der Frühling unterbrochen. Meine Gastgeber waren verreist. Ich war allein im Haus. Ich fühlte mich elend ... Ich schlief sehr schlecht. Wie immer, wenn die Arbeit nicht läuft. Ich träumte viel, die Träume waren länger als die Nacht. Einer war rätselhaft: ein großes Haus, verschlungene Gänge, viele Menschen, eine Art Empfang, lauter Unbekannte, unerträglich langes Gerede über Dinge, die ich vergessen möchte, bevor ich aufwache. Es wird gegessen und getrunken, die Szenen wiederholen sich, immer wieder. Plötzlich bringt man mir einen großen tiefen Porzellanteller, eher eine Schüssel. Nagelneues, blitzendes Porzellan, und darauf ein Haufen verkohlter Kartoffelschalen, der aussieht wie eine Mädchenbrust. Ein ganz verkohltes Häufchen. Scheußlich.

Ich musste mich konzentrieren. Den ganzen Tag lang bohrte ein Handwerker in der Wand herum, und ich quälte mich mit dem *Grünen Zelt*. Ständig dachte ich an den Traum. Wenn ich mich konzentrierte, würde ich die Nachricht vielleicht entschlüsseln. Der Traum war eindeutig eine Nachricht, und zwar eine unmissverständliche: Lass dich sofort untersuchen. Verwirrend war der schöne weiße Teller – er verhieß ein Geschenk. Schönes Geschenk! Was mein Befinden angeht – es ging mir wie immer. Ich achte nie auf mein Befinden, höchstens wenn ich heftige Kopfschmerzen habe.

Cito!

Ich fuhr nach Hause, nach Moskau. Nach der gemächlichen Zeit in Italien hetzte ich umher wie im Galopp, kam kaum zum Innehalten. Ich bemühte mich um einen Termin für eine Untersuchung. An die zehnmal rief ich vergeblich in der Poliklinik des Verteidigungsministeriums an, die nur ein paar Minuten von meinem Haus entfernt ist. Die Ärztin ist sehr nett, aber sie hatte Urlaub oder war gerade in einer anderen Schicht. Ich gehe schon seit Jahren zu ihr. Es ist zwar keine Spezialklinik, aber ich wollte nicht extra ins Röntgeninstitut fahren – der Weg dahin war so weit, und außerdem hatte ich ungute Erinnerungen daran. Schließlich saß ich bei meiner Ärztin. Sie sah sich die Brust an, dann die Ultraschallbilder und die Aufnahmen der Mammographie und verzog das Gesicht. Haben Sie das schon lange?

Ja, sagte ich. Ich wusste ja, dass eine eingesunkene Brustwarze ein schlechtes Zeichen ist. Aber die hatte ich doch auch schon, als ich das letzte Mal hier war, vor acht Monaten. Damals hatte die Ärztin nichts gesagt, und ich auch nicht. Der Bluttest war ohne Befund gewesen. Und ich hatte auch keine Lust auf diesen ganzen Quatsch gehabt … Doch nun war der Befund eindeutig. Die Ärztin wurde energisch – sofort zum Onkologen! Cito-cito!

Es war März. Was hieß sofort? Anfang Mai würde ich zur Buchmesse nach Israel fahren, bei der Gelegenheit konnte ich mich dort untersuchen und behandeln lassen. In die Moskauer Klinik für Radiologie wollte ich nicht, dort hatte meine Mutter zwanzig Jahre lang gearbeitet, dort war sie auch gestorben, an einem Retikulosarkom. Auch ins Blochin-Krebszentrum auf der Kaschirka wollte ich nicht. Da waren zwei meiner Freundinnen gestorben; die Zustände in diesem Krebszentrum waren so schlimm, dass es den Patienten dort noch schlechter ging als ohnehin schon. Gerüchte sprachen von Schmiergeld, von Nötigung. Ich habe nichts dagegen, wenn etwas Geld kostet, aber ich möchte direkt dafür zahlen, nicht auf krummen Wegen.

Ich rief meine Freundin Lika in Jerusalem an, sie fand im Hadassah, dem größten Krankenhaus der Stadt, einen Chirurgen. Er sei sehr gut, sagte sie. Wunderbar. Ich komme. Nicht gleich morgen, sondern in einem Monat. Ich muss sowieso auf die Buchmesse. Dann erledige ich das gleich mit. Ich steckte noch in meinem früheren Leben, in dem sich Pläne nach der Zweckmäßigkeit richteten, alles vernünftig koordiniert und abgestimmt wurde. Ich hatte noch nicht begriffen, was da an meine Tür klopfte.

Nun redete meine Freundin Ljalja auf mich ein – sie habe einen Verwandten in der Klinik an der Kaschirka, er leite die Immunologie, er würde mich den dortigen Onkologen vorstellen. Inzwischen ging der März zu Ende. Ich wollte nicht. Auf keinen Fall ins Blochin-Zentrum. Aber ich bin ja einsichtig und nachgiebig. Also fuhr ich schließlich doch hin. Ljaljas Verwandter, der Immunologe, ist ein sympathischer Mann mit buschigem Schnauzer, der mich an ein Tier erinnert, ich komme nicht drauf, an welches. Er brachte mich zu seinem Bekannten, dem Chirurgen – der zupackende, kühle Mann tastete meine Brust ab und verkündete, er werde eine Biopsie machen. Jetzt gleich. Er griff zu einer fast fingerdicken Nadel und stach zu. Es tat weh. Aber das war nicht das Schlimmste. Zwei Stunden später waren die Proben bereits untersucht, und eine Schwester gab mir einen zerknitterten Zettel von der Größe eines Straßenbahnfahrscheins, auf dem stand KREBS. Die raue, ungeschminkte Wahrheit. Die in Israel später bestätigt wurde. Das einzige russische Detail war eine Zahl nach dem Wort »Krebs«. Was diese Ziffern bedeuteten, wollte ich wissen. Das, sagte die Laborantin, die mir für keineswegs bescheidene zweitausend Rubel den Befund ausgestellt hatte, ist die Chiffre der Zelle. Was ist es denn für eine Zelle?, fragte ich. Sie blinzelte einfältig und verkündete: Das ist geheim. Das darf ich nur dem Arzt sagen.

Iditotische Machtspiele! Ich würde nach Israel fahren. In sechs Wochen. Ich war schließlich keine Psychopathin, die sofort losrannte und die Ärzte abklapperte! Ich musste noch nach Petersburg. Zu einer Lesung. Ich fuhr hin. Zwei Nächte im Zug. In einem wunderbaren neuen Zug. Rückenfreundliche Matratze, Waschbecken im Abteil und Abendessen quasi ans Bett!

Ich bestaunte alles, als stünde ich wieder am Anfang meines Lebens, als wäre seitdem nichts geschehen – ich erinnerte mich an die Fahrt nach Puschkinskije gory, die wir, eine Gruppe Studenten, auf einer Plattform zwischen zwei Waggons verbracht hatten. An das Hotel in Michailowskoje, an den unglaublichen Abort in Gestalt eines besudelten breiten Abflussrohrs mit einem Toilettensitz obendrauf. Ach, wie schnell das Leben voraneilt, und stets zum Besseren!

Überhaupt war alles um mich herum einfach ein Wunder. Alle wetteiferten darin, sich um mich zu kümmern, mir zu helfen: mein Mann, meine Kinder, meine Freunde und Freundinnen! Alle wollten mich fahren, auf mich aufpassen, mich beschützen. Was für ein wunderbarer Freundeskreis – ich war glücklich. Ich bin überhaupt glücklich. Wie viele Menschen mich lieben! Und wie sehr ich sie alle liebe! Aber noch nie hatten sie mir ihre Liebe so offen gezeigt – und das alles widerfuhr mir! Manche, das wusste ich, beteten für mich!

Marina Liwanowa brachte mich mit ihrem Studenten Sascha nach Domodedowo. Was sie mir alles mitgab für die Reise: CDs und einen Player, bequeme Kopfhörer, Sonnenmilch, einen Umschlag mit Florentiner Papier (auf dem man nur Liebesbriefe schreiben sollte!), einen großen Apfel. Und noch mehr, ich erinnere mich nicht mehr an alles. Wie schön sie immer alles gestaltet! Sie macht das Leben zur Bühne! Und dabei erklärte sie noch, sie sei mir dankbar, weil ich ihr diese Freude bereitet hätte. Mein Gott!

Zur gleichen Zeit lag Vera Millionschtschikowa auf der Intensivstation, nach einer Überdosis bei der Chemotherapie. Ein ärztlicher Kunstfehler. In unserem Land ist alles kostenlos – die Behandlung kostet nichts und die Verantwortung auch nicht. Niemand ist für etwas verantwortlich …

Aus dem Tagebuch

Ich flog nach Israel. Lika brachte mich zu dem Arzt im Hadassah-Krankenhaus. Doktor Samir – das heißt Lerche oder Nachtigall auf Hebräisch – ist ein ziemlich großer Vogel. Eher eine Kanadagans. Er tastete mich ab: »Ich bin nicht sicher, dass es Krebs ist.« Die Finger begabter Ärzte sind wie Fühler. Anders als die ihrer normalen Kollegen (aber auch die seien gepriesen, solange sie einen nicht umbringen). Er schickte mich zur Untersuchung. Die Mammographie gelang der Schwester erst beim dritten Mal. Sie war noch jung, unerfahren. Dann zu einem Doktor, an seinen Namen erinnere ich mich nicht, er stammte aus Südafrika – Kippa, weiße Bartstoppeln, er roch wie mein Urgroßvater (eine Erinnerung nach fünfundsechzig Jahren!) nach Alter, Schwäche und Reinlichkeit. Und ein bisschen nach alten Büchern. Auch er tastete mich ab, machte aber keine Biopsie. Sagte: Ich sehe hier nichts (mit den Händen! mit den Händen!) bis auf ein Hämatom. Ein Gruß vom Doktor aus Moskau! Und wieder: Ich bin nicht sicher, dass es Krebs ist. Aber er wolle meine Moskauer Gewebeproben an einen Freund in Haifa schicken, einen Spezialisten, der sich damit noch auskenne. Außer ihm gibt es in Israel keine Ärzte mehr, die diese vorsintflutliche Methode beherrschen. Niemand verwendet hier mehr Gewebeproben auf Objektträgern. Histologische Schnitte, wie ich sie vor vierzig Jahren am Institut für Pädiatrie gelernt habe.

Das Wort »Krebs« löst Erstaunen aus: Diese Diagnose gibt es hier nicht. Nur konkrete Zellen, mit Namen und Adresse. Für die jene geheimen Ziffern auf meinem russischen Diagnosezettel stehen. Ich fühle mich recht seltsam: Das alles widerfährt zweifellos mir. Ich habe die Nachricht hingenommen wie etwas, das genau so kommen musste. Gleichzeitig sehe ich alles wie von außen, beobachte mich selbst – das heißt, was sagt, wie verhält sich diese ältere Frau, die ihr Alter ignoriert, sich gut fühlt, erfolgreich ist und umgeben von geliebten Angehörigen, Freunden und Verehrern. Das ist nicht einmal Selbstbeherrschung: Der Krebs zeigt mir, wie schön das Leben um mich herum ist. Ja! Er ist ein Geschmacksverstärker!

Ich registriere all das Wunderbare um mich herum: die Schönheit des üppigen Frühlings, die Stadt, die Ärzte, meine phantastischen Freunde. Von wegen Klagemauer! Mich umgibt eine schützende Große Chinesische Mauer! Und mittendrin ich, rundum glücklich. Die Diagnose ist nicht aufgehoben, aber weit weg. Der Krebs tut nicht weh! Ich muss trotzdem bald sterben, aber nicht gleich morgen. Wie nie zuvor erfahre ich die »Herrlichkeit des Lebens«. Das stammt von Jewgeni Popow! Der einzig bemerkenswerte Ausspruch von ihm, aber was für einer!

Am nächsten Tag die Fahrt nach Haifa. Ein weiterer unverdient schöner Tag. Sascha Okun fuhr mich hin. Erzählte von seiner Reise nach München. Von einer dortigen Rubens-Ausstellung mit Kopien, die der Maler aus Langeweile im Escorial in Spanien angefertigt hatte. Wir sprachen über vieles, die Fahrt war ein einziges Vergnügen. Und sehr interessant, denn ich bin auf diesem Gebiet nicht sehr beschlagen, Sascha hingegen kennt sich mit Kunst aus wie kaum jemand sonst. Er ist ein Insider. Ich fühlte mich sehr wohl in seiner Gesellschaft. Übrigens ist Sascha auch ein namhafter Maler, aber ganz anders als Andrej, er hat andere Wurzeln, eine gewisse Nähe zu Lucian Freud, aber mit viel Humor und Lebenskraft. Seine Bilder sind voller Philosophie und Literatur und von großer Tiefe.

Dann die Rambam-Klinik in Haifa. Der Doktor war ein ergrauter Rotkopf von Mitte vierzig und sprach Russisch. Ein Profi. Es war ein Vergnügen, ihm bei der Arbeit am Mikroskop zuzuschauen. Er bestätigte den Krebs auf den Moskauer Objektträgern – ein Karzinom. Ja! Er machte zwei Punktionen, ziemlich schmerzhaft, doch auf den neuen Objektträgern war nichts zu erkennen, das Hämatom hatte sich noch nicht aufgelöst.

Als wir zurück waren in Jerusalem, begannen die Vorbereitungen: Die Computertomographie war eine unangenehme Angelegenheit – zwei Liter scheußliche Flüssigkeit trinken, außerdem Kontrastmittel in die Vene. Jetzt kommt es darauf an, dass keine Metastasen gefunden werden. Inzwischen hat die Buchmesse begonnen, Interviews, Treffen, Hektik. Ich bin erschöpft, zum Umfallen müde.

Alles entwickelt sich sehr rasch: Die neue Biopsie hat ein Karzinom gezeigt, das auf Chemie schlecht anspricht und offenbar aggressiver ist als ein Adenokarzinom. Milchdrüsenkrebs. Lobulär, also invasiv – deshalb so schwer zu diagnostizieren. Der Tomographiebefund ist noch nicht da, und ich rechne mit neuen unangenehmen Nachrichten. Die Sache wird langsam ernster. Der Chirurg schickt mich zu einem Onkologen nach Ein Karem. In der gesamten freien Zeit dazwischen arbeite ich.

Offenbar hat Gott meine Worte erhört, dass ich Angst davor habe, sehr zu alt zu werden. Aber das Buch muss ich trotzdem noch zu Ende schreiben.

Die letzten Apriltage. Immer wieder heftige Träume. Zum Beispiel schmutzige Tassen mit trüben Glassplittern darin. Ich wasche sie ab, es sind Schmuckstücke, Ohrhänger, Ohrringe aus Brillanten und farbigen Steinen – rot, grün, blau. Da kommt eine ältere Dame und sagt: Das sind meine! Bitte, sage ich und gebe sie ihr ohne zu zögern.

Dann ein merkwürdiges abgerundetes Stück Metall, Teil einer seltsamen Konstruktion, halb so groß wie meine Hand. Angenehm anzufassen. Ich halte es in der Hand, zeige es herum.

Heute wieder ein Traum – aber ich habe ihn vergessen. Die Träume sind sehr intensiv, jeden Tag, und alle bedeuten etwas. Doch der wichtigste Traum war der mit dem Häufchen auf dem Porzellanteller!

Am 2. Mai Eröffnung der Buchmesse. Nach dem Onkologen. Ich habe alles geschafft, mich nirgends verspätet. Am nächsten Tag die Untersuchung vor der Operation: Wir entfernen die linke Brust. Danach je nach Lage: Zeigt der Schnelltest Krebszellen in den Lymphknoten, werden alle Lymphknoten entfernt, wenn nicht, geht es ohne Chemotherapie.

Da die Krebszelle hormonabhängig ist, wird eine neuartige Chemotherapie angewandt, die auf die Rezeptoren wirkt und sie blockiert. Ein Patient muss aufgeklärt werden, ich weiß gern Bescheid.

Der Plan sieht so aus: Operation, dann eine Pause von zwei, drei Wochen zur Wundheilung, anschließend Chemotherapie, je nach Befund. Aber vermutlich wird sie nötig sein.

Samir sagt, meine Ruhe beunruhige ihn. So etwas erlebe er zum ersten Mal, normalerweise weinten die Frauen, die hier vor ihm säßen. Nach dem Gespräch fuhr ich mit dem Taxi zum Mischkenot Schaananim (Wohnstätte der Sorglosen – genau das Richtige für mich!). Das Wort muss ich mir merken! In diesem Gebäude in der Nähe der Montefiore-Mühle wohnen alle Schriftsteller, die zur Buchmesse angereist sind. Zeruya Shalev und Siri Hustvedt saßen auf dem Podium. Elegantes Geplauder, von dem mir ein bisschen übel wurde. Zeruya ist in jeder Hinsicht schön – Gesicht, Körper, Seele und Kleidung.

Dann kam Andrej Kurkow. Lieb, freundlich, mit seiner englischen Frau; sie haben drei Söhne.

Um neun legte ich mich im Hotelzimmer schlafen. Ich wollte am nächsten Morgen früh aufstehen und von der Galerie aus auf die Altstadt schauen, vielleicht sogar einen Spaziergang machen. Um zwei musste ich in der Klinik sein, zum MRT. Um halb acht ein Treffen mit Meir Shalev. Alles sehr gedrängt, zwischen Buchmesse und Klinik.

Am 6. Mai abends eine Veranstaltung »Humor und Tod«. Köstlich in meiner Lage, nicht? Am runden Tisch drei Autoren: Andrej Kurkow, Michail Grobman und ich. Grobman war völlig inkonsequent. Er wurde als Theoretiker und Praktiker der zweiten Avantgarde vorgestellt. Erst redete er Unsinn der Art, dass das Neue das Alte vernichte. Naiver, veralteter Quatsch. Dann trug er ein Gedicht vor – ungeheuer rassistisch, antiarabisch. Beschämend. Und: Wer heute erkläre, er liebe Bulgakow und (ich erinnere mich nicht, wen er noch nannte), der sei ein Idiot. Wir hatten einen milden Zusammenstoß. Er bestand auf dem Primat der Ideologie in der Literatur. Sozusagen auf einer neuen Ebene! Das hatten wir schon.

Die gesamte freie Zeit verbringe ich mit dem *Grünen Zelt*. Zum ersten Mal ist der Titel eher da als der Roman. Die Handlung geht voran: Lisa taucht wieder auf. Sie ist auf dem Höhepunkt ihrer Karriere. Sie spielt ein Duett mit Richter. Gastspielreisen. Wettbewerbe. Die Lethargie der Breschnew-Zeit. Wir befinden uns an einem Ort, wo uns nicht einmal mehr die Musik erreicht. Michas Tod – ticfc Depression. Lisa heiratet einen Dirigenten. Einen Deutschen, einen Bayern. Pierre schickt einen Boten, der Sanja holen soll – eine Braut, Amerikanerin. Sie heult an seiner Schulter: Ich will keinen Pelzmantel, ich will kein Geld. Das ist in gewisser Hinsicht die Geschichte von Gennadi Schmakow.

Ach ja, das habe ich ganz vergessen – die Fahrt mit Sascha Okun zum Kloster »Johannes in der Wüste«, dort hängt eine rührende kindliche Ikone der heiligen Elisabeth. Eine sehr alte und ärmliche Backsteinkirche. Griechisch. Das Kloster ist tatsächlich arm. Mönche haben wir nicht gesehen, aber die Höhle des Johannes und die Quellen; der Ort hat eine gewisse Ausstrahlung, hier ist zweifellos etwas Wichtiges geschehen.

Auf dem Rückweg aßen wir in einem indischen Imbiss, er hatte eigentlich geschlossen, aber wir wurden mit dem beköstigt, was eine Touristengruppe übrig gelassen hatte. Zwei Mütter mit Säuglingen bedienten uns. Während sie für uns Kaffee kochten, hielt ich ein ganz entzückendes Kind.

Sascha Okun tourt jetzt auch durch Krankenhäuser, er hat es an der Lunge, seine Frau an der Blase, und seine Mutter ist sechsundneunzig, was ja auch eine Art lebensbedrohliche Diagnose ist. Alle sind krank, nicht nur ich. Immerhin geht es Vera Millionschtschikowa wieder besser.

In der Nacht bin ich kaum aufgewacht. Die Hitzewallungen ebben ab. Bald wird mir die linke Brust entfernt. Ich befürchte, dass sich unter den Achseln etwas Unschönes tut … das beunruhigt mich …

ein unbestimmtes Gefühl in der linken Brust und in der linken Achselhöhle. Das Gefühl, dass dort etwas wächst. Ich hoffe, in den paar Tagen, die noch bleiben, wird es nicht sehr weit hineinwachsen. Noch drei Tage bis zur Operation. Dann werde ich ohne linke Brust weiterleben. Und wer weiß, wie lange noch. Meine größte Sorge – das Buch beenden.

Die Achselhöhlen werden weiter abgetastet. EKG, Blutproben. Nun hängt alles vom Schnelltest ab. Meine Stimmung ist gut. Morgen wird die Brust markiert – für den Chirurgen. Ich quäle mich mit dem *Grünen Zelt* ab.

Eine Aufnahme wurde gemacht, nicht zur Diagnostik, sondern zur Lokalisierung der Drüsen, für den Chirurgen. Von einem sehr geschickten arabischen Arzt oder Pfleger. Lika ist noch immer sehr zufrieden. Mit ihr ist es sehr schön. Ich sitze im Unipark, inmitten von Grün und Blumen auf einer versteckten Bank im kühlen Schatten, und warte auf Lika. Draußen sind 38 Grad. Davon merkt man hier nichts. Heute ist Jerusalemtag – an diesem Tag wurde Jerusalem 1967 befreit. Die Araber feiern natürlich nicht.

13. Mai. Heute wurde mir die linke Brust entfernt. Technisch sehr beeindruckend. Es tat überhaupt nicht weh. Jetzt ist Abend, ich liege im Bett, lese, höre Musik. Großartige Anästhesie, zwei Spritzen in den Rücken, in die Wurzeln der Nerven, die die Brust versorgen – sie wurden blockiert! Ich habe keine Schmerzen. Links hängt ein Vakuum-Drainage-Beutel. 75 ml Blut. Rechts eine Infusionskanüle. Ich bekomme für alle Fälle Antibiotika.

Den ganzen Tag Lika. Von sieben Uhr früh bis acht Uhr abends saß sie bei mir. Ein Engel. Auch Ljubotschka kam vorbei. Ein unglaublicher, unvorstellbarer Luxus unter den gegebenen Umständen. Und vor allem – in den Lymphknoten wurde kein Karzinom gefunden. In der Achselhöhle wurde nicht operiert!

In einer Woche kommt der histologische Befund, dann wird über die weitere Behandlung entschieden.

Meine Bettnachbarin ist eine Rentnerin aus dem Norden, eine

ehemalige Kindergärtnerin. Sie hätte eigentlich in Haifa operiert werden sollen. Aber sie wollte unbedingt zu Samir, und theoretisch muss sie achtzehntausend Schekel für die Operation bezahlen (fünfzehntausend hat die Versicherung übernommen, dreitausend zahlt sie selbst, also weniger als tausend Dollar). Im Allgemeinen ist die medizinische Versorgung in Israel kostenlos. Ein sehr soziales System. Meine Bettnachbarin hat die gleiche neuartige Spritze bekommen. Sie hat keine Schmerzen.

Ich bin eine zahlende Patientin, aber eine besondere. Doktor Ljoscha Kandel ist ein Bekannter von mir, der leitende Anästhesist Wolodja Brodsky sein Freund. Alle russischen Ärzte lassen sich von mir Bücher signieren. Ich bin eine VIP. Die anderen Patienten bekommen das Gleiche wie ich, aber kostenlos.

Armes Russland, 145 Millionen Menschen, die ohne Narkose operiert werden, in schmutzigen Krankenzimmern liegen und sich dort weiß der Teufel womit infizieren. Die arme Alla Beljakowa – bei ihr wurde Darmkrebs festgestellt, die Moskauer Klinik hat die Behandlung abgelehnt, mit der Begründung, es sei zu spät. In Troizk wurde sie aufgenommen und ist glücklich. Darmkrebs ist schlimm, und ihr unglücklicher Sohn, der arme Andrjuscha, ist Autist, was wird nun aus ihm? Ich muss mich erkundigen, was man hier für ihn tun könnte. Wieder alles Lika aufhalsen?

Meine Brust ist weg, nicht einmal eine Delle ist zu sehen. Die Brust liegt nun in einer speziellen Grabstätte auf dem Friedhof Giwat-Schaul. Dort beerdigt Ljoscha Kandel die amputierten jüdischen Gelenke aus seiner Orthopädie. Den Muslimen und Christen ist es merkwürdigerweise egal, wo ihre entfernten Organe und amputierten Körperteile liegen, sagt er.

Meine linke Brust liegt also in israelischer Erde. Der Anfang ist gemacht!

Ich bin bei Lika zu Hause. Es zieht heftig, in der Küche raschelt es, etwas fällt herunter. Ich gehe hin, schließe das Fenster und sehe ein Bild auf dem Boden liegen, das am Kühlschrank hing – es stammt von der israelischen Malerin Miriam Gamburd, von einer Ausstellung in Paris 2001. Fette Matronen mit großen Brüsten ärgern Amazonen. Eine steht in der Mitte des Bildes, mit einer Hand stützt sie ihre eine Brust, die andere Brust fehlt. Die linke! Wir sind verblüfft. Das Bild hing schon lange da, aber bis heute ist es uns nicht aufgefallen!

Ich kann gar nicht alle bedeutenden Erlebnisse aus dieser Zeit aufzählen. Meine Welt beschützt mich – meine Freunde, die Freunde meiner Freunde, ihre Angehörigen, die Ärzte –, alle kommen mir entgegen. Allen voran Lika.

Trotz allem ist es wunderbar. Ich erfahre viel Freude. Ich sollte ein Exvoto anfertigen lassen, eine kleine silberne Brust, und sie in der Kirche an die Ikone des heiligen Pantelejmon oder eines anderen Heiligen hängen. Auch wenn die Brust nicht gerettet wurde. Mein Gott, dieses Exvoto gibt es ja bereits – Andrejs »Hälfte«!

Meine arme Brust, ich habe mich lange von ihr verabschiedet. Sie hat sich natürlich nicht gerade gut benommen, aber ich trage ihr gegenüber eine größere Schuld – siebzehn Jahre Hormontabletten.

Ja, warum schreibe ich das alles auf? Ich muss ein neues Verhältnis zu meinem Körper aufbauen, vor allem zu meiner Brust. Ich habe mich aus den verschiedensten Gründen oft schuldig gefühlt, doch nun, am Ende meines siebten Lebensjahrzehnts, empfinde ich zum ersten Mal ein Schuldgefühl meinem Körper gegenüber. Ziemlich spät, nachdem ich meinen unschuldigen Körper immer gleichgültig, ja, schlecht behandelt habe!

Die ganze Geschichte ist unglaublich. Wie es aussieht, komme ich noch mal davon. Doch selbst wenn nicht – ich habe durch die Krankheit sehr viel Schönes erlebt.

Gestern erfuhr ich, dass Galja Tschalikowa Eierstockkrebs im Endstadium hat, Metastasen und zehn Liter Wasser im Bauch. Ich habe Galja angerufen und sie gebeten, über eine Behandlung im Hadassah-Krankenhaus nachzudenken. Das ist die dritte Katastrophe in den letzten Monaten: Alla Beljakowa, Vera Federmesser und nun Galja. Von mir selbst rede ich nicht, das ist nur ein Mückenstich.

Es zerreißt mir das Herz vor Mitleid. Ich lese *Gespräche mit Schnittke*. Ein geniales Buch. Mit ergreifenden Äußerungen: »Nach dem Schlaganfall verstehe ich vieles nicht mehr, aber ich weiß nun mehr.« Er spricht von intuitivem Wissen. An dieser Stelle kann ich mir wohl gestatten, ein wenig zu weinen. Hier in Jerusalem gibt es ja einen speziellen Ort, wo man weinen kann, aber man muss nicht extra dorthin gehen.

Zehn Tage später erfahre ich, dass eine zweite Operation nötig ist, denn an einer von fünf Drüsen hat man Krebszellen gefunden, die der Schnelltest nicht gezeigt hatte. Die Operation werde nicht so lange dauern, aber im Grunde genauso ablaufen wie die erste: Narkose, Drainage, Wundheilung. Vielleicht etwas schmerzhafter. Und dann je nach Situation: fünf Jahre lang Hormongaben, vielleicht eine lokale Bestrahlung, im schlimmsten Fall acht Chemotherapie-Zyklen mit Pausen von je zwei Wochen, insgesamt vier Monate. Ich kann es nicht lassen, Pläne zu machen, und im Augenblick finde ich es am schlimmsten, dass die Therapie bis Oktober dauern soll. Obwohl es noch viel schlimmere Varianten gibt. Mein Krebs ist nach unserer Klassifizierung im dritten Stadium. Metastasen in der Achselhöhle.

Heute ist Pfingsten. Morgen ist der Tag des Heiligen Geistes! Es ist jetzt vier Uhr morgens, der Muezzin ruft per Lautsprecher die Gläubigen zum Gebet. Ich folge seiner Aufforderung gern.

Ich warte auf den Morgen, ich hoffe, heute mit Samir sprechen zu können. Ich könnte vor der Chemotherapie für eine Weile nach Moskau fahren.

Ich schreibe immer noch an meinem Buch, es wird und wird nicht fertig. Ich bin müde und erschöpft. Alles fällt mir schwer, aber es geht mir gut. Ich bin von einem tiefen Wohlgefühl erfüllt. Ich sehe auf YouTube einen Film mit Gideon Kremer (und zwei anderen Musikern), humoristische Übungen zum Thema klassische Musik. Er erinnert mich an das, was Nabokov über Tschernyschewski schrieb:

Der Junge spielt mit dem Weihrauchfass des Vaters, für einen Popensohn nichts Besonderes. Genau das tun diese Musiker – sie amüsieren sich mit heiligen Dingen. Weil sie ihnen vertraut sind.

Eine Woche in Moskau. Sehr anstrengend. Viele Menschen, viel zu tun, kaum wirklich Wichtiges.

Ein Besuch bei Vera Millionschtschikowa. Ihre Krankheit ist partiell remittiert. Ihre Haut schält sich, ihr wachsen neue Nägel, die Haare sprießen wieder. Sie liegt in ihrem eigenen Hospiz! Als Sterbende!

Jerusalem. Gestern bin ich angekommen. Null Emotionen. Morgen, am 3. Juni, ist die zweite Operation.

Die Operation war gestern. Ich fühle mich leicht. Der Arm tut nicht weh, solange ich ihn still halte. Nur bei heftigen, ausholenden Bewegungen habe ich Schmerzen. Morgen werde ich entlassen. Es ist heiß. Das Licht ist grell. Ich empfinde eine unglaubliche Klarheit. Aber was so klar ist, kann ich nicht ausdrücken.

Ein Kerem

Seit über drei Monaten lebe ich an einem der zauberhaftesten Orte der Welt, im Dorf Ein Karem, das bis 1948 arabisch war und an dem Tag, als Israel seine Unabhängigkeit erklärte und sich die Araber nach Jordanien zurückzogen, wieder jüdisch wurde wie vor zweitausend Jahren. Hier wurde Johannes der Täufer geboren. Hier begegneten sich die beiden berühmtesten Jüdinnen, Jesu Mutter Mariam und Jochanaans Mutter Elischeba. Maria und Elisabeth. Hier befindet sich eine Quelle, an der sie sich trafen, und ein Brunnen, an dem sie sich ebenfalls trafen. Man kann eine Höhle besichtigen, wo angeblich das Geburtshaus von Johannes dem Täufer stand. Hier gibt es alles mehrfach – Orte, an denen sich die beiden verwandten Frauen begegnet sein sollen, und Klöster – das Johanneskloster, das

Kloster der Zionsschwestern, das der Rosenkranz-Schwestern, das russisch-orthodoxe Gorny-Kloster. Von meinem Lieblingskloster, dem der Zionsschwestern, hat man den schönsten Blick auf Jerusalem. Erst gestern Abend war ich wieder da, am Tag der Verklärung Christi. Es gab keinen Gottesdienst, die Katholiken begehen die Feiertage nach einem anderen Kalender als die Orthodoxen. Doch der Aufstieg zum Gorny-Kloster wäre mir zu anstrengend gewesen. Außerdem herrschte gestern eine Rekordhitze von 43 Grad.

Ich ging in die leere Kapelle, dann in den Garten. Anders als in der orthodoxen Liturgie findet hier keine Segnung der Früchte statt. Die Obstbäume waren auch ohne Segen prächtig gediehen – ein Zitrusbaum voller noch grüner Zitronen, ein über und über wie mit Glühlampen behängter Birnbaum und zahlreiche Granatapfelbäume, die schönsten von allen. Die meisten Granatäpfel waren bereits lilarot, einige andere noch grün. Phantastisch waren die Früchte im Stadium zwischen grün und dunkelrot; sie leuchteten golden in der Sonne.

Das Kloster wurde vor hundertfünfzig Jahren von dem getauften Juden Marie-Alphonse Ratisbonne gegründet.

Das Dorf Ein Karem liegt im Tal. Darüber thront das riesige Hadassah-Krankenhaus. Dort werde ich behandelt. Der Rest von mir ist am Leben, fühlt sich ausgezeichnet und möchte noch eine Weile auf der Erde herumlaufen, sich erfreuen und darüber nachdenken, wie wunderbar aufregend das Leben ist.

Ich habe Zeit, über das nachzudenken, was mir widerfahren ist. Jetzt mache ich eine Chemotherapie. Danach kommt die Bestrahlung. Die Prognosen der Ärzte sind positiv: Ich hätte gute Chancen, lebend aus dieser Geschichte rauszukommen. Aber ich weiß, dass niemand lebend aus dieser Geschichte rauskommt. Ein wunderbar einfacher und klarer Gedanke drängt sich mir auf: Die Krankheit ist eine Sache des Lebens, nicht des Todes. Es geht nur darum, ob wir unsere letzte Behausung mit Würde verlassen.

Das wirft ein weiteres großes Thema auf: Leiden. Ich denke die ganze Zeit darüber nach, bin aber noch zu keinem Schluss gekommen. Allerdings gehen meine Gedanken in eine Richtung, die kein orthodoxer Priester billigen würde: Leiden ist etwas, das es nicht geben sollte. Dass aus Leiden großer Mut und Geduld erwachsen können, ist ein Nebeneffekt. Darauf komme ich später noch zurück.

Ich habe ein kleines arabisches Haus gemietet. Es hat nur ein Zimmer und steht auf dem Dach eines anderen, großen arabischen Hauses, das wunderschön ist, eines der schönsten Häuser, die ich je gesehen habe. Die Araber, die es Hals über Kopf verlassen haben, betrauern den Verlust bestimmt sehr.

Israel macht nachdenklich. Das Thema dieses Landes ist die Unlösbarkeit seiner Probleme. Ein Minenfeld für Menschen und Ideen. Ein Minenfeld der Geschichte. Dutzende ausgerottete Völker, Hunderte ausgestorbene Sprachen und Stämme. Eine Wiege der Liebe, ein Ort freiwilligen Todes.

Es ist ein Land der Offenbarung. Das weiß ich. Doch Offenbarungen geschehen auch an anderen Orten. Egal wo. Geschichte beginnt an jedem beliebigen Punkt.

Mein Buch wird und wird nicht fertig. Ich erinnere mich nicht daran, wie ich es geschrieben habe. Ich war die ganze Zeit nur dabei, es zu beenden. Doch nach der dritten Chemotherapie konnte ich nicht mehr arbeiten. Nicht mehr lesen. Nicht mehr schlafen. Es war furchtbar heiß. Aber in Moskau, ja, in ganz Russland war die Hitze noch schlimmer. Mein Sohn Petja saß mit seiner Familie in der Stadt fest – sie bekamen keine Tickets, konnten sich zu nichts aufraffen, wussten nicht, wohin. Sie haben zwei kleine Kinder. Sie blieben meist in der Wohnung, ließen eine Klimaanlage einbauen. Der Smog war so schlimm, dass sie das gegenüberliegende Haus nicht sehen konnten. Mich bedrückte das sehr, ich hätte sie gern nach Israel geholt, aber sie hatten keine Reisepässe. Zwischen den Chemotherapie-Zyklen lag immer eine Pause von drei Wochen, und ich wollte nach Hause fahren, mich um die Kinder kümmern, aber alle rieten mir ab. Also verbrachte ich weitere sechs Wochen in Ein Karem. In den schwersten Wochen kam ich kaum von meinem Dach herunter. Freunde besuchten mich, brachten mir Essen, aber das mochte ich nicht einmal ansehen. Nichts schmeckte, ich hatte das Gefühl, Watte zu kauen. Da geschah ein Wunder. In den Monaten zuvor hatte ich sehr viel Musik gehört, auch aus beruflichen Gründen. Ein Held meines Buches ist Musiker, und es war mir wichtig, diesen Teil seines Lebens nachzuempfinden, darum las ich viele Bücher über Musik. Nun war ich von der Chemie so geschwächt, dass ich dalag wie ein toter Fisch. Ich konnte gar nichts mehr tun. Nur Musik hören. Und das tat ich praktisch rund um die Uhr.

Ich war mir der Grenzen meiner Fähigkeiten immer bewusst. Mit zehn Jahren hatte ich die Musikschule aufgegeben, und die Freude über die Befreiung vom Notenzwang bestimmte für lange Zeit mein Verhältnis zum Instrument: Ich machte einen großen Bogen um das Klavier, das Folterinstrument meiner Kindheit. Die schönste Erinnerung aus jenen Jahren ist das wunderbare Musik-Gewirr im Schulflur: Aus jedem Raum drang ein anderes musikalisches Motiv, und sie alle vermischten sich zu einem herrlichen, immer wieder neuen Lärm. Außerdem mochte ich das Komponieren, unsere Lehrerin ließ uns kleine Musikstücke schreiben, das machte mir Spaß. Kurz, es vergingen an die zehn Jahre, bis ich überhaupt wieder Musik hörte. Nicht Beethoven oder Schubert, sondern Skrjabin und Strawinsky, Prokofjew und Schostakowitsch. Ich ging zu Konzerten im Skrjabin-Museum und hörte dort Mahler, das war toll und sehr angesagt. Die Musik war einer von vielen kulturellen Bestandteilen meines Lebens. Aber ich wusste immer, dass ich nur am Rand eines wunderschönen Waldes entlanglief, ohne hineinzugelangen.

Hier in Ein Karem widerfuhr mir etwas Neues, meine Wahrnehmung veränderte sich. Vielleicht hatte das chemische Gift, von dem ich durchtränkt war, nebenbei den Schleier aufgelöst, der mir den Zugang zur Musik verwehrt hatte. Kurz, es war wie ein Dammbruch. In der nächtlichen Hitze auf dem glühenden Dach hörte ich ununterbrochen Musik. Sascha Okun versorgte mich mit wunderbaren CDs – er ist der beste Begleiter durch diesen Wald, den man sich wünschen kann. Lika brachte mir einen Player. *Die Kunst der Fuge* in der Interpretation von Feinberg, die mir besser gefällt als die von Richter, habe ich unzählige Male gehört, ebenso die Beethoven-Sonaten, Schubert, Haydn und vieles, vieles mehr. Mit der Musik wurde das Gift aus mir herausgespült. Als ich wieder bei Kräften war, fuhr ich nach Moskau. Und kehrte erneut zurück, zur Bestrahlung.

In diesen Wochen, kahlköpfig, schwach und heiter, setzte ich mich wieder an mein Buch.

Hadassah

Ich bin in ein anderes Quartier in Ein Karem gezogen. Jetzt bewohne ich ein eigenes kleines Haus neben einer griechischen Kirche; in einer Hütte hinterm Zaun lebt der Torhüter, der offenbar zugleich der Priester ist. Von meiner Terrasse aus kann ich den Gottesdienst verfolgen, die Fenster der Kirche sind weit geöffnet. Mein Vermieter ist ein gläubiger Jude aus Izmir, seine Frau, vor langer Zeit aus Australien eingewandert, arbeitet als Säuglingspflegerin im Hadassah-Krankenhaus und hat selbst einen Haufen Kinder. Die beiden sind liebevolle, nicht sehr strenge Eltern, und die Kinder sind respektvoll, fröhlich und wohlerzogen. Einmal luden sie mich zum Sabbat ein, da saßen viele Leute am Tisch – halbwüchsige Jungen, die Töchter mit ihren Freundinnen, eine alleinstehende Nachbarin und ich, die Untermieterin. Der Hausherr ist sephardischer Jude, es gab also nicht die nostalgischen Speisen der osteuropäischen Juden wie Hering, Kartoffeln und Salzgurken, sondern Orientalisches. Brot, Wein. Ganz anders, als ich es gewohnt bin. Aber die gleichen Gebete, die Segnung von Brot und Wein.

Ich gehe ins Hadassah wie zur Arbeit, fünfmal die Woche zur Bestrahlung. Das Dorf liegt am Fuß eines Berges, ein Pfad führt hoch zum Krankenhaus, in die onkologische Station. Schon von weitem ist der Hubschrauberlandeplatz auf dem Dach zu sehen. Im Krieg werden Verwundete hierhergebracht, maximal binnen zwei Stunden von jedem beliebigen Ort im Land. Israel ist ja nicht groß, und es gibt oft Kriege und Terroranschläge. Das Krankenhaus ist riesig, es hat unter der Erde noch einmal genauso viele Etagen wie darüber. In jeder unterirdischen Etage befindet sich eine abgeschlossene, jederzeit einsatzbereite chirurgische Station für den Kriegsfall. Das Land sorgt für seine Soldaten und achtet sie. Das ist ein Thema für sich: die Situation der Soldaten hier in Israel und in Russland – ein trauriger und bitterer Vergleich. Wir könnten einiges von den Israelis lernen, auf dem Gebiet des Gesundheitswesens ebenso wie in Bezug auf das Verhältnis zwischen Armee, Staat und Gesellschaft.

Aber ich bin vom Thema abgekommen, vom Hadassah. Inzwischen kenne ich das Krankenhaus genau, kenne viele Ärzte und Schwestern und die langen Flure und Gänge, in denen überall Schilder mit den Namen von Spendern hängen. »Dieser Stuhl, dieses Gerät, dieser Behandlungsraum, diese Station ... sind ein Geschenk von dem und dem ...« Zum Gedenken an den verstorbenen Großvater, die Großmutter, die Mutter, die Schwester. Im Erdgeschoss gibt es eine Synagoge mit Glasfenstern von Chagall. Sie sind ein Geschenk des Künstlers.

Es ist ein staatliches Krankenhaus, das größte im Land. Hierher fließen beträchtliche Spenden von Juden aus Israel und der ganzen Welt. Eine alte Tradition – der Kirchenzehnte. Nur wird er heute nicht mehr in den Tempel gebracht, sondern für das Allgemeinwohl gespendet. Zum Beispiel für die wissenschaftliche Forschung. Die staatlichen Mittel reichen dafür nicht aus, ein großer Teil wird durch Spenden finanziert.

Im Krankenhaus arbeiten viele Freiwillige. Strenggläubige Jüdinnen mit Perücke schieben Wagen durch die Gänge, bieten Getränke und Kringel an oder fahren Patienten im Rollstuhl spazieren. Hier werden alle Bürger behandelt, Juden wie Araber. Auch als Ärzte arbeiten hier sowohl Juden (die Hälfte von ihnen stammt aus Russland) als auch Araber. Nach der Operation habe ich eine höchst amüsante Szene beobachtet: Zwei Patriarchen laufen auf dem Flur aufeinander zu, ein Jude mit schwarzer Samtkippa und im Chassidenmantel, gefolgt von seiner Frau mit Perücke und einem Haufen

Kinder, und ein majestätischer Scheich mit weißer Mütze und in weißem Gewand, gefolgt von seiner Frau in einem reich bestickten Kleid und ebenfalls einer Kinderschar. Beide Männer haben eine Krebsoperation hinter sich. Auf gleicher Höhe angekommen, nicken sie einander zu, ohne sich anzusehen, und gehen weiter.

Im Hadassah herrscht Frieden oder zumindest Waffenstillstand. Wie an einer Wasserstelle. Wo es um Leben und Tod geht, legen sich die Leidenschaften, schweigt die Ideologie, verlieren Gebietsstreitigkeiten ihren Sinn – auf dem Friedhof braucht der Mensch nur sehr wenig Platz.

Im Krankenhaus kämpfen die Ärzte für das Leben, und jedes Leben ist gleich viel wert. Der Patient soll nicht leiden, das ist ein Grundsatz moderner Medizin. Zehnmal am Tag werde ich gefragt: Hast du auch keine Schmerzen? Einmal habe ich ganz automatisch geantwortet: Ach was, das halte ich schon aus.

»Was? Warum willst du das aushalten? Das ist schädlich! Schmerzen müssen auf jeden Fall bekämpft werden!«

Das lernt man hier im Medizinstudium: Schmerzbetäubung ist unerlässlich. Das kenne ich aus der Sowjetunion anders; bei uns ist es zum Beispiel noch nicht lange üblich, dass Zahnärzte ihre Patienten betäuben. In meiner gesamten Kindheit und Jugend wurde alles ohne Betäubung gemacht – gebohrt, Wurzeln gezogen, Verbände gewechselt, Fäden gezogen. Leider weiß ich nur zu gut, wie schwierig es in Moskau ist, Betäubungsmittel zu bekommen, selbst für Krebspatienten im Endstadium. Ganz zu schweigen von der russischen Provinz. Wo Entbindungskliniken zudem oft mit Staphylokokken verseucht sind; uralte Gebäude, auch mit der Quarzlampe nicht mehr zu desinfizieren – Ruinen lassen sich mit keiner Lampe der Welt desinfizieren.

Diese Gedanken gehen mir gewöhnlich auf dem Heimweg nach der Bestrahlung durch den Kopf. Natürlich gibt es auch hier Bestrahlungsverbrennungen. Aber alles, was geschützt werden kann, wird geschützt, für jeden Patienten fertigt man individuelle Bleischurze an, damit Herz und Lungen nicht geschädigt werden.

Es ist eine grausame Krankheit, trotz aller Bemühungen kann sie längst nicht immer geheilt werden. Auch in den besten Kliniken in Amerika, Deutschland und Israel sterben Menschen. Doch bei uns zu Hause ist Krebs weit schlimmer.

Ich weiß nicht, was getan werden müsste, damit unsere Klinik in der Kaschirka so wird wie Hadassah.

Ich gehe den Pfad hinab, vorbei am Wohnheim für das medizinische Personal, vorbei am Parkplatz, hinunter, wo ich jeden Stein kenne, jeden Baum, rechts die Mauer des Franziskanerklosters, weiter zur Quelle, wo sich der Weg gabelt – nach oben zum Gorny-Kloster und hinunter zur Bushaltestelle –, links liegt der Kindergarten. Ich biege um die Ecke, passiere das Museum für biblische Geschichte, das immer geschlossen ist, und da steht schon mein Haus. Eine Wand ist aus alten Steinen, eine aus Gipskarton, eine dritte aus Ziegelsteinen – ein Haus wie das vom dicken Kürbis in Rodaris *Cipollino*. Die Fenster sind alle verschieden, die Tür lässt sich nicht abschließen. Die Hitze nimmt weiter zu. Mein Buch ist nach wie vor nicht fertig. Aber es fehlen nur noch ein paar Seiten.

(2010–2012)

Abschied von Cogoleto

Heute ist der 2. Oktober. Gestern habe ich Abschied genommen von dem Dorf, nein, der kleinen Stadt, die ich seit einigen Jahren ins Herz geschlossen habe. Drei Wochen verbrachte ich in einem stillen Haus auf einem kleinen Berg. Der Blick von der Terrasse ist so schön, dass er aus einem Traum zu stammen scheint, eine tröstliche Vision für einen Menschen aus dem Norden. Von morgens bis nachmittags um fünf habe ich gearbeitet, kurz vor Sonnenuntergang ging ich die Serpentinen hinunter in den Ort, der aussieht wie aus dem Bilderbuch: eine Strandpromenade, die nach Christoph Kolumbus heißt, Palmen, öffentliche und private Strände, Cafés, kleine Läden und ein paar Kioske mit Touristenkram. Am Ende des Abstiegs gabelt sich der Weg, wie im Märchen: Links kommst du auf die Strandpromenade, rechts beginnen nach einem kurzen Stück Promenade wilde Buchten ohne offizielle Badestellen und Umkleidekabinen. Die gepflasterte Straße taucht in steinverkleidete Tunnel und kriecht wieder daraus hervor. Es gibt keine Autos, nur Fußgänger und Fahrräder, aber nicht viele. Früher verlief hier mal eine Eisenbahnlinie, eine der ersten in Italien. Zwischen Genua und Nizza. Jetzt liegt die Bahnstrecke weiter oben. Vor zweitausend Jahren zogen römische Legionäre diese Straße entlang, vor tausend Jahren Pilger. Wenn man hier ein bisschen gräbt, stößt man auf ein leicht gewölbtes Kiesbett und alte Pflastersteine. Ort der Handlung ist übrigens Norditalien, Ligurien.

Im Winter vor anderthalb Jahren hatte ich in diesem Dorf Freunde besucht. Ich wollte mein Buch beenden. Es war Februar, die letzten Wintertage. Es regnete und war windig, auf dem Meer tobten Stürme. Als Wind und Regen sich legten, kam die Sonne aus dem Nebel hervor, der ephemere italienische Winter war wie weggeblasen, und es begann eine Jahreszeit, die wir gar nicht kennen: Vorfrühling. Alles war grün, hier ist es ja immer grün, und der Vorfrühling war nicht bloß die Verheißung einer schönen Zukunft, nein, sie war schlagartig da: Eine Schar Elstern spielte auf der Wiese, die einfältigen Palmen ließen ihre Wedel nicht mehr trübsinnig hängen, sondern richteten sich stolz auf, von den Apenninen kam eine Wolke herabgeschwebt, doch auch sie prophezeite nichts Schlimmes. Hier hatte ich vor anderthalb Jahren geahnt, dass ich Krebs habe. Wie das kam, das habe ich schon erzählt. Nachdem ich diese wichtige Nachricht empfangen hatte, war ich nach Moskau zurückgekehrt, weil ich wusste, dass ich mich auf diese neue Phase meines Lebens vorbereiten musste. In Moskau bestätigte sich meine Ahnung, und vor mir lag ein großes medizinisches Abenteuer. Da blickte ich mich um: Wie ging es meinen Freundinnen? Nicht den gesunden, sondern denen, die krank waren. In meiner näheren Umgebung waren es drei: Ira hatte multiple Sklerose, Lena den gleichen Krebs wie ich, Vera Sarkodiose. Dann erkrankte auch Tanja, ebenfalls an Krebs. Zur selben Zeit Galja, die Tausende Kinder vom Krebs geheilt hatte.

Das Wort Krebs macht mir keine Angst, kaum einer meiner Angehörigen ist an etwas anderem gestorben. Kurz, ich bin nicht allein. Aber ich bin noch eine Anfängerin, ich muss erst lernen, möglichst gut damit zu leben und gut zu sterben, wenn meine Stunde kommt. Jeder, der noch lebt, ist ein Anfänger in dieser Kunst.

Also, meine Freundinnen! Meine lieben, wunderbaren, großartigen Freundinnen! Fangen wir mit Lena an. Gestern erst kam ein glücklicher Brief von ihr: Sie hat einen Welpen geschenkt bekommen, einen Rauhaardackel, er heißt Bassja. Weil er aus dem Tierheim stammt, hat er schreckliche Angst, seine neuen – ich mag sie nicht Herrchen nennen – Eltern zu verlieren. Er traut seinem Glück nicht, weicht Lena nicht von der Seite. Und Lena geht es genauso! Sie hat sich schon lange einen Hund gewünscht. »Ich habe schon vereinbart, wer ihn nimmt, wenn mir etwas passiert«, schreibt Lena. Eigentlich benutzen wir keine Euphemismen, wir nennen die Dinge beim Namen. Doch offenbar will Lena in Gegenwart des Kindes keine harten Worte benutzen – Bassja ist erst vier Monate alt! Lena ist keine Anfängerin, ihre erste Operation und ihre erste Chemotherapie liegen fünf Jahre zurück. Sie war es auch, die mich als Erste aufgeklärt hat: Ich habe den gleichen Krebs wie sie, und er wurde relativ spät erkannt, hatte stellenweise schon gestreut. Sprich es aus, sage ich zu mir. Gut, ich hatte Metastasen in den Lymphknoten. Doch damals wusste ich noch nicht, in welchem Stadium ich war, das sollte ich später erfahren. Aber eines lernte ich damals schon: Lena demonstrierte mir (ganz selbstverständlich, ohne jede Absicht), wie man in einer miserablen Lage Haltung bewahrt. Lena läuft, springt und flattert munter herum, lässt sich sogar hier und da bei Gesellschaften blicken.

Die Nächste ist Ira. Sie läuft und springt nicht herum. Wenn sie fliegt, dann mit dem Flugzeug und in einem Rollstuhl. Stets in Begleitung einer Freundin. Allein schafft sie es nicht mehr. Vor anderthalb Jahren war sie in Kenia. Nicht beruflich, nein, einfach so, um die Welt zu sehen. Überglücklich kehrte sie zurück. Sie schenkte mir einen Schal mit sämtlichen Tieren darauf, die sie dort gesehen hatte: Zebras, Giraffen und viele andere. Sie hat eine solche Fähigkeit, sich zu freuen, Dinge zu genießen: einer Giraffe zuschauen, Kaffee trinken, einen Film sehen. Es gibt viele Dinge, die sie jetzt nicht mehr kann – morgens aufstehen, mit dem Fuß nach einem Hausschuh angeln, sich anziehen, duschen, sich einen Kaffee kochen oder schlicht vom Sofa auf einen Stuhl wechseln. Aber Filme schauen, lesen, nachdenken, Freundin sein, aktiv leben und vielen Menschen helfen, das kann sie noch. Und wie sie das genießt! Für einen Gesunden ist das vermutlich schwer zu verstehen. In meinem Koffer liegt ein bemalter Teller aus einem genuesischen Restaurant. Ira besitzt eine ganze Sammlung solcher Teller, und ich weiß, dass sie sich darüber freuen wird. Ein langes Leben dir, Irischa!

Jetzt zu Vera. Auf ihren Schultern ruht das Hospiz. Sie hat es aus dem Nichts geschaffen, aus einer Idee: Niemand sollte unter so schrecklichen Bedingungen sterben, wie unser Gesundheitswesen sie uns beschert. Das Hospiz existiert nun seit fünfzehn Jahren. Tausende Menschen sind durch diesen Vorhof des Todes gegangen und sind umsorgt, auf einem sauberen Laken, mit Schmerztherapie und im Kreis ihrer Nächsten gestorben. Waren Sie schon einmal auf einer Intensivstation und wollten einen nahen Menschen, der im Sterben lag, noch einmal küssen, seine Hand halten? Man darf gar nicht hinein! Höchstens gegen Schmiergeld. In Veras Hospiz dagegen gibt es keine strengen Besuchszeiten. Vor einem Jahr hat eine Freundin ihre sechsundneunzigjährige Großmutter beim Sterben begleitet, drei Tage saß sie bei ihr, hielt ihre Hand und nahm Abschied, so wie jeder von uns es sich nur wünschen kann. Respekt vor dem Augenblick, ein Sterben in Würde, umsorgt von Menschen, auf die man das steife Wort Personal gar nicht anwenden mag. Das ist keine Frage der Medizin. Jedenfalls nicht nur. Es ist Heroismus, ein Wunder, Dienen und Schwerstarbeit zugleich.

Als ich von Moskau zur Behandlung nach Jerusalem flog, bekam Vera gerade eine Chemotherapie, bei der ein gravierender medizinischer Fehler passierte, eine Überdosierung, die Vera nur knapp überlebte. Ich selbst hatte die Chemotherapie erst vor mir, doch bei mir war sie keineswegs so schlimm. Aber Veras Behandlung war einfach entsetzlich, ich erspare mir die Details. Sie hat sich davon nie richtig erholt, ihre Beine versagten, ihr Körper siechte dahin – unklar, ob durch die Krankheit oder infolge der Behandlung. Dann wurde es etwas besser, und Vera ließ sich in ihr geliebtes Dorf bringen. Freudig erzählte sie: Es gibt dieses Jahr so viele Pilze, ich habe Pilze gesammelt – auf allen vieren! Sie arbeitete im Garten, auf den Gemüsebeeten, sammelte Pilze und Beeren – auf allen vieren! Strahlend vor Freude! Und dann schnell nach Moskau, ins Hospiz. Es gebe so viele Probleme, ohne sie laufe nichts! Alle seien unfähig! Alles müsse sie selbst tun! Mit letzter Kraft, sie selbst!

Zum letzten Mal sahen wir uns zwischen meinen beiden Operationen. Vera lag in ihrem Hospiz. Dort genoss sie aufgrund ihrer Stellung keineswegs einen Sonderstatus. Ständig unterschrieb sie Papiere, die man ihr brachte, tadelte und lobte Angestellte. Sie war so lebendig, wie man es sich nur wünschen kann! Sie starb am 21. Dezember 2010. Was war sie? Eine Heilige? Eine Gerechte? Einfach ein guter Mensch? Sie selbst sagte von sich: »Ich bin keine Heilige. Ich mache einfach etwas, das mir gefällt. Eigentlich bin ich ein sehr schlechter Mensch, ich bin boshaft und ziemlich zynisch.«

Ich bin eine Expertin in Sachen Sterben. Ich habe viele Menschen beim Sterben begleitet. Ich weiß, wie ich selbst gern sterben möchte. Aber was ich mir vorstelle, ist nicht jedem gegeben. Man muss sich sein Leben lang bemühen, damit das »Ende unseres Lebens schmerzlos, ohne Schande und friedlich« ist. Das habe ich als Kind sehr früh erlebt, und dieses Bild verblasst mit den Jahren nicht, sondern wird immer transparenter. So möchte auch ich gern sterben. Allerdings möchte ich nicht so lange leben wie mein Urgroßvater, ich könnte nicht demütig die Thora in einer mir unbekannten Sprache lesen, jahrzehntelang, jeden Tag, viele Stunden. Auch so leben wie Vera kann ich nicht, sie war dazu berufen, den Menschen zu dienen, und tat das bis zum letzten Tag ihres Lebens.

Nun bin ich sehr weit abgekommen von meinem italienischen Dorf, von dem ich eigentlich erzählen will. Ich steige also bergab und nehme nicht den Weg zu den Buchten, sondern den zur Uferpromenade. An einem Haus hängt eine Tafel: Hier wurde Christoph Kolumbus geboren. Ich glaube, fünf Städte an dieser Küste streiten um das Privileg, der Geburtsort des Seefahrers zu sein. Es ist nach sechs. Die Sonne sinkt. Schräges Licht von Westen. Strandbäder und Stände schließen. Große Trucks transportieren zusammengeklappte Liegen, Sonnenschirme und Stapel von Budenbrettern ab. Auf den Bänken an der Uferpromenade mit Blick aufs Meer sitzen ein paar alte Männer – gepflegt, braungebrannt, in Shorts und Sandalen. Einheimische, Pensionäre. Sie vererben ihr Geschäft oft an ihre Kinder. Ich kenne einen jungen Mann, der Philosophie studiert hat, in seinem Beruf keine Arbeit fand und nun das Familiengeschäft weiterführt, einen Gemüsehandel. Das ist Italien. Die alten Männer reden viel über Politik. Ältere Italiener reden gern über Politik. Gleichzeitig betrachten sie wohlwollend die Passanten, besonders die Kinder, lassen aber auch Frauen und Hunde nicht unbeachtet. Hier gibt es viele alte Männer, in Russland sind es weit weniger. In Russland wird einfach kaum jemand so alt wie in Italien.

Ich laufe weiter zum Meer.

Meist gehe ich bei Sonnenuntergang ans Meer, ich schwimme oft bei Glockengeläut, denn in der Kirche an der Promenade wird am frühen Abend eine Andacht abgehalten, und in diesen Wochen ist das für mich alles zusammen zu einem einzigen großen Genuss verschmolzen: die Bewegung des großen Wassers um meinen Körper, die Bewegungen meines Körpers, mein ungelenkes Brustschwimmen in diesem Wasser, das Glockengeläut und die schräg einfallenden Sonnenstrahlen. Wie der Pawlow'sche Hund habe ich einen bedingten Reflex ausgebildet: Die Kombination dieser Dinge löst in mir ein heftiges Glücksgefühl aus. Mein Arm ist gebrochen, aber ich trage keinen Gips mehr, nur noch eine Schiene. Die nehme ich ab, und der befreite Arm empfindet eine eigene Freude beim Schwimmen. Was hatte ich doch für ein Glück! Vor zwei Wochen bin ich gestürzt, bin im Dunkeln einen ganzen Treppenabsatz hinuntergefallen und mit einer leichten Verletzung davongekommen.

Eigentlich bin ich von Natur aus eine Misanthropin. Als Kind und in meiner Jugend konnte ich mich nicht freuen, nichts gefiel mir. Wenn plötzlich doch einmal etwas Schönes geschah, war ich misstrauisch. Argwöhnte, dass sich der Haken an der Sache noch herausstellen würde. Am nächsten Tag. Oder in einem Monat. Meine Mutter, die von Natur aus die schöne Fähigkeit besaß, sich über alles auf der Welt zu freuen, bedauerte mich sehr. Viele Jahre lebte ich in ständiger Erwartung von etwas Unangenehmem, verzagt und niedergeschlagen. Bis ich teils durch Vernunft, teils durch meine wunderbaren und fröhlichen Freundinnen erkannte, dass ich mich von diesem Lebensgefühl befreien musste. Heute kann ich von mir sagen: Ich bin frei! Frei von Angst, von Argwohn. Noch ein kleiner Schritt, und ich lerne auch noch, frei von meinen Stimmungen zu sein. Für das Gefühl der Freude bin ich schon offen!

Ich steige aus dem Wasser. Es dämmert schon. Die Straße ist menschenleer. Die heilige Stunde der Italiener – Abendessen. In allen kleinen Cafés und Pizzerien herrscht Betrieb. Ich setze mich in eine Bar und bestelle eine Margarita. Ich schaue mich um. Wer nicht lacht, der lächelt, wer nicht lächelt, unterhält sich. Manche schweigen, andere singen … Kein einziges böses, gereiztes, mürrisches Gesicht. Das ist ihre Natur, ihre Erziehung, ihre Kultur. Es ist offenbar schön, Italiener zu sein.

Ich steige wieder auf meinen Berg, sieben Serpentinen aufwärts. Normalerweise wird mit jeder Biegung der Ausblick weiter, sieht man mehr vom Meer. Aber jetzt nicht. Jetzt ist es dunkel. Es kommt auch kein Auto vorbei, kein Nachbar wird mich mitnehmen. Denn es ist die heilige Stunde, alle sitzen beim Essen. Das macht mir nichts aus. Ich steige hinauf. Unten leuchtet das Städtchen Cogoleto, in der Ferne eine rosa Lichtwolke, der Hafen von Genua. Über allem der südliche Himmel, der Wind kommt aus Richtung Korsika, ich gehe mühelos und leicht, ich bin glücklich und allen und allem dankbar. Auch meiner Krankheit, die sich für eine gewisse Zeit zurückgezogen und mir einen neuen, schärferen Blick beschert hat, die Freude an kleinen und großen Dingen verstärkt, mich von dem eitlen Streben befreit hat, dies und das und jenes immer sofort zu erledigen (nicht ganz natürlich, aber im Wesentlichen). Verweile, Augenblick, du bist so schön! Jeder Tag ist ein ganzes Bündel von Minuten. Und ich muss nichts Bestimmtes tun, einfach nur leben und mich freuen. So lange, wie mir noch gegeben ist. Wenn ich für dieses Gefühl zwei Operationen, die Chemotherapie und die Bestrahlung durchmachen musste, dann war es das wert.

Ich nehme Abschied von meinem italienischen Dorf. Vielleicht sehe ich es zum letzten Mal, vielleicht komme ich wieder.

Seit meinem ersten Besuch in diesem Dorf sind zwei Jahre vergangen. Vera ist nicht mehr. Galja ist gestorben. In einigen Jahren werde auch ich nicht mehr sein, und auch von meinen jetzigen Gesprächspartnern wird niemand mehr leben. Wer und was dann hier sein wird, lässt sich nicht vorhersagen. Darum – freut euch! Freut euch heute! Freut euch jetzt! In diesem Augenblick! Solange wir uns nur für eine Weile verabschieden, solange wir uns nächste Woche wiedersehen können, solange wir uns gegenseitig Freude bereiten können mit kleinen Dingen. Und mit Liebe. (Herbst 2011)

Nicht dazugehören

Das Auge des Neugeborenen, des Kleinkindes, des Heranwachsenden nimmt die Umwelt mit einer Gier und Begeisterung auf, die das reife Alter nicht mehr kennt. Jede neue, kräftige Farbe, jeder Riss, jeder Defekt auf einer Oberfläche, jedes Loch im Gewebe prägen sich dem kindlichen Bewusstsein ein. In meiner frühen Kindheit gab es weit mehr Dinge als Menschen. Sie trugen den persönlichen Stempel ihres Besitzers – Großmutters Hut mit dem kleinen Schleier, die gezackten Knöpfe an Mamas gestreiftem Kleid, Papas Manschettenknöpfe mit dem weiß-grünen kleinen Schnabel, Großvaters Teeglashalter mit dem Pferdekopf … Die Dinge standen für ihre Besitzer, wie Pronomen, als hätten sie kein Eigenleben. Oder schien mir das nur so?

Es mussten viele Jahre vergehen, ehe ich entdeckte, dass die Dinge ihre Besitzer überdauern. Die Menschen sind längst gestorben, aber ihre Dinge sind noch da, doch wenn sie ihre »besitzanzeigende« Eigenschaft verlieren, sind sie nackt und obdachlos, Parias unter fremden Dingen von Menschen, denen sie gleichgültig sind.

Gewohnte, dem Auge vertraute Dinge mildern die kindliche Einsamkeit – das wissen die Teddys, Äffchen und Häschen, die auf den Kopfkissen von Kindern einschlafen. Mein amerikanisches *Lend-Lease*-Plüschhündchen bewachte erst meinen Schlaf, dann diente es meinem jüngeren Cousin, später meinen Söhnen, und nun, nachdem es durch eine chemische Reinigung seine ohnehin bescheidene Schönheit gänzlich eingebüßt hat, gehört es meiner Enkelin.

Daniil Andrejew, einer der letzten Mystiker des 20. Jahrhunderts, versenkte sich, als er in einer Zelle des Gefängnisses von Wladimir saß, in weltabgewandte Visionen und schöpfte aus seiner esoterischen Erfahrung die Antwort auf eine Frage, die sich schon die mittelalterlichen Theologen gestellt hatten: Existieren alle auf der Erde lebenden Seelen schon seit der Erschaffung der Welt oder entstehen sie in Gottes Werkstatt je nach Bedarf? Andrejews Antwort darauf rührt mich zutiefst: Der größte Teil der Seelen wurde gleichzeitig erschaffen, aber es gibt einen dünnen Strom von Seelen, die neu erschaffen werden und diesen weltweiten Pool auffüllen. Wenn ein Kind einem unbelebten Spielzeug seine Liebe schenkt, verschwindet diese Liebe nicht, sondern wird zu einer Monade, und wenn das Spielzeug abgenutzt ist und physisch vernichtet wird, verwandelt sich dieses Konzentrat kindlicher Liebe in eine neue Seele … Ein einzigartiger, erhabener und edler Gedanke! Mein Plüschhund, der sich bald gänzlich auflösen wird, verwandelt sich dann also in eine neue, unschuldige, vertrauensvolle Seele.

Soviel zu den Dingen. Und zu den Plüschtieren. Nun zum Menschen, der aus dem Alter heraus ist, da ein Lieblingsspielzeug Trost und Schutz bietet, und feststellen muss, dass er hoffnungslos einsam ist.

Ich war ein kontaktfreudiges und ehrgeiziges Kind, war immer für Schlagball und Volleyball zu haben, stand gern im Mittelpunkt, übernahm oft das Kommando und regte Spiele, Theateraufführungen oder Streiche an. Doch mitten im lebhaften Treiben fiel ich mitunter in tiefe Löcher von Einsamkeit. Dagegen halfen auch die zahlreichen Freundinnen nicht, die ich hatte – auf dem Hof, in und außerhalb der Schule und unter den Kindern der Freunde meiner Eltern. Wer hätte damals geahnt, dass ich unter Einsamkeit litt? Sie war zwischen den vielen Schichten meiner Persönlichkeit so tief vergraben, dass auch ich selbst sie zeitweise vergaß. Aber nie ganz. Sie saß in mir wie ein Stachel, wie eine unheilbare Krankheit. Diese latente Einsamkeit verlangte nach Erlösung. Die vorhandene Gemeinschaft – die Spielfreunde auf dem Hof und die Mädchen in der braunen Schulkleidung – stillte dieses Verlangen nicht. Lesen mochte ich im Grunde doch lieber als Schlagball spielen, und das paarweise Spazieren auf dem Schulhof ödete mich an. Ein erster Konflikt zeichnete sich ab: zwischen dem Wunsch nach Gemeinschaft und der Aversion gegen Disziplin. Während meine Seele nach Verwandtschaft suchte, sollte mein Körper marschieren. Ein unlösbares Dilemma: die Einsamkeit, unter der ich litt, und der Widerwille gegen alles Kollektive. Die Uniformität in der Schule, die roten Fahnen, das ständige peinliche Pathos und die Lügen.

Der Kommunismus war mir zuwider. Mein Wissensdrang rettete mich. In der fünften Klasse stieß ich auf ein kleines philosophisches Lexikon – von Anaxagoras bis ... Quer durch die Geschichte der westeuropäischen Philosophie. Ich quälte mich von vorn bis hinten durch. Der Text war sehr kompliziert. Ich verstand so gut wie nichts. Doch als ich Jahrzehnte später wieder darauf zurückkam, stellte sich eine Art »Erinnerung« ein. Ein anderer möglicher Ausweg aus der Uniformität wäre die Sportschule gewesen, dort hatte alles einen klaren Sinn, da ging es um Sekunden, Zentimeter ... Alles ganz fair. So fair, dass ich dort nichts verloren hatte, denn es siegte der Stärkste. Vor der Musik bewahrte mich leider die Tuberkulose, was ich später bedauerte, Zeichnen lag mir nicht. Ich wusste noch nicht, dass jede künstlerische Tätigkeit eine Flucht aus der Unfreiheit ist. Das weiß ja nur, wer Talent hat, und ich hatte keins.

Die Sinnfrage begann mich zu beschäftigen. Ich stürzte mich ins Lesen. Wie war das Leben entstanden? Aus einer Pfütze! Durch elektrische Ladung! Revolution! Evolution! Darwin! Genetik! Der Zauber der Wissenschaft. Alles fügte sich wunderbar, gehorchte einem System. Besser ging es nicht. Die Schwermut war für eine Weile vergessen – ich entschied mich für ein Biologiestudium! Natürlich herrschte auch hier das sowjetische Dreieck aus Partei, Gewerkschaft und staatlicher Leitung. Gewerkschaftsversammlungen, Subbotniks, der obligatorische Kartoffeleinsatz im Herbst. Ich mied all diese Dinge, ignorierte, verachtete sie. Ich tat mich nicht hervor, blieb auf meiner Ebene. Der Pfannkuchen rollt, ist nicht zu fangen, das böse Ungeheuer jagt ihn und holt ihn nicht ein. Manchmal kriegt es ihn aber doch. Dann packt es den Pfannkuchen und wirft ihn ins Verlies. Das Ungeheuer stinkt, es vergiftet das Leben und macht es stumpfsinnig. Die Luft ist knapp. Die Decke ist zu niedrig, sie beengt mich. Ich kann kaum atmen.

Wo gab es Höhenluft? Womöglich in Philosophiebüchern?

Den Judaismus habe ich verpasst. Mein gläubiger Urgroßvater, der in seinen letzten Lebensjahren Bibelkommentare in einer Sprache verfasste, die mir fremd geblieben ist, hat es nicht geschafft, mich in seine Welt einzuführen. Ich war wohl noch zu klein dafür. Doch von ihm habe ich die ersten biblischen Geschichten gehört. Er bekam oft Besuch von seinen alten Freunden, die Talmudkenner waren wie er. Von ihnen erwartete ich nichts Interessantes – ihre mit Altersschuppen übersäten abgewetzten Jacketts, ihre uralten Schuhe, ihr holpriges Russisch, ihre völlige Abschottung von der Gegenwart stießen mich eher ab. Zu ihren geistigen und intellektuellen Werten fand ich erst in späteren Jahren einen Zugang. Durch Übersetzungen! Was diese uralten Weisen repräsentierten, war mir vollkommen entgangen. Uns trennte eine unüberwindliche kulturelle Barriere: Wie sollte ich mit Menschen reden, die weder Puschkin noch Tolstoi oder Dostojewski gelesen hatten?

Der Erste, der mir eine Brücke baute, war Rudolf Steiner. Heute, viele Jahre später, weiß ich, dass man von jedem beliebigen Punkt aus in die Tiefe gehen kann. Doktor Steiner gab gewissermaßen den Anstoß, bereitete den Boden. Sympathische Moskauer Anthroposophen, die sich von den Repressalien in den dreißiger Jahren erholt hatten und wieder aktiv wurden, druckten alte, holprige Steiner-Übersetzungen nach und fertigten neue, nicht wesentlich bessere. Voller Neugier nahm ich die Melange aus Hinduismus, Christentum und den Ansichten der Madame Blavatsky auf, bis ich auf einen großen Bildband über das Goetheanum stieß. Die künstlerische Umsetzung der anthroposophischen Idee, die eklatante plastische Hilflosigkeit dieses Tempels, der 1923 abbrannte, brachte mich ein für alle Mal von der Anthroposophie ab. Damals war ich noch radikaler als heute.

Durch einen »notwendigen Zufall« begegnete ich den ersten Christen in meinem Leben. Den Besten der Besten! Durch sie wurde ich regelrecht zum Christentum verführt. Die damals Jüngsten von ihnen leben noch und sind nach wie vor die besten Menschen, denen ich je begegnet bin. Sie sind der lebendige Beweis dafür, dass das Christentum, prinzipiell eine »Religion des Unmöglichen«, in seinen besten Vertretern manchmal weiterlebt.

Die Älteren, meist aus Frankreich zurückgekehrte Emigranten, sind inzwischen verstorben. Sie haben in mir tiefe Spuren hinterlassen. Sie halfen den kulturellen oder eher ontologischen Bruch in der Zeit, im Bewusstsein zu überbrücken und füllten die von der amoralischen Sowjetmacht geschaffenen moralischen Lücken.

Allein durch ihre bloße Existenz veränderten sie die Atmosphäre jener Jahre, bereicherten sie durch etwas, das ganz neu war und zugleich uralt, schufen um sich herum Inseln des Glaubens, der Menschlichkeit und des Mitgefühls. Mit ihnen begann für mich eine fruchtbare Phase des »Durststillens«. Nun entdeckte ich auch andere Quellen. Ich hatte ein neues Koordinatensystem für mein Leben gefunden, und das war ein Glück. Jahrzehntelang lebte ich in dem segensreichen Gefühl, das Christentum sei die Antwort auf alle Fragen, öffne alle Türen, erleuchte alle dunklen Winkel.

Die Kirche als Institution fand ich abschreckend und beunruhigend, zu vieles darin verstand ich nicht und konnte ich nicht akzeptieren. Meine Glaubenspraxis begann in einer Art Untergrundkirche, der Hauskirche von Vater Andrej Sergejenko, bei dem sich regelmäßig rund zwei Dutzend Menschen versammelten. Der Gottesdienst fand in einem Durchgangszimmer seines Hauses am Rande von Alexandrow statt, einer Kleinstadt in der Nähe von Moskau, das er bis zu seinem Tode bewohnte. Seine Gemeinde war vom Geist her mit den Urchristen verwandt, und bis heute scheint mir, dass in dem ärmlichen Haus des quasi verbannten Priesters, der im Troiza-Kloster Kirchengeschichte, moralische und dogmatische Theologie unterrichtete, das verfolgte Christentum weiterlebte.

Von der Bahnstation zu Vater Andrej liefen wir immer auf Umwegen und nur einzeln oder zu zweit. Wir erreichten das baufällige Holzhaus stets im Dunkeln, heimlich, wie Josef von Arimathäa. Darin lag eine Art Romantik. Wir empfanden eine so vollkommene und tiefe Verbundenheit miteinander – im Alltäglichen wie in der Liturgie –, dass meine Einsamkeit verging. Ich entdeckte einen neuen Kollektivismus, eine Gemeinde Gleichgesinnter, ohne jeden Zwang, entstanden aus dem gemeinsamen Wunsch heraus, einander im neugewonnenen Licht zu dienen. Wir waren auf einer Wellenlänge, und das Christentum, das wir erlebten, war ein freudiges und tätiges.

Auf die Liturgie im Durchgangsraum folgte nahtlos ein Abendessen im Esszimmer, über dem vage der Geist des Sabbats schwebte – mit Segenssprüchen, Brot und Wein. Mein Leben war nun von einem neuen Sinn erfüllt: Jesus Christus ist unter uns!

Kultur und Glaube passten in der Welt von Vater Andrej nicht nur zusammen, sie dienten einander sogar. Als ich später anderen Priestern der orthodoxen Kirche begegnete, erkannte ich, was für eine ungeheure Seltenheit die Harmonie von Glaube und Kultur in unseren Breiten ist …

Damals lernte ich auch die vielfältigen Traditionen, Formen und Ableitungen der Orthodoxie kennen und begriff, dass manche der zahlreichen Strömungen in diesem riesigen Ozean für mich unannehmbar sind. Zum Beispiel war für mich klar, dass die christliche Kirche nicht reich sein kann, weil sie dann nicht mehr der Lehre Jesu Christi entspricht, und auch nicht antisemitisch, denn Jesus Christus war nicht nur jüdischen Glaubens, sondern auch jüdischer Herkunft. Das ist so simpel und offenkundig, dass es eigentlich keiner besonderen Erklärung bedarf, aber … die kirchliche Praxis schien diese Axiome vollkommen zu ignorieren.

Vater Andrej ist längst gestorben. Aber noch heute – nach vierzig Jahren! – sind die Mitglieder der Hauskirchengemeinde seinem Andenken treu. Viele haben sich der offiziellen orthodoxen Kirche angeschlossen, mindestens zwei der damaligen Stammgäste in Alexandrow sind Priester geworden. Mein Weg in die Kirche aber war kompliziert. Die starre Form stieß mich ab. Der damalige Kirchenalltag schien mir überfrachtet mit dem Glauben an Rituale, mit der Verehrung von jeglichem Kirchengerät, bis hin zu den Galoschen des Priesters, und die kirchliche Praxis geriet immer wieder in Widerspruch zum Sinn des Christentums, wie ich ihn verstand.

Vater Alexander Men half mir später, die gerissenen Fäden wieder zu verknüpfen, die Verbindung zu dem Christentum wiederherzustellen, das am See Genezareth gepredigt wurde, nicht in den durch Luxus pervertierten Tempeln von Byzanz. Mit einem versöhnenden Lächeln sagte er, ohne den gewaltigen Reichtum der Kirche gäbe es weder die gotische Architektur noch die italienische Renaissance, es seien die Reichtümer der Kirche gewesen, die jahrhundertelang die Kultur genährt hätten. Doch das überzeugte mich nicht: Nur die Kirche des heiligen Franziskus, des Seraphim von Sarow und die »Besitzgegner« hätten ein Existenzrecht, alles Übrige diene dem Mammon, entgegnete ich. Vater Alexander, ein heiterer Besitzloser, lächelte strahlend: Du bist ja eine Extremistin! Der Weg in die Kirche war für mich nun kürzer, Puschkin war näher als Alexandrow.

Doch das Gebäude meines orthodoxen Glaubens zeigte erste Risse. Und ich bekam Angst. In diesen Hort einzutreten ist leichter, als ihn wieder zu verlassen. Drinnen gilt: »Alles was Odem hat, lobe den Herrn«, da stehen Menschen nach einem kleinen Stück Brot und einem Schluck Wein an, die Gesichter engelsgleich, und jeder, der gekommen ist, grämt sich über seine Unvollkommenheit und will am nächsten Morgen ein neues Leben anfangen, ein christliches Leben ohne Bosheit und Gereiztheit, ein Leben aus eitel Liebe … Gott hält seine segnende Hand über alle, das Gewand Mariä schützt uns und unsere Kinder gegen die »Anfechtung durch alles Böse«, und wenn unsere Väter und älteren Freunde von uns gehen, erwartet sie nicht namenlose Kälte, sondern ein »Ort des Lichtes, der Wonne und der Erquickung, von welchem fliehet aller Schmerz, alle Trübsal und alles Seufzen«.

Aber zu vieles stört mich. Der Drill, das sklavische Festhalten am Dogma, das Offiziöse. Streng umrissen sind die Grenzen, die man nicht einmal in Gedanken überschreiten darf. Ja, das Gebäude ist intakt, aber ich fühle mich darin unwohl, beengt, eingezwängt.

Wie aber soll man diese Ordnung aufgeben, diese großzügigen Versprechen, diese süße Eintracht? Ich bezweifle nicht, dass das Christentum Wunderbares bietet, aber ich bin nicht sicher, dass es keine anderen Wege gibt, dass dieser der einzige ist. Die vorchristlichen Weisen, die ungetauften Kinder und die konfessionslosen Gerechten schmoren im katholischen Fegefeuer oder, noch schlimmer, in der orthodoxen Hölle … doch wer in weißen Gewändern zwischen den schwebenden Engeln thronen wird, ist nicht gesagt. Vielleicht gediegene Herren mit gediegenen Uhren und gediegenem Vermögen? Und wo bleiben Buddha und Laotse?

Ich vertiefte mich kritisch in jede Menge Literatur. Augenfällig waren die zahllosen Verbote – teils vom Judentum übernommen, aus biblischer und talmudischer Zeit, teils in der christlichen Welt entstanden. Ich rede nicht von Speisegeboten, nein, mich beunruhigt etwas anderes: Neben den Verhaltensregeln existieren Vorschriften für das Denken, oft gilt es schon als Ketzerei, eine bestimmte Frage auch nur zu stellen. Und woher der viele Hass in dieser Religion der Liebe? Wie soll man die Erbsünde verstehen – darüber denke ich jedes Mal nach, wenn ich ein neugeborenes Baby auf dem Arm halte. Es ist vollkommen unschuldig! Wie konnte der Allgütige auf den Gedanken kommen, Abraham zu prüfen, indem er ihm befahl, seinen eigenen Sohn zu opfern, ihn zu töten? Das Thema Opferung wage ich nicht weiterzuspinnen. So weit bin ich noch nicht. Aber es gibt einfachere Fragen: Warum soll man seine Eltern hassen? Und das haben sich nicht die Kirchenväter ausgedacht, das steht im Evangelium! Und warum der grimmige Hass auf den Körper, schließlich hat Gott ihn geschaffen, samt allen sekretierenden Drüsen und den übrigen schönen und nützlichen Innereien? Muss die Liebe zu Gott wirklich durch so grausame Prüfungen bewiesen werden? Was hat es auf sich mit der Religion der Liebe, wenn sie so viel Hass und Feindseligkeit enthält? Ganz zu schweigen von den Psalmen, die voller Hass und Rachegedanken sind.

Ich weiß, was orthodoxe Lehrer, alte und moderne, darauf antworten, ich habe es gelesen. Das meiste ist spitzfindige Sophistik, nur die Ehrlichsten, die Besten von ihnen sagen: Ich weiß es nicht. Oder: Das ist ein Mysterium. Oder: Auf diese Frage gibt es keine Antwort.

Doch dieses intellektuelle Unbehagen ist meine persönliche Angelegenheit, ich will damit niemanden in Versuchung führen, der sich diese Fragen nicht stellt.

Ein weiteres Jahrzehnt verging, und die Kirche in Russland erlebte nach Jahrzehnten der Verfolgung nun ihren Triumph. Geschlossene Kirchen wurden wieder geöffnet, und heute entstehen mehr neue Kirchen als Kindergärten und Altersheime.

Was mir in den achtziger Jahren nur vages Unbehagen bereitete, stößt mich inzwischen entschieden ab.

Die vornehmen Herren im Priestergewand, für die das riesige, schlecht gekleidete und schlecht riechende Kirchenvolk Tag für Tag betet – wie soll ich darüber hinwegsehen? Eine Freundin ging einmal zufällig durch einen Saal im Danilowski-Kloster, der für ein Festbankett der heiligen Mönche gerüstet war. Sie wandte das Gesicht ab, wie man an einem nackten Menschen vorbeischaut, so peinlich war ihr der Anblick der üppig gedeckten Tische. Zumal sie auf dem Weg in ein kirchliches Kinderheim war, in das sie Wohltätigkeitsspenden brachte. Das Heim ist chronisch unterfinanziert.

Die Mauern um die Paläste und Villen der kirchlichen Würdenträger sind hoch, und man möchte gar nicht dahinterschauen. Es ist beschämend. Das Gottesgericht fürchten diese Priester nicht, und das ist ihre Sache. Aber schon morgen wird ein neuer Boccaccio ein modernes *Decamerone* verfassen, und das Volk wird sich vor Lachen kugeln. Macht ihnen das keine Angst?

Die Kirche ist im Begriff, zu einer riesigen vergoldeten Dekoration zu verkommen. Wenn nun Jesus Christus, der seit zweitausend Jahren vergebens erwartet wird, plötzlich erschiene? Seinerzeit ging er in den Tempel auf dem Berg Zion und verjagte die Händler, und jener Tempel steht nicht mehr, von ihm blieb nur die westliche Mauer. Macht ihnen das keine Angst?

Kurz, ich persönlich hatte ein gewisses Problem – es gab plötzlich viele neue Hindernisse auf dem Weg in den Tempel. Der Fisch stinkt vom Kopf her, doch zum Glück gibt es am Schwanzende auch heute noch magere und arme Priester, die sich trotz ihres Ranges nicht mit Besitz belasten, die im Namen Jesu ihrer Gemeinde dienen und nicht der Obrigkeit, die keine Beleidigung sind für die Augen und Ohren der demütigen Gemeinde.

In den siebziger und achtziger Jahren des vorigen Jahrhunderts herrschte in unserer Kirche noch nicht das ungeheure Ausmaß an Korruption und Schamlosigkeit wie zu Beginn des 21. Jahrhunderts. Es ist eine bekannte Tatsache, dass eine verfolgte Kirche erstarkt, eine herrschende Kirche hingegen verfällt. Das Christentum ist eine Religion der Besitzlosen und Kranken, der Mageren und Verwaisten, nicht der Wohlgenährten und Selbstzufriedenen, die obendrein die ganze übrige Menschheit, die sich nicht christlich nennt, verachten. Ja, im Unterschied zum Judentum, einer Religion des Möglichen, ist das Christentum eine Religion des Unmöglichen. Und darin liegt seine Faszination. Doch was ich heute beobachte, ist mir zuwider und stößt mich zurück in die existenzielle Einsamkeit, die ich aus meiner Jugend kenne. Vielleicht ist das meine persönliche Prüfung?

Was war also leichter: in diesen Hort einzutreten oder ihn zu verlassen? Das Eintreten war ein Weg bergauf, mühsam und anstrengend, aber auch irgendwie leicht, weil ich Rückenwind hatte und diesen Weg nicht allein ging; wir waren damals viele. Heute aber spült ein starker Strom alles hinweg, führt mich an andere Orte, nun ohne eine Gemeinschaft, ohne die Gesellschaft geliebter Menschen. Ich gehe meinen Weg wieder allein. Zurück bleibt vieles, das ich liebgewonnen hatte: die Gesänge am Karsamstag, der Ostergottesdienst, Großes und Erhabenes, wenn sich der Himmel für einen Augenblick öffnet, das tiefe Gefühl der Gleichheit aller mit allen, der schmerzlosen Auflösung des Ich, und der Anblick der Menschen, die sich für einen Augenblick verwandeln …

Was für ein fließender Wechsel und was für eine nachsichtige Ironie des Lebens liegt in dem Weg zu sich selbst. Er führte mich von der kindlichen Verzweiflung, nirgends dazuzugehören, von der tiefen Einsamkeit und dem Gefühl, nicht mit der Welt verschmelzen zu können, der Unfähigkeit und Unmöglichkeit, mit ihr in Kontakt zu treten, von der einsamen Suche nach Halt über die begeisterte Verschmelzung, die Auflösung in Moleküle und die Vereinigung mit

Gleichgesinnten, Verbündeten in Christo, zu der bewussten Weigerung, in dem Parteikollektiv mitzutun, an das mich die heutige Kirche mehr und mehr erinnert. Ich empfinde erneut Einsamkeit, aber sie beunruhigt mich nicht mehr. Der ameisenhafte soziale Impuls hat sich von selbst erledigt. Die Kirche verschwindet allmählich aus meinem Leben. Die Lehren des Christentums habe ich mir bis zu einem gewissen Grad angeeignet. Auf manche Fragen habe ich keine Antwort erhalten. Vielleicht liegt ihre Lösung jenseits der Grenzen des menschlichen Lebens. Der Unterschied zwischen dem Schwur »Ich, ein junger Pionier … verspreche feierlich …« und »Ich glaube an einen Gott, den allmächtigen Vater …« erwies sich als geringer als gedacht. Mir kommt das alte jüdische Gebet *Kol nidre* in den Sinn, das die Juden einmal im Jahr sprechen, am Versöhnungstag – die Bitte um Befreiung von allen Gelöbnissen, Schwüren und Eiden, die der Mensch leistet, aber nicht erfüllen kann.

Das Leben geht zu Ende. Der Mensch stirbt allein, nicht im Kollektiv.

Ich bin gewiss kein junger Pionier, obwohl ich das Gelöbnis abgelegt habe. Ich bin nicht sicher, dass ich in die Spalte »Konfession« ohne zu zögern »christlich« schreiben könnte. Jedenfalls bin ich keine Atheistin.

Dennoch möchte ich, dass meine Freunde von mir so Abschied nehmen, wie es bei Christen üblich ist. Auch wenn ich nicht ganz sicher bin, ob ich zu dieser großen Schar gehöre. Ich weiß, dass das Christentum wunderbar sein kann. Aber auch das absolute Gegenteil.

(2012)

Anmerkungen der Übersetzerin

S. 8 *Zumal der »Misthaufen« …* – Anspielung auf die Fabel von Iwan Krylow, *Der Hahn und die Perle*.

S. 12 *Babi Jar* – Schlucht in Kiew, in der 1941 mehr als 33 000 Juden von Einsatzgruppen des SD und der Sicherheitspolizei unter dem Kommando der deutschen Wehrmacht erschossen wurden.

S. 15 *Solomon Michoels* – Solomon Michoels (1890–1948), russisch-jüdischer Schauspieler und Regisseur, berühmtester Vertreter des jiddischen Theaters, wurde 1942 zum Vorsitzenden des Jüdischen Antifaschistischen Komitees gewählt und warb auf zahlreichen Reisen für die Unterstützung der Sowjetunion im Kampf gegen Hitler. Im Zuge der antisemitischen Kampagne in der Sowjetunion nach dem Krieg wurde M. Opfer eines als Autounfall inszenierten politischen Mordes.

S. 18 *Saduschewnoje slowo* – (russ. »Vertrauliche Worte«) illustrierte russische Kinder- und Jugendzeitschrift, erschien von 1877–1917 wöchentlich in zwei Heften, für die Altersgruppen 5–9 und 9–14 Jahre, in Sankt Petersburg.

S. 26 *»Feldzug gegen die Heuschrecken …«* – Zitat aus einem Nabokov-Interview.

S. 28 *»Gesang und Prosa, Eis und Gluten«* – Zitat aus Puschkins Versroman *Eugen Onegin*, bezieht sich auf die Freundschaft zwischen Onegin und Lenski.

S. 33 *Seraphim von Sarow* – (1759–1833), bürgerlich Prochor Moschnin, einer der bekanntesten russischen Mönche und Mystiker der orthodoxen Kirche, sah das Ziel eines christlichen Lebens in der Erlangung des Heiligen Geistes, wurde von der russisch-orthodoxen Kirche 1903 heiliggesprochen.

S. 34 *Meister Eckhart* – Eckhart von Hochheim (1260–1328), spätmittelalterlicher Theologe und Philosoph, gelangte als Dominikaner zu hohen Ämtern, verbreitete Grundsätze für eine konsequent spirituelle Lebenspraxis im Alltag.

S. 34 *Blaise Pascal* – Blaise Pascal (1623–1662), französischer Mathematiker, Physiker, Literat und christlicher Philosoph.

S. 34 *Molières Monsieur Jourdain* – Monsieur Jourdain ist die Hauptfigur in Molières Ballettkomödie *Der Bürger als Edelmann* (1670 uraufgeführt).

S. 35 *»Fahrzeit und Reihenfolge von zu verschiedenen Stunden abgefahrenen …«* – Zitat aus Boris Pasternak, *Doktor Shiwago*, Übersetzung Thomas Reschke, zitiert nach: Boris Pasternak, *Doktor Shiwago*, Aufbau Verlag, Berlin 2003, S. 671ff.

S. 37 *Und blau die Luft, wie frisch gestärkte Wäsche …* – aus dem Gedicht *Frühling* von Boris Pasternak.

S. 40 *»So der Anfang: Mit kaum zwei …«* – Nachdichtung Ilse Tschörtner, zitiert nach Boris Pasternak, *Gedichte und Poeme*, Aufbau Verlag, Berlin 1996.

S. 40 *»An diesem Morgen ging sie …«* Aus: Boris Pasternak, *Shenja Lüvers' Kindheit*, in: Boris Pasternak, *Luftwege*. Ausgewählte Prosa, Verlag Philipp Reclam jun., Leipzig 1986, S. 40, Übers. Marga und Roland Erb.

S. 42 *Geschichte vom Entchen Grauhals* – Kindergeschichte von Dmitri Mamin-Sibirjak über die Freundschaft zwischen einer Ente, einem Hasen und einem Auerhahn.

S. 42 *Kaschtanka* – Kindergeschichte von Anton Tschechow über die kleine Hündin Kaschtanka.

S. 42 *Pjotr Grinjow und Mascha Mironowa* – Hauptfiguren in Puschkins Erzählung *Die Hauptmannstochter*.

S. 44 *Jelena Jakowlewna Braslawskaja* – russische Ikonenmalerin, lebte in Paris, siedelte nach dem Zweiten Weltkrieg in die UdSSR über und heiratete Alexander Wedernikow (1901–1992), Redakteur einer Zeitschrift des Moskauer Patriarchats und Referent des Metropoliten von Tallinn und Estland.

S. 44 *Nina Konstantinowna Bruni-Balmont* – (1901–1989), Tochter des Dichters Konstantin Balmont (1867–1942) und seiner Frau Jekaterina (1867–1950), heiratete 1919 den Maler Lew Bruni (1894–1948), mit dem sie sieben Kinder hatte.

S. 44 *Irina Iljinitschna Ehrenburg* – (1911–1997), Tochter des russischen Schriftstellers Ilja Ehrenburg (1891–1967) und seiner Frau Katerina Schmidt (1889–1977), russische Französisch-Übersetzerin.

S. 50 *»Schau in die Richtung, aus der alles …«* – Zitat aus Boris Pasternaks Gedicht *Zwanzig Zeilen mit einem Vorwort*.

S. 52 *»Athleten-Wurfscheiben«* – Zitat aus Ossip Mandelstams Gedicht *Hab verirrt mich im Himmel …*, Deutsch von Roland Erb, zitiert nach: Ossip Mandelstam, *Hufeisenfinder*, Verlag Philipp Reclam jun., Leipzig 1989, S. 145.

S. 53 *»Konsum-Konfektion«* – Zitat aus Ossip Mandelstams Gedicht *Mitternacht in Moskau*, Deutsch von Hubert Witt, zitiert nach: Ossip Mandelstam, *Hufeisenfinder*, Verlag Philipp Reclam jun., Leipzig 1989, S. 101.

S. 55 *Eine Sekunde vor dem Aufwachen* – Bezieht sich auf Dalís Bild: *Traum, verursacht durch den Flug einer Biene um einen Granatapfel, eine Sekunde vor dem Aufwachen*, ca. 1944.

S. 58 *Badehaus voller Spinnen* – so bezeichnet Swidrigailow in Dostojewskis Roman *Schuld und Sühne* das Jenseits.

S. 58 *Krankenzimmer Nummer 6* – Titel einer Erzählung von Anton Tschechow, in der ein Arzt in einer Psychiatrie plötzlich selbst zum Patienten wird.

S. 59 *Zhuangzi* – chinesischer Philosoph und Dichter (um 365 v. Chr.–290 v. Chr.).

S. 59 *Der Älteste aller Tage* – bezieht sich auf ikonographische Darstellung Jesu, die auf einer Bibelstelle beruht, Dan 7,9: »Ich sah, wie Throne aufgestellt wurden, und einer, der uralt war, setzte sich. Sein Kleid war weiß wie Schnee und das Haar auf seinem Haupt rein wie Wolle; Feuerflammen waren sein Thron und dessen Räder loderndes Feuer.«

S. 63 *»Maria, mir bangt …«* – *Wolke in Hosen*, Deutsch von Hugo Huppert, zitiert nach: Wladimir Majakowski, *Hören Sie zu!*, Verlag Volk und Welt, Berlin 1976, S. 29–30.

S. 64 *»Es sei aber Eure Rede …«* – »Eure Rede aber sei …« (Mt 5,37), Schlachter-Bibel 1951.

S. 114 *Kursker Nachtigallen* – Vokalensemble der Kursker Musikschule, zu Beginn der siebziger Jahre des 19. Jahrhunderts sehr populär.

S. 116 *Frost und Sonne! Welche Wonne!* – Zitat aus Puschkins Gedicht *Wintermorgen*.

S. 117 *Der Weg ins Leben* – Verfilmung des gleichnamigen Buches von Anton Makarenko (1888–1939), der sich besonders der Resozialisierung verwahrloster Jugendlicher widmete.

S. 145 *Sjuganow* – Gennadi Sjuganow (1944) derzeit Vorsitzender der Kommunistischen Partei Russlands.

S. 151 *»Und Stalin erzog uns zur Treue dem Volke …«* – die deutsche Nachdichtung der sowjetischen Hymne stammt von Erich Weinert.

S. 156 *Geschichte von den drei Greisen* – von Tolstoi nacherzählte Volkslegende: Drei Greise leben auf einer Insel und beten auf ihre naive Art für das Heil ihrer Seele. Ein Bischof, der von ihnen gehört hat, lehrt sie das Vaterunser, doch kurz darauf haben sie das Gebet vergessen und eilen dem Dampfer mit dem Bischof nach – zu Fuß übers Wasser. Da bekreuzigt sich der Bischof und sagt: »Auch euer Gebet erreicht den Herrn, heilige Greise. Ich bin nicht würdig, euch zu lehren; betet für uns Sünder.«

S. 160 *Dröhnendes Erz und eine lärmende Pauke* – aus dem *Hohelied der Liebe* (1 Kor 13): »Wenn ich in den Sprachen der Menschen und Engel redete, / hätte aber die Liebe nicht, / wäre ich dröhnendes Erz oder eine lärmende Pauke.«

S. 164 *Republik Mari El* – »Land der Mari«, autonome Republik an der Wolga.

S. 167 *Brosamen unter eurem Tisch* – Anspielung auf Mt 15, 21–28; Jesus und die Frau aus Syrophönizien. Jesus verweigert der Heidin zunächst seine Hilfe, gewährt sie ihr aber doch, weil sie an seine Barmherzigkeit appelliert: »Jesus sprach zu ihr: Lass zuvor die Kinder satt werden! Denn es ist nicht recht, dass man das Brot der Kinder nimmt und es den Hunden hinwirft! Sie aber antwortete und sprach zu ihm: Ja, Herr; und doch essen die Hunde unter dem Tisch von den Brosamen der Kinder!«

S. 206 *»Ende unseres Lebens schmerzlos, ohne Schande und friedlich«* – aus dem Morgengottesdienst der orthodoxen Christen; dt. Text: orthodoxe St. Michaels-Gemeinde zu Göttingen.

S. 211 *Der Pfannkuchen rollt* – Anspielung auf das russische *Märchen vom Pfannkuchen.*

S. 212 *Madame Blavatsky* – Helena Blavatsky (1831–1891), deutsch-russische Spiritistin und Esoterikerin.

S. 212 *Durch einen »notwendigen Zufall«* – Anspielung auf den Science-Fiction-Roman *Ein notwendiger Zufall* von Roman Podolny.

S. 213 *eine fruchtbare Phase des »Durststillens«* – Anspielung auf Juri Trifonows gleichnamigen Roman, deutsch unter dem Titel *Durst* erschienen, über einen jungen Mann, der sich als Sohn eines »Volksfeindes« und Erbauer des Sozialismus auf der Suche nach dem eigenen Ich mit dem Stalinismus auseinandersetzt.

S. 213 *Josef von Arimathäa* – Josef wurde zum Jünger Jesu. Aus Furcht vor seinen Mitbürgern hielt er dies geheim (Joh 19,38). Nach der Kreuzigung Jesu bat er laut Bericht des Neuen Testaments den römischen Statthalter Pontius Pilatus um den Körper, um ihn in das eigentlich für ihn selbst bestimmte Felsengrab zu legen (Mt 27,57–60; Mk 15,43–46; Lk 23,50–54; Joh 19,38–42).

S. 215 *Seraphim von Sarow* – sh. Lemma zu S. 33.

S. 215 *»Besitzgegner«* – Bewegung russischer Mönche im 15./16. Jahrhundert gegen klösterlichen Landbesitz und die Anhäufung von Reichtum.

S. 215 *»Alles was Odem hat, lobe den Herrn«* – Psalm 150.

S. 215 *»Anfechtung durch alles Böse«* – Zitat aus dem orthodoxen Morgengebet des hl. Makarios; dt. Text: orthodoxe St. Michaels-Gemeinde zu Göttingen.

S. 215 *»Ort des Lichtes …«* – Zitat aus dem orthodoxen Gedenken an die Entschlafenen; dt. Text s.o.

S. 216 *Warum soll man seine Eltern hassen?* – bezieht sich auf Lk 14,26: »Wenn jemand zu mir kommt und hasst nicht seinen Vater und seine Mutter und seine Frau und seine Kinder und seine Brüder und Schwestern, dazu aber auch sein eigenes Leben, so kann er nicht mein Jünger sein.«